U0028073

SILENT SCREAM
無聲吶喊

Angela Marsons

安琪拉・瑪森斯 ——————著　蘇瑩文 ——————譯

謹將此書獻給我的伴侶茱麗．佛瑞斯特。

她對我的信心從未中斷，更從不允許我忘記自己的夢想。

楔子

羅利雷吉斯，黑鄉

二〇〇四年

五道人影在剛填起來的土丘四周圍成五角形。只有他們知道那是座墳墓。

挖掘層層冰雪下的泥土宛如在雕刻石塊，但他們輪流動手。每個人都參與。

一個成人大小的土坑越掘越長。

鏟子在五人間一手換過一手。有的人猶豫不覺，另外幾個人顯得較有把握。但是沒有人抗拒，也沒人開口。

他們都認識這條遭到奪取的無辜性命，但是他們有著協定。這個秘密將會就此埋葬。

這五個人低下頭，看向泥土下已經結上一層冰霜的屍體。

第一片雪花飄落在墳上，這群人打起哆嗦。

五條人影消失，腳步隨著星痕，踏入新雪中。

結束了。

1

黑鄉
現在

泰瑞莎・懷厄特有種莫名的感覺。她覺得今晚會是今生最後一夜。

她關掉電視，屋裡靜了下來。這種安靜，和尋常傍晚她與屋子和緩停止活動、放鬆心情進入睡覺時間的氛圍不同。

她不確定自己期待在深夜新聞裡聽到什麼消息。本地的傍晚新聞節目已經報導過了。也許她希望能看到奇蹟，聽到某種最後一刻才出現的緩刑。

打從兩年前的第一份申請發出後，她便感覺自己宛如死刑犯。前後幾次，警衛來帶她坐上死刑椅，但最後，命運總會把她安全送回牢房。可這一次，最終的判決已經出來了。泰瑞莎知道，再不會有人提出異議，也再沒有延期了。

她想知道其他人有沒有看到報導。他們是否和她有相同的感覺？他們會不會對自己承認，那迎面而來的第一個感覺不是痛悔而是自我防衛？

如果她是個善良一些的人，在她對自己的關切之下，可能會藏著些許良知；但她沒有。

如果她沒有依計畫行事，她告訴自己，那麼她就完了。泰瑞莎・懷厄特這個名字不會像現在這般備受敬重，而是厭惡與不屑。

泰瑞莎毫不懷疑，那些指控若浮出水面，社會必將嚴肅對待。消息來源雖非正當但十分可信。但那件指控已經被永遠掩埋了——對於這件事，她從不後悔。

但在離開克里斯伍德的這些年，當她偶爾在路上看到相似的步伐、髮色或歪頭的樣子時，她便會感覺到胃部陣陣痙攣。

泰瑞莎站起身，想拋開籠罩著她的陰霾。她大步走進廚房，把一個盤子和一只酒杯放進洗碗機。

她沒有狗可遛，外頭也沒貓咪等著進門，只是對門窗做睡前最後一次安全檢查而已。再一次地，她感覺到這種安全檢查毫無意義，任何措施都阻擋不了過去。她排開這個念頭。沒什麼好害怕的。他們經過協議，而且堅持了十年。只有他們五個人知道真相。

她知道自己太緊張，不可能立刻入睡，但隔天早上七點的內部會議是她召開的，她不能遲到。

她走進浴室放水，在浴缸裡加入大量薰衣草泡泡浴精油。浴室裡馬上瀰漫一股香氣。泡個好澡，加上稍早那杯葡萄酒，應該可以為她換來好眠。

她踏進浴缸，折疊整齊的浴袍和緞面睡衣放在洗衣籃最上面。

她閉上雙眼，放鬆地躺在包覆她的水中。焦慮逐漸消退時，她對自己微笑。她只是太過敏感。

泰瑞莎覺得自己的生命被分成了兩部分：B和C，也就是在克里斯伍德那件事之前的三十七年。那些年讓人著迷。她單身、充滿野心，每個決定都出自自己，不受任何人指揮。

但後來的日子就大不一樣了。她的一舉一動都籠罩在恐懼的陰影下；這個陰影支配她的行動，影響她的決定。

她記得曾經在某處讀到：良心，不過是擔心事件曝光的恐懼罷了。泰瑞莎夠誠實，她承認，對她而言，這個說法一點也不假。

但是他們的秘密沒有洩漏之虞。非得如此不可。

突然，她聽到玻璃破碎聲。而那聲響來自不遠處。是廚房的門。

泰瑞莎動也不動地躺著，豎起耳朵聆聽是否有後續聲響。方才的騷動沒有驚動其他人。她家和隔壁住家相距兩百呎，而另一邊則隔著二十呎高的利蘭地柏樹籬。

周遭的寂靜氛圍越來越濃稠。隨著刺耳噪音而來的靜默充滿威脅。

也許那只是某個人的隨機破壞。也許是幾個聖約瑟夫男校的孩子找出了她的地址，跑來惡作劇而已。天哪，她真希望事情不過是如此。

血液沿著她的血管隆隆竄流，一路震動到她的太陽穴。她吞了吞口水，試著透過吞嚥帶動耳鼓膜，好聽得更清楚。

在她意識到自己並非獨自一人時，她的身體開始做出反應。她坐直身子。這個動作帶動了泡澡水，水花大聲拍打著浴缸。她扶在瓷質浴缸的手一滑，右半身又沉入水中。

下方樓梯間傳來聲響，摧毀了玻璃破碎只是隨機破壞的薄弱希望。

泰瑞莎知道自己的時間不多。在平行宇宙裡，她的肌肉對即將到來的威脅有所反應；但在這個宇宙，她的身體和心智都因為這不可避免的情況而無法動彈。她知道自己無處可躲。聽到樓梯嘎吱作響，她短暫地閉上雙眼，用意志力迫使身體保持鎮定。在她終於面對一直縈繞在心頭的恐懼時，她竟有獲得自由的感覺。

直到走廊上的冷空氣竄入浴室，她才睜開雙眼。

走進來的人和陰影一樣，既黑暗又沒有醒目的特色，長大衣下穿著工作褲和厚厚的刷毛上衣，頭上戴著只露出雙眼的毛織頭罩。為什麼找上我？泰瑞莎滿心怒火。她不是最弱的一環。

她搖搖頭。「我什麼都沒有說出去。」她說。她微弱的聲音幾乎聽不見。在身體準備面對死亡時，她的感官陸續開始失去作用。

黑影朝她走來兩步。泰瑞莎努力搜尋線索，但什麼也沒找到。對方只可能是其他四人當中的一人。

尿液沿著她的腿間流入散發著薰衣草香的水中，泰瑞莎感覺到身體背叛了自己。

「我發誓……我真的沒有……」

泰瑞莎試圖坐直身子，沒把話說完。泡沫洗澡水讓整個浴缸滑溜溜的。

她思索該如何以最好的方式懇求對方手下留情，呼吸變得短促粗嘎。不，她不想死。還不到時候。她還沒準備好。她還有好多事想做。

水湧進她肺部，她眼前忽然浮現雙肺脹成派對氣球的影像。

她祈求地伸出手，終於又找回自己的聲音。「拜託……拜託……不……我不想死……」

黑影來到浴缸邊俯視著她，雙手平壓著她的胸口。泰瑞莎感覺得到對方將她壓入水中的力量，她掙扎地想坐起來。她必須努力，必須解釋，但那雙手施加的力量越來越大。她再次奮力起身但徒勞無功。重力和對方粗暴的力量讓她無法反抗。

水淹到她的臉龐，她張開嘴巴，做了最後一次嘗試，微弱的嗚咽冒出來：「我發誓……」

她只說出短短三個字，泰瑞莎看到空氣泡泡從她的鼻孔浮向水面。她的頭髮漂浮在臉孔四周。

黑影在水的另一邊逐漸暗去。

泰瑞莎的身體開始有了缺氧反應，她試圖壓下體內竄升的慌亂。她拚命揮動雙臂，壓住她的雙手短暫脫離她的胸骨。她成功地將頭抬出水面，近距離看進對方冷酷犀利的雙眼。她認出那雙眼睛，這一眼奪走了她最後一口氣。

她短暫的困惑，已經足以讓攻擊她的人改變姿勢。那雙手將她壓進水中，飛快地固定住她。

即使她的心智開始消逝，她仍然無法相信。

泰瑞莎這才明白，她幾個同謀連想都無法想像自己該擔心什麼人。

2

金．史東繞著川崎「忍者」重機打轉，調整她iPod的音量。喇叭隨著維瓦第四季協奏曲「夏」樂章清亮音符跳動，直奔她最喜歡的「暴風雨」終點。

她把套筒扳手放在工作檯上，用破布擦擦手。她盯著她過去七個月一直在保養維修的凱旋「雷鳥」重機，不解自己今晚對它為什麼沒興趣。

她瞥了手錶一眼。接近晚上十一點了。這時候，她的團隊成員應該正搖搖晃晃地走出狗兒酒吧。儘管她滴酒不沾，她仍然會在自己覺得辛苦掙得這種機會時，陪大家去。

她再次拿起套筒扳手，俯身朝凱旋重機側面的護膝板靠過去。

對她而言，這並非值得慶祝的事。

她伸手碰觸重機內部，摸到機軸後端時，眼前浮現出蘿拉．葉慈飽受驚嚇的臉孔。她把套筒套到螺母上，來回轉動扳手。

強暴罪定讞的判決會讓泰倫斯．杭特離開一段很久的時間。

「但不夠久。」金告訴自己。

因為還有第四名受害者。

她繼續轉動扳手，但螺母就是鎖不緊。她已經組裝了軸承、扣鍊齒輪、定位墊圈和齒盤。螺母是最後一塊拼圖，但那該死的零件怎麼樣都不肯鎖緊在墊圈上。

金瞪著螺母，無聲地以念力要求螺母為了自己好而轉動。還是沒動靜。她把滿腔怒火集中在扳手的手把上，用盡全力一推。螺紋瞬間崩牙，螺母鬆開來。

「該死。」她出聲咒罵，把扳手扔到車庫遠處。

蘿拉・葉慈一邊瑟瑟發抖，一邊在證人席上敘述自己被拖到教堂後方慘遭粗暴性侵長達兩個半小時。他們親眼見證到她的坐立難安。那是在她遭到攻擊的三個月後。

那十九歲的女孩坐在聽眾席上聆聽每樁案件的判決宣讀。輪到她的案子，兩個字永遠改變了她的未來。

無罪。

為什麼？因為她喝了兩杯酒。就不提她從背後到正面縫了十一針、斷裂的肋骨和黑眼圈了。她一定是自找的，只因為她在事發前喝了兩杯該死的酒精飲料。

金知道自己的雙手因為憤怒而開始發抖。

她的團隊認為，四項罪名中有三項成立，已經算是不錯的結果了。確實如此，但問題在這個成績不夠好。對金來說不好。

她彎腰檢視重機的損壞程度。她花了將近六星期，才找到那些該死的螺絲。

她放好套筒，用拇指和食指再次轉動扳手，這時她的手機響了。她放下螺母跳起來。都快午夜了，來的絕對不會是好消息。

「史東督察。」

「我們發現一具屍體，女士。」

那當然，要不然會是什麼事。

「在哪裡？」

「史陶橋鎮，海格利路。」

金對那一帶很熟悉，就在與他們相鄰的西梅西亞邊界上。

「我是不是該呼叫布萊恩警長，女士？」

這讓金為之瑟縮。她厭惡「女士」這個稱謂。她才三十四歲，還沒有聽人稱她「女士」的心理準備。

她腦子裡浮現一個影像：同事們笨手笨腳坐進狗兒酒吧外頭的計程車。

「不必了，我自己來處理。」她說完掛斷電話。

金停了兩秒，關掉iPod。她知道自己必須放下蘿拉．葉慈眼中的指控；無論真是如此或出自想像，她都在蘿拉的眼裡看到那抹神情。她無法忘記那個眼神。

她會永遠知道，她深信的正義辜負了理當受到保護的人。她說服了蘿拉．葉慈信任她和她所代表的制度，而金擺脫不掉讓蘿拉失望的感覺。金和制度，兩者都虧欠蘿拉。

3

接到電話的四分鐘後，金將車齡十歲的Golf GTI駛離車道。只有在路面結冰，或騎乘「忍者」被視作反社會舉止時，她才會開這輛車。

染上油漬和髒污的破牛仔褲已經換成黑色帆布褲，搭配純白色T恤，腳上踩著一雙黑色平底漆皮短靴。黑色短髮需要稍微整理；她用指頭迅速梳理一下，準備出發。

她的顧客不會在乎這些。

她駕著車，穿梭前進到路的盡頭。她覺得在自己操控下的車子十分陌生。車身儘管小，金仍然必須專心繞過停靠的車輛。身邊環繞著大量金屬讓她感到累贅。

在距離目的地一哩處，車子的通氣口吹進燒焦味。她越是接近，味道就越濃。她看到半哩外有一股煙柱從克蘭特山丘斜斜升起。到了四分之一哩外，金知道自己正朝目標而去。

西米德蘭警察廳的大小僅次於倫敦警察廳，轄區居民幾近兩百六十萬人。

黑鄉位於伯明罕西北方，在維多利亞時期就已經是高度工業化的地區。而「黑鄉」的名稱由來，是因為大部分地區的煤炭裸露在表層，使得土壤呈現黑色。三十呎深的礦層厚度是全英之冠。

如今，這個地區的失業率高居全國第三。輕罪小惡以及反社會行為日漸增加。

犯罪現場就在連結史陶橋鎮到海格利的主要道路邊，這一帶通常不會引來太多犯罪分子覬覦。離馬路最近的房子，全是裝飾著雪白羅馬式石柱和黑鉛框窗戶的嶄新雙拼建築。離馬路遠一點的房子相隔較遠，相對來說也老舊許多。

金把車子開到封鎖線前，停在兩輛消防車之間。她沒說話，只對著守在封鎖線前的警員亮出警徽。對方點點頭，拉起封鎖線讓她彎腰鑽進去。

「什麼狀況？」她問第一眼見到的消防員。

他指著這片產業邊緣第一棵燒焦的柏樹。「起火點在那裡，在我們到達之前就蔓延開來，燒到其他幾棵樹。」

金注意到產業邊緣以十三棵樹為界，只有最靠近房子的兩棵沒受到波及。

「是你們發現屍體的？」

他指向一名坐在地上、正和一名警察說話的消防員。「幾乎所有人都出來看出了什麼事，只有這棟房子裡還是一片黑。鄰居們告訴我們，那輛黑色荒原路華是女屋主的，她獨居。」

金點頭，走向坐在地上的消防員。他臉色蒼白，金注意到他的右手有些顫抖。發現屍體從來就不是件愉快的事，無論受過什麼訓練都一樣。

「你有沒有碰任何東西？」她問道。

他想了想，搖搖頭。「浴室門打開著，但我沒走進去。」

金先在前門口停下來，從放在左側的紙盒裡拿出藍色塑膠鞋套套住雙腳。

她一次跨上兩階樓梯，走進浴室，一眼就看到法醫病理學家基慈。他身材矮小童山濯濯，倒是臉上一把大鬍子蓋過下巴。八年前，他有幸帶她經歷她的首次驗屍。

「嗨，督察。」他看看她身邊，問：「布萊恩在哪裡？」

「拜託，我們又不是連體嬰。」

「是啦，但你們就像那道中國菜，糖醋排骨……少了布萊恩就只剩下醋……」

「基慈，你覺得半夜這時間我心情會多好？」

「憑良心說，妳的幽默感在任何時候都不明顯。」

天哪，她真想回敬他。如果真的要，她大可指出他黑長褲的折痕不夠直，或是說他的襯衫領子有些磨損，甚至提起他外套後面有滴血漬。

但眼前的狀況，是他倆之間有具裸屍需要她的全副注意力。

金慢慢走向浴缸，兩名身穿白色防護袍的法醫人員潑灑出一些洗澡水，她小心翼翼，免得因為踩到水而滑倒。

女屍半沉在水中。她睜著雙眼，染成金色的頭髮在水中散開，圍住她的臉孔。

她的身體浮起，乳尖破水而出。

金猜測女人的年紀大概在四十五至五十歲之間，但保養得宜。她的上臂看似緊實，臂肉懸在浴缸的水中。她的腳趾甲塗著嫩粉紅色指甲油，雙腿看不到毛根。

以地板上的水量來判斷，事發當時女人曾經為自己的性命奮力掙扎。

金聽到上樓的重重腳步聲。

「史東督察，多麼令人愉快的驚喜啊。」

金低聲咕噥，認出這個聲音和話中的諷刺。

「華爾敦督察，是我的榮幸。」

他們合作過幾次，她從不隱藏自己的厭惡。他是個警界官僚，一心想盡快爬上高位，對破案沒有興趣，只想累積籌碼。

他上次蒙羞，是她比他早升任督察。她的早早高陞促使他搬家轉任編制較小、競爭也較少的西梅西亞警廳。

「妳來這裡做什麼？我想，妳會發現這是西梅西亞的案子。」

「但我想你會發現這案子發生在邊界，而我有優先權。」

她下意識地走到浴缸前。受害者不需要更多好奇的眼光流連在她的裸屍上。

「這是我的案子，史東。」

金搖搖頭，環抱著雙臂。「我不會讓步，湯姆。」她歪著頭說：「我們還是可以協力調查，但是我先到，所以由我主導。」

他消瘦刻薄的臉漲得通紅。要他向她回報，除非他先用生鏽的湯匙挖出自己兩顆眼球。

她上下打量他。「我第一個指示，是進入犯罪現場必須有恰當的防護措施。」

他低頭看她的雙腳，然後看到自己沒穿鞋套的腳。欲速則不達，她告訴自己。

她放輕聲音。「別把這案子搞得像場討人厭的競爭，湯姆。」

他輕蔑地看了她一眼，接著才轉身衝出浴室。

金把注意力放回屍體上。

「妳一樣會贏。」基慈靜靜地說。

「什麼？」

他的眼眸充滿了興致。「一場討人厭的競爭。」

金點頭。她知道。

「我們能把她移出去了嗎？」

「再拍兩張她胸骨的特寫。」

他說話時，一名鑑識人員拿著大砲鏡頭瞄準女人的胸口。

金靠上前去，看到女屍兩側乳房上各有一個印子。

「強壓下去的嗎？」

「我正這麼想。初步檢查看不到其他傷口。驗屍過後，我會告訴妳更多細節。」

「死亡時間呢，有沒有什麼推測？」

金沒看到基慈使用過肛溫穿刺的痕跡，所以她猜，在自己抵達之前，基慈已經測量過肛溫。她知道屍體在第一個小時會降一點五攝氏度，之後通常每小時會繼續降一點五到一度。她也知道這個數值會受許多因素影響。更何況受害者裸著身子而且泡在已經變冷的洗澡水中。

他聳聳肩。「我稍後會計算，但我會說，大約不超過兩小時。」

「你什麼時候可以——」

「我手上有個九十六歲的婦人躺在扶手椅上睡著後過世，另外還有個二十六歲的男屍手上還插著針頭。」

「也就是沒有急件？」

他看看手錶。「中午？」

「八點。」她討價還價。

「最早十點。」他埋怨地說。「我是人，偶爾也需要休息。」

「太好了。」她說。十點是她心裡想要的時間。這足以讓她有機會向她的團隊做個簡報，指派人手。

金聽到樓梯間傳來更多腳步聲。氣喘吁吁的聲響越來越近。

「崔維斯警長，」她頭也不回地問：「我們有什麼線索？」

「員警正在查訪這個地區。最早抵達的員警詢問了幾名鄰居，但他們只知道消防員抵達現場。報案的是路過的機車騎士。」

金轉過身點點頭。最早抵達現場的員警很盡責，做得很好，為鑑識小組保留下完整的現場，也詢問了可能的證人，但問題是這些房子離馬路有段距離，且相隔甚遠。所以對那些好管閒事的鄰居來說，這可算不上什麼探秘的好地方。

「繼續說。」她說。

「嫌犯打破後門玻璃進來，而且消防員證實前門沒上鎖。」

「嗯……有意思。」

她點頭致謝，走下樓去。

一名鑑識人員正在檢查走廊，另一名在後門擷取指紋。吃早餐的桌檯上放著一個設計師名牌包。金不知道那金色字母扣環是什麼牌子。她從來不用手提包，但那個名牌包看起來不便宜。

第三名鑑識人員從隔壁的餐廳走進來。他朝手提包點個頭示意。「東西都在。信用卡和現金完好無缺。」

金點頭，朝屋外走去。她在門口拉掉鞋套，放進第二個盒子裡。在犯罪現場用過的所有防護衣具事後都會再經過檢查，尋找蛛絲馬跡。

她鑽過封鎖線。一名消防員留下來戒備，確認火災確實撲滅。火很靈活，稍微一點沒注意到的灰燼就能讓這地方在幾分鐘內再次起火。

她站在車邊，拉開距離檢視眼前的現場。

泰瑞莎．懷厄特獨居。兇手沒拿走任何東西，甚至沒有翻找的痕跡。

殺人兇手知道屍體最早也是在隔天早上才會有人發現，他大可安全離開現場，然而卻選擇縱火，提早引來警方關注。

現在，金該做的，是找出原因。

4

早上七點半，金把「忍者」重機停在黑里斯歐文鎮環鎮道路旁的警察局，環鎮道路圍著小小的購物區和一所中學。警局離法院近在咫尺；方便歸方便，但要申請費用就備受刁難。

警局三層樓建築和所有其他政府建築一樣對不起納稅人，索然無趣又不吸引人。

她走向督察辦公室，沿路沒和任何人打招呼，這是說，同樣也沒有人向她問好。金知道自己素有冷漠、具有社交障礙人格的名聲。這個看法引來不少閒話，但她不以為意。

一如往常，她是第一個走進警員辦公室的人，於是她打開了咖啡機。這間辦公室裡有四張辦公桌，兩兩一排，互相對望。每張辦公桌都相同，上頭放著電腦螢幕和一點也不搭調的檔案抽屜。

這當中，三張辦公桌有固定的使用人，另一張沒人使用，因為他們幾個月前才剛縮編。通常，她比較愛窩在這個空位，而不是自己的辦公室。

門上掛著金名字的空間通稱「大碗盆」，這空間不過是大辦公室右前方以石膏板和玻璃隔出來的角落。

她偶爾會用那個空間做「個人表現輔導」——也就是美好往日的「狠狠訓斥」。

「早安，老闆。」警員伍德滑坐到椅子上時出聲招呼。史黛西．伍德有一半英國一半奈及利亞血統，但這輩子從未踏出過英國。她一頭捲曲濃密的黑髮剪得很短，從原來的辮子頭變成如今的幾乎貼頭。史黛西光滑的焦糖色皮膚很適合剪這個髮型。

她的工作空間整齊又乾淨。所有沒貼上標籤的文件匣都整齊地擺在辦公桌的最前方。

後面跟來的是布萊恩警長，他瞥向「大碗盆」，嘴裡喃喃地說：「早安，老闆。」他六呎高的身材看起來完美無瑕，像是他母親為了上主日學校特別為他打扮一樣。

他一到，立刻把外套掛在椅背上。到了晚上，他的領帶會幾次掉到地上，襯衫最上方的釦子會解開，袖子會捲到肘邊。

她看到布萊恩看了她的辦公桌一眼，顯然是要找咖啡杯。接著他看見她已經倒了咖啡，用的是他十九歲女兒送的禮物，上頭印著「全球頂尖計程車司機」。

他的歸檔方式不是人人都懂，但金只要開口要任何文件，不出幾秒鐘就能拿到手。他的案頭放著他和妻子結婚二十五週年的裱框照，皮夾裡塞著一張女兒的照片。

凱文·道森警長是她團隊的第三名成員，他桌上倒是沒有放上任何特別人士的照片。如果他想展示他的摯愛之人，那麼上班時間裡，他面對的會是自己的照片。

「抱歉，我遲到了，老闆。」道森坐到伍德對面的椅子上，整個團隊總算到齊。

就正式工作時間來說，他不算遲到。他們表定早上八點上班，但她喜歡大家早點進辦公室聽取簡報，特別是手上拿到新案子時。金不愛緊盯班表，按表操課的人通常不會在她的團隊裡留太久。

「嘿，史黛西，妳到底要不要幫我倒杯咖啡？」道森邊滑手機邊問。

「當然要，凱文，你喜歡怎麼喝？加奶加兩顆糖，直接淋在腿上？」她用重重的黑鄉腔甜甜地問。

「史黛西，妳要來杯咖啡嗎？」他明知她不碰咖啡，還是站起身問。「妳整晚對抗那些術士一定累了。」他譏諷地說，暗指史黛西沉迷於線上遊戲「魔獸世界」。

「其實啊，凱文，我從一名高階女祭司那裡得到強力武器，可以把男人變成憤怒的蠢蛋——但看來有別人先找上你了。」

道森捂著肚子裝笑。

「老闆，」布萊恩在她身後說：「這兩個孩子又惹麻煩了。」他轉身面對他們，搖著手指說：「你們兩個啊，等你們的媽媽回家就知道了。」

金翻個白眼，坐到空桌後，急著開始。「好，布萊恩，去發報告。凱文，到白板前面。」道森拿起麥克筆，站到與整面黑牆一樣大的白板旁邊。

在布萊恩分派文件時，她陳述當天稍早發生的狀況。

「我們的受害者叫泰瑞莎．懷厄特，四十七歲，是史陶橋鎮一所私立男校的校長，備受尊敬。她沒結婚也沒小孩，生活寬裕但不奢華，據我們所知沒有敵人。」

凱文點頭表示聽到，在「受害者」標題下方一點接著一點地標注重點。

布萊恩的電話響起。他簡單說了幾句才掛上聽筒，然後對著金點個頭，說：「伍瓦德找妳。」

她沒理他。「凱文，另外再開一個標題：『犯罪活動』。沒有謀殺武器，不是搶劫，到目前為止沒有法醫證據，也沒有線索。」

「下一個標題：『動機』。通常，人會遭謀殺都是因為他們從前做過、現在正在做或將要做的事。據我們所知，我們的受害者並沒有參與任何危險活動。」

「呃……老闆，總督察找妳。」

金又大口喝了一口咖啡。「相信我，布萊恩，我喝過咖啡後會比較討人喜歡。凱文，驗屍報告十點會出來。史黛西，盡全力找出受害者的所有資訊。布萊恩，聯絡學校，告訴他們我們要過去。」

「老闆……」

金把咖啡一飲而盡。「鎮定，你這個婆婆媽媽的傢伙，我這就過去。」

她一次跨兩階樓梯，來到三樓，在走進辦公室前先輕輕敲門。

伍瓦德總督察體格魁偉，年紀大約在五十五上下。多種血統的混血讓他擁有光滑的棕色皮膚，一直延伸到光禿禿的腦勺。他的黑褲子白襯衫整燙得宜，所有折痕都在該在的位置。總督察鼻尖的老花眼鏡稍稍掩飾了眼鏡後方疲倦的雙眼。

他招手要她進來，指著一張椅子要她坐下。這位子讓她得以絲毫不漏地瀏覽他擺放汽車模型收藏的玻璃櫃。低層架子上是精選英國古董車，上層展示的，則是幾個世紀以來的警用車，包括一輛四〇年代的MG「TC」、一輛福特「安吉利亞」、一輛「黑色瑪麗亞」，以及驕傲地佔據中央位置的捷豹「XJ40」。

玻璃櫃右側的牆上釘著一幅伍瓦德與前首相東尼·布萊爾握手的合照。再過去的右邊，是他一身軍服打扮、派往阿富汗之前的長子派崔克。十五個月後，派崔克穿著同一套制服下葬。

伍瓦德一掛斷電話，立刻拿起辦公桌邊上的紓壓球，右手一壓一放地捏著那顆球。金知道只要自己來到他面前，他便會經常拿起紓壓球。

「妳現在有什麼線索？」

「非常有限，長官。你找我時，我們正在擬調查大綱。」

他握著球的指節發白，但沒理會她的挖苦。

她的視線飄移到他耳朵右側，瞥向窗台上他正在製作的模型。那是一輛勞斯萊斯的「幽靈」，顯然有好幾天沒有進度了。

「聽說華爾教督察去找妳小聊了一下？」

這麼說，戰鼓已經敲響了。「我們在屍體邊寒暄了幾句。」

汽車模型看來有些不對。在她看來，軸距似乎太長。

他捏球的力道更重了。「他的總督察和我聯絡。除了對妳提出正式抗議，他們還要那個案子。」

金翻個白眼。那個狡猾的小人不能自己出面作戰嗎？

她強壓下衝動，控制自己不要走過去拿起勞斯萊斯模型修正錯誤。

她調整視線，直視自己直屬上司的雙眼。「可是案子不會落到他們手上，對吧，長官？」

他迎視她，好一會兒後才說：「不會，史東，無論正式抗議會讓妳的個人資料多難看，以及，老實說，這些抱怨讓我開始有多麼不耐煩，他們還是搶不到案子。」他把球換到左手。「好，對於妳這個案子找誰搭檔，我很好奇。」

金覺得自己像是被迫選擇自己最好的新朋友。她上回表現評估的有待改進事項，是與人和睦相處。

「我可以選嗎？」

「妳會選誰？」

「布萊恩。」

伍瓦德的嘴角揚起一抹隱約的笑容。「那好，妳可以選。」

她心想，這意思就是她根本沒得選。布萊恩可作為損害折衝，在相鄰轄區的警力在她背後緊盯時，伍瓦德不打算冒任何風險；他要個有責任感的成人來看顧她。

她正想給上司一點小建議，替他省下拆卸後輪軸的幾小時，但很快又改變了心意。

「還有事交代嗎，長官？」

伍瓦德把紓壓球放回桌上，拿下眼鏡。「隨時向我回報。」

「那當然。」

「喔，還有，史東……」

她已經走到門口，轉身看著伍瓦德。「偶爾讓妳的團隊休息一下。他們不像妳，不能靠USB

插槽充電。」

金離開他的辦公室，心想，伍瓦德不知花了多少心血才想出那句金玉良言。

5

金跟在學校接待員寇特妮的身後穿過聖約瑟夫男校走廊，走向代理校長辦公室。金走在後方，她驚奇地欣賞這女人腳踏四吋高跟鞋還能敏捷走動的能力。

路過一間又一間教室時，布萊恩嘆了一口氣。「這難道不是妳生命中最美好的時光？」

「不是。」

他們來到二樓一條長走廊，寇特妮將他們帶進一間辦公室。辦公室門上，褪色橢圓形名牌上的名字已經被拿掉。

辦公桌後的男人站了起來。他穿著昂貴的西裝，天藍色的領帶像是絲綢，色調勻稱的黑色頭髮顯示才剛染不久。

他隔著辦公桌伸出手。金轉過頭，研究牆壁上掛的東西。所有寫著泰瑞莎·懷厄特的證書或紀念品都已經取了下來。

布萊恩握住男人伸過來的手。

「謝謝你抽空接待我們，懷特豪斯先生。」

「據我瞭解，你是副校長。」金說。

他點點頭，坐了下去。「我會接任代理校長的職務，如果我能對調查提供任何協助——」

「喔，我相信你會的。」金打斷他的話。懷特豪斯的態度有些虛假，就像經過刻意的預習。他已經進駐泰瑞莎．懷厄特的辦公室，抹除了有關她的所有痕跡，基本上，這個作法就夠引人反感了。泰瑞莎喪命還不到十二小時。金猜想，懷特豪斯的履歷同樣也已經更新完畢。

「我們想要一份教職員名單。麻煩你安排他們按姓氏字母排列，依序和我們面談。」

從下顎的角度看起來，他對這些指示的反應不全然服從。有那麼一會兒，金納悶他是對所有女人都持這種態度，或只是針對她。

他垂下雙眼。「沒問題。我會請寇特妮立刻為你們安排。我特地在走廊上空下一間辦公室，那裡再適合你們問話不過了。」

金環顧四周，搖搖頭。「不必，我認為我們在這裡就很好。」

他張嘴想回應，但良好的教養讓他忍下，沒有這麼快就對自己的工作空間提出使用所有權。懷特豪斯收拾起辦公桌上的東西，朝門口走去。「寇特妮馬上過來。」

代理校長走出去後隨手關上門，布萊恩低聲竊笑。

「怎麼了？」她問道，在辦公桌後坐了下來。

「沒事，老闆。」

他搬了辦公室裡的一張椅子，放到辦公桌旁，也跟著坐下。

金打量保留給受訪者的另一張椅子。

「把那張椅子往後拉一點。」

布萊恩把椅子往門口的方向拉。如此一來，坐在這張椅子上，前後都無處可以憑靠。這下她可以觀察對方的身體語言了。

有人輕敲了一下門。辦公室裡的兩個人同時說：「請進。」

寇特妮拿著一張紙進來，嘴角藏不住微笑。這麼看來，懷特豪斯先生沒那麼受歡迎。

「阿德靈頓已經在外面，等兩位準備好就可以進來了。」

金點頭。「請帶他進來。」

「我可以幫你們準備什麼嗎？咖啡還是茶？」

「太好了。我們兩個都要咖啡。」

寇特妮走到門口時，金才想起來，說：「謝謝妳，寇特妮。」

寇特妮點頭回應，幫第一位受訪者拉開門。

6

到了下午四點十五分，聽完十二次一模一樣的對話後，金把頭撞向辦公桌，腦袋和桌面碰撞的感覺讓她能舒服些。

「我懂妳，老闆。」布萊恩說：「看來，我們的停屍間裡躺的是一個現實世界的聖人。」

他從口袋裡掏出一包薄荷止咳糖。她數過，這是第五顆了。

兩年前一次胸腔感染促使醫師指示他戒除每日抽三十根菸的習慣。為了擺脫劇烈咳嗽，布萊恩不停地把止咳糖往嘴裡扔。結果菸是戒了沒錯，但取而代之的是止咳糖上癮。

「你知道，那種東西應該少吃點。」

「有些日子就是免不了，老闆。」

如同受季節影響吸菸量的癮君子一樣，他在壓力大或無聊時更放縱自己。

「接下來是誰？」

布萊恩研究名單。「瓊安娜·偉德，英文老師。」

金翻個白眼，這時門正好打開來。走進來的，是個身穿訂製黑長褲搭配淺紫色絲襯衫的女人。她一頭金髮往後梳成馬尾辮，露出堅毅的方形下巴和化了淡妝的臉孔。

她沒打算握手，直接坐下，把右腳踝勾在左腳踝上，雙手則整齊俐落地放在腿上。

「我們不會佔用妳太多時間，偉德太太。我們只問幾個問題。」

「偉德女士。」

「抱歉。」

「妳是督察女士，不是督察太太，但請叫我瓊安娜就好。」

她的聲音低沉又節制，帶著些許北方口音。

「謝謝，偉德女士。妳認識懷厄特校長多久了？」

這位老師露出微笑。「我是懷厄特校長聘雇的，大概有三年了。」

「妳們兩人之間工作關係怎麼樣？」

偉德女士緊盯著金看，輕輕歪著頭。「當真嗎，督察，不必先來段前戲？」

金沒理會她的諷刺，也直視著她。

「請妳回答問題好嗎？」

「當然好。我們的工作關係還不錯。這不表示沒有起伏，我發現大多數女性之間的工作關係都會如此。泰瑞莎是個很專注的校長，信念非常堅定。」

「哪方面的信念？」

「現在的教育方式和泰瑞莎念書的時代有很大的改變。想在那些年輕、豐富的心智裡灌輸知識需要創意。我們都試圖適應文化的改變，但泰瑞莎相信透過安靜、有紀律的書本學習才是唯一的教學方法，任何想嘗試不同方式的人，都會受到相對的建議。」

瓊安娜．偉德說話時，金評估她的身體語言，認為她態度開放且坦白。金還注意到瓊安娜連看都沒看布萊恩一眼。

「可以舉個例嗎？」

「幾個月前，我一個學生交的報告中有半數使用在訊息或臉書上常用的縮寫。我要全班二十三個學生到置物櫃裡拿出他們的手機，要求他們在接下來的十分鐘裡用正規、文法正確而且含標點符號的英文給彼此發送訊息。這個作法對他們來說完全陌生，但他們全抓到了重點。」

「重點是什麼？」

「溝通方法不能轉換。此後，同樣的狀況再也沒發生過。」

「但泰瑞莎對這個作法不滿意？」

偉德女士搖頭。「一點也不滿意。她認為那男孩應該要留校察看。這麼做才可以傳達更清楚的訊息。她沒想到我竟然會反對，於是在我的檔案裡留下不服從的註記。」

「我們從其他教職員口中聽來的不是這樣，偉德女士。」

她聳聳肩。「我不能代表別人發言，但是我會說，這裡有些老師選擇放棄。他們接觸年輕心智的方式不再可行，他們只是原地踩水等待退休。他們保持著缺乏創意、無法鼓舞學生的態度。我呢，我可不是那樣。」她的頭再次一歪，嘴角揚起微笑。「要教導現在的青少年去欣賞英文的美和細膩，真的很有挑戰性。但是我堅定相信人不可以躲避挑戰。妳不同意嗎，督察？」

布萊恩咳了一聲。

金以微笑作為回應。經過十二次相同的回答後，這個女人自信和坦率的言談宛如清新的空氣。這種露骨的調情也很有意思。

金往後坐。「關於泰瑞莎這個女人，妳有什麼能告訴我的？」

「妳希望我遵循政治正確的說法，對剛過世的人來番讚美——還是我可以坦白說？」

「我希望妳能坦白直言。」

偉德女士再次交叉雙腿。「身為學校校長，泰瑞莎勤奮專注。但就女人而言，我覺得她是個相當自私的人。妳也看到，她辦公桌上沒有任何她摯愛或重視事物的照片。除了把教職員在學校裡留到晚上八、九點之外，她沒其他的想法。

「她花了很多時間做香氛按摩、名牌購物和預訂昂貴的旅行上。」

布萊恩寫下幾個重點。

「還有沒有什麼是妳覺得對調查有幫助的資訊？」

女人搖頭。

「謝謝妳的時間。」

偉德女士身子往前傾。「如果妳需要不在場證明，督察，事發當時，我正好在利博帝健身房練習瑜伽。瑜伽對肌肉的靈活性很有幫助。如果妳有興趣，我每週四晚上都會在那裡。」

金迎視她的目光。那雙淺藍色的眼眸中閃爍著挑戰。她悠哉地往前靠向辦公桌，遞出一張名片。

金別無選擇，只能伸出手。偉德女士把名片放在金的掌心，接著，她的手由遞放轉換成握手的姿勢。這隻手長冰涼有力，抽手前，指頭還在金的手掌上停留了一會兒。

「這是我的電話號碼。如果我能提供任何進一步協助，請隨時來電。」

「謝謝，偉德女士，妳幫了很大的忙。」

「天哪，老闆。」門關上後，布萊恩說：「不必看教科書，任何人都看得懂那些訊息。」

金聳聳肩。「你不是看懂了，就是什麼也沒看出來。」

她把名片放到夾克口袋。「還有人嗎？」

「沒有了，她是最後一個。」

兩人都站了起來。「今天就這樣。回家歇著吧。」金說。

她有種感覺，他們會需要休息的。

7

「好，各位，希望你們都稍微休息過，也和你們的摯愛吻別了。」

「是啊，在可預見的未來，我們是不會有社交生活了。」道森抱怨道：「也就是說對史黛西沒有影響，但我們其他人有真正的人生啊。」

金沒理會他。暫時不想理會。「理盲大頭們要我們在週末前把案子解決掉。」

他們全都知道理盲大頭們指的是誰。形容詞後面的主詞則隨她的心情而異。

道森嘆了一口氣。「如果我們的兇手沒接到這個指示怎麼辦，老闆？」他問道，一邊滑著手機。

「那麼我會在星期五逮捕你，相信我，我會讓罪名成立的。」

道森放聲大笑。

她仍然保持嚴肅的態度。「凱文，你再繼續惹我，剛剛講的就不會是玩笑話。好了，驗屍報告提供了什麼資訊？」

他拿出筆記簿。「雙肺積水，確定是溺斃。胸口有兩片瘀青。沒有性侵的跡象，但這很難說。」

「還有嗎？」

「有，她晚餐吃的是印度式腰果咖哩燉雞。」

「這好，案情會因此露出曙光。」

道森聳聳肩。「老闆，這實在不足以推斷出什麼結果。」

「布萊恩？」

他拿起幾張紙，但金知道所有資料都已經輸入他的腦袋裡。

「昨天我們又派員在那一帶問話，但沒有鄰居聽到或看到任何動靜。有幾個鄰居曾經碰巧遇見過她，但她顯然不是會和鄰居頻繁往來的人，不是社交高手。」

「嗯，我們找到動機了。因為缺乏溝通意願而殺害她。」

「有人因為更微不足道的理由而遭人殺害，老闆。」布萊恩回答。關於這點，她不得不讓步。三個月前，他們偵破了一樁男性護理師因為兩罐啤酒和口袋裡的零錢而遭人殺害的案子。

「還有呢？」

布萊恩拿起另一張紙。「鑑識組還沒有傳來消息。他們顯然沒有找到腳印，現在才開始進行纖維分析。」

金想到羅卡交換定律。法國法醫學家羅卡主張罪嫌一定會留下某些東西，也會帶走一些東西。這些東西可以是毛髮，甚或是最簡單的纖維。技巧在於如何找到。但在經歷了八名消防員踩踏的犯罪現場再加上積水的浴室，微物線索絕不會自動自發地出現。

「指紋呢？」

布萊恩搖頭。「大家都知道犯案工具是一雙手，所以我們不太可能在樹叢或其他地方找到這件工具。」

「妳也知道，老闆，這和電視上演的《CSI犯罪現場》不一樣。」史黛西說。「從她的電話裡也找不到線索。所有來電或去電都是和聖約瑟夫和當地餐廳的通話。她的聯絡人名單不怎麼長。」

「沒有親友？」

「沒有讓她在意到保持聯絡的親友。我已經申請調閱她家的通聯紀錄，她的筆電也快送過來了。也許從中可以找到一些蛛絲馬跡。」

金咕噥一聲。「所以，基本上，過了三十六個小時，我們還在原地踏步。我們對這個女人一無所知。」

布萊恩站起來。「老闆，給我一分鐘。」他說完話，站起來走出辦公室。

她翻個白眼。「好吧，趁布萊恩去補妝時，我們來總結一下。」她看著白板，上頭的資訊沒比前一天增加多少。

「我們看到的是一個年近五十、具有野心、工作認真的女人。她不太熱中社交，也不特別受歡迎。這個女人獨居，沒養寵物，和家人沒有聯繫，沒有涉入任何危險活動，看來也沒有嗜好或興趣。」

「實情可能並非如此。」布萊恩回到座位上，說：「她顯然對一項正在進行的考古挖掘很有興趣。這個位在某個叫羅利雷吉斯的計畫才剛通過批准。」

「你是怎麼知道的？」

「我剛和寇特妮說過話。」

「哪個寇特妮？」

「昨天幫我們端咖啡的寇特妮。我問起在過去幾星期內，我們的受害者曾否和外人談話。她曾經要寇特妮幫她找伍斯特學院一位密爾頓教授的電話號碼。」

「我在本地新聞上看到過這件事。」史黛西也說：「許久以來，密爾頓教授一直想得到挖掘許可。那地方只是一片燒毀的廢墟，但據說下面埋著錢幣。這兩年來，密爾頓教授不斷提出申訴，但一直到這星期才終於得到許可。因為申訴時間太長，這消息還上了全國新聞。」

金終於有振奮的感覺了。她對本地活動的興趣當然比不上一管冒煙的槍，但比起十分鐘前，這消息強多了。

「好，你們兩個繼續挖，抱歉，那是個雙關語。布萊恩，去發動蝙蝠車。」

道森重重嘆氣。

金一把抓起夾克，在道森的桌邊停了一下。「史黛西，妳現在不是該去洗手間了？」

「不必，長官，我很好……」

「史黛西，出去。」

圓滑和交際手腕是為那些手上有太多時間的人發明的。

「凱文，暫時放下你的手機聽我說。我知道你現在不好過，但其實你是自找的。如果你當初那兩星期能管好自己褲襠裡的小老弟，你現在會躺在女友和小女嬰的懷抱裡，而不是在你老媽家的客房。」

金沒那個習慣，不會和她的團隊來多愁善感的那套。要她細膩對待一般大眾都有困難了。

「那是在男人單身派對上喝醉酒犯下的愚蠢錯誤……」

「凱文，我無意冒犯，但那是你的問題，與我無關。但如果每次你一不如意，就像個小女孩一樣發脾氣，那張空桌不會是辦公室裡唯一的一張。這樣清楚了嗎？」

她狠狠瞪著他。他嚥下口水，點點頭。

金沒再說話，轉身就離開辦公室下樓去。

道森是個有天分的警員，但是他踩的這條線確實太細。

8

金踏進另一所學習機構，這裡同樣散發著學校都會有的純真氣息。

布萊恩走向接待桌，她則站在一旁。她右手邊有群年輕男性看著手機大笑，其中一人轉頭看她，視線一路從她的頭看到腳，最後拉回她的胸脯上。他歪著頭，露出微笑。

她模仿他的動作，看到了窄管牛仔褲、V領T恤和歌手小賈斯汀的髮型。

兩人目光相接，彼此微笑示意。「那是不可能的事，甜心。」

他立刻回到男孩群中，希望自己的朋友沒看到剛才那番交會。

「這裡有點不對勁。」布萊恩說：「聽我說要見教授，接待員顯得很困惑，告訴我馬上會有人過來，但我覺得不會是他。」

突然間，一名穿著高跟鞋的四呎高女人快步走來時，好幾群人像紅海一樣自動分了開來。她體型雖小，但走路的速度猶如子彈，勢如破竹。她銳利的雙眼在接待處搜索，最後停留在他們兩人身上。

「該死，趕快躲。」布萊恩說，這時對方已經朝他們走過來。

「兩位警官好。」她問道，伸手準備相握。

一陣刺鼻的蘋果花香刺激著金的鼻子。女人鬈曲的灰髮緊貼著頭皮，埃德娜夫人[1]如果看到她架在鼻子上的眼鏡，絕對會想要回去。

布萊恩和她握手，但金沒有。「妳是哪位？」

「皮爾森太太，我是密爾頓教授的助理。」

好，顯然教授忙到沒時間接待他們。但若從他助理身上問不出任何資訊，他們還是得堅持和教授見面。

「有關密爾頓教授進行中的計畫，我們方便請教妳一些問題嗎？」布萊恩問道。

「要簡短一點。」她回答。她不打算提出私下談話的建議。這個女人顯然只會給他們一點點時間。

「教授對考古挖掘有興趣？」

皮爾森太太點頭。「沒錯，幾天前才得到許可。」

「他想找什麼？」布萊恩問道。

「有價錢幣，警長。」

金揚起一邊眉毛。「在羅利雷吉斯郊區？」

皮爾森太太嘆口氣，彷彿在和一個不聽話的學步幼兒說話。「你們顯然對我們附近的豐富歷史毫無認識。你們從來沒聽過斯塔福郡聚藏？」

❶ Dame Edna，澳洲演員 Barry Humphries 創作、演出的反串角色，淡紫色頭髮和貓眼鏡為其外貌特徵。

金看向布萊恩，兩個人都搖頭。

皮爾森太太不打算隱藏她的不屑。學院外的人士顯然既庸俗又缺乏教養。

「那是幾年前在利奇菲爾德一片空地上挖掘到的庫藏，算是我們這個時代最豐富的盎格魯－撒克遜金屬製品寶庫，有超過三千五百件金製物件，價值超過三百萬英鎊。在此之前，最近一次發現古羅馬銀幣，是西元前三十一年在特倫特河畔的斯多克找到的。」

金大感興趣。「這些錢歸誰所有？」

「嗯，以最近一次在伍斯特郡布雷頓丘的發現來說好了。有個男人用金屬探測器發現羅馬金製品，包括金幣在內。他和農地所有人拿到了超過一百五十萬英鎊。」

「教授為什麼認為羅利雷吉斯藏有寶藏？」

皮爾森太太聳聳肩。「本地傳說，有關那一帶曾經是戰場的神話。」

「他最近有沒有接到一位泰瑞莎．懷厄特女士的來電？」

皮爾森太太想了想。「應該有。她打過幾次電話，堅持和密爾頓教授說話。他好像在某天下午回過她電話。」

金受夠了。這當中顯然有蹊蹺，光和耍把戲的猴子講話不能讓她滿足。她需要豢養這隻猴子的街頭藝人親自回述他們的對話。

「感謝妳幫忙，皮爾森太太，但我想，無論教授多忙，我們都必須立刻和他說話。」

皮爾森太太先是困惑，接著發起脾氣。「督察，我倒想問問妳。你們難道不互相溝通嗎？」

「抱歉，我們沒聽懂？」布萊恩問道。

「你們顯然不是失蹤人口協尋小組的人，否則你們就會知道。」

「知道什麼，皮爾森太太？」

她哼了一聲，交叉雙臂抱在胸前。「知道已經有四十八小時沒人看到密爾頓教授或聽到他的消息了。」

9

妮可拉．亞當森把鑰匙插進閣樓公寓的門鎖，迎面襲來的不祥預感讓她閉上雙眼。她雖然已經放輕動作，但聲音仍然迴盪在走廊上。凌晨兩點半時，大部分聲音都會如此。

住在四C公寓的米拉．道恩斯隨時會出來，看是誰在走廊上製造噪音。妮可拉敢說，那名退休會計絕對是靠在前門邊睡覺。

正如所料，她聽見鄰居下門栓滑動的聲音，但她在一人守望相助委員會瞥見她之前，成功地閃身躲進自己公寓。

還沒按下電燈開關，妮可拉已經感覺到家裡的不同。她家被佔領，被侵入。雖然房子還是她的，但她不得不全部與人分享。再一次分享。

她脫下鞋子，放輕腳步，安靜地穿過客廳走向廚房。儘管客房裡有人，她仍想盡可能保持自己的習慣、例行活動和生活。

她拿出冰箱裡的義大利千層麵，放進微波爐。工作永遠讓她覺得疲倦，這是她的日常；從俱樂部回家，趁沖澡時加熱食物，吃點東西搭配一杯紅酒，然後上床睡覺。

分享她的家不會改變這一切。然而，她還是躡手躡腳地走進浴室。她累了，沒心情引發什麼衝突。

走進浴室，妮可拉終於鬆了一口氣。每扇她穿過、關上的門都是一場打贏的戰爭。她想像自己置身於電腦遊戲中，目標是跑得比敵人快，確保每個空間都安全無虞。

她把衣服丟在淋浴間外面的地上，一邊責罵自己：這不公平。她必須調整溫度控制刻盤，這惹得她心煩。直到一星期之前，她還不需要調整任何東西；刻盤上的溫度就和她上一次使用時一樣。

她閉上雙眼，仰起臉迎向灑下的水。水像針一樣刺在皮膚上的感覺真好。她轉身背對水花，伸長後頸。沒幾秒鐘，水便沖溼了她的金色長髮。她朝背後的置物架伸出手，卻什麼也沒摸到。該死的，洗髮精的瓶子又放到地上去了。

她彎腰拿起瓶子，指尖一壓到瓶子，洗髮精就噴到淋浴隔間的玻璃上。再一次地，她吞下厭煩的感覺。分享空間應該很簡單才對，但這還真是去他的困難。這是她這輩子都必須做的事。

她可以感覺到自己肩頸上的壓力。對她來說，今天晚上過得著實不容易。

她從二十歲起就在羅克斯伯俱樂部工作，五年來，她享受著工作時的每分每秒。就算有人認為她的工作下流丟臉，她也不在意。她喜歡跳舞，喜歡展現自己的身體，而男人會付大把鈔票來看她。她既不脫衣也不准人觸摸。羅克斯伯不是那種俱樂部。

伯明罕市中心還有其他俱樂部，每間俱樂部的每名舞者都渴望能夠到羅克斯伯工作。對妮可拉而言，那是她唯一會去工作的地點。她打算到了三十歲便從舞者這個行業退休，追求其他的興趣。她的銀行帳戶撐得起這個計畫。

過去五年來，她成了俱樂部裡最受歡迎的女孩。她平均每夜會接三場私人舞蹈演出，一場兩百鎊的價碼不容小覷。

她知道，對某些女性主義分子而言，她是個反對分子；但她對這些意見只會豎起中指。她覺得女性解放主義和她選擇跳舞一樣正確；她不是那種需要錢的茫然毒蟲，重點在於：她享受這個工作。

她小時候就愛上了表演。她努力爭取讓自己與眾不同、讓別人能注意到她的個人特色。

但今晚，她對自己的演出一點也不滿意。客人沒有抱怨；水晶酒杯一直沒空過，她最後一組客人還開了兩瓶香檳王，這讓她的老闆十分開心。

但妮可拉自己知道。她覺得自己的身心沒有充分投入。對她來說，這就是最佳女主角和最佳女配角的差別。

她沖掉潤絲精，走出淋浴間，擦乾身體後舒適地裹在浴袍裡，享受溫暖布料接觸皮膚的感受。她綁緊腰帶，走出浴室。

突然，她停下腳步。在那一瞬間，她忘了。就那麼一下子而已。

「小貝。」她喘著氣說。

「不然還有誰？」

妮可拉走向廚房。「對不起把妳吵醒了。」她拿出微波爐裡的千層麵，再拿出兩個盤子，將千層麵分成兩份。

「我不餓。」小貝說。

聽到小貝濃濃的黑鄉腔，妮可拉強忍下哆嗦。她自己費了許多功夫才克服這個問題。小時候，她們都那樣說話，但小貝一直沒有嘗試去改變。

「妳今天吃過東西嗎？」妮可拉問出口，接著默默提醒自己。她哪天才會擺脫身為雙胞胎姊姊的習慣？就算幾分鐘也好。

「妳不希望我住這裡，對吧？」

妮可拉瞪著盤裡的麵，忽然沒了胃口。妹妹大剌剌的問題沒嚇到她，而說謊無益。小貝瞭解她的程度不亞於她本人。

「不是我不想妳住這裡，只不過我們已經分開很久了。」

「那是誰的錯呢，親愛的姊姊？」

妮可拉吞下口水，把自己的盤子拿到洗碗槽。她不敢看向自己的妹妹，因為她不敢面對指控和所受的傷害。

「妳明天有什麼計畫嗎？」她問道，把話題帶向沒那麼敏感的領域。

「當然。妳明天晚上又要工作嗎？」

妮可拉沒說話。小貝明顯不贊成她的生活方式。「妳為什麼讓自己那麼不堪？」

「我享受我的工作。」妮可拉為自己辯護。她痛恨自己抬高了八度的聲音。

「可是妳有社會學的學位，那是該死的浪費。」

「至少我有學位。」妮可拉回嘴後立刻後悔。兩人間的靜默充滿緊張的氣氛。

「呃，是妳搶走我的夢想，不是嗎？」

妮可拉知道小貝把姊妹失和的責任放在她身上，但她從來不敢問原因。

妮可拉瞪向雙手緊抓著的洗碗槽。「妳為什麼回來？」

小貝重重嘆口氣。「我還能去哪裡？」

妮可拉靜靜點頭，兩人間的氣氛緩和下來。

「一切又要從頭開始了，是吧？」小貝靜靜地問。

妮可拉聽出妹妹音調中的脆弱，這讓她一陣心痛。有些連結永遠無法打破。

她眼前的髒餐盤逐漸模糊，她突然回憶起妹妹不在身邊的這幾年，宛如重重壓在她身上的壓力。

「這次妳要怎麼保護我，姊姊？」

妮可拉擦掉眼淚，轉過身向雙胞胎妹妹伸出手，但客房的門已經關上。

妮可拉清理掉第二個盤子上的東西。她低聲對著客房說：「小貝，無論妳為什麼怨恨我，對不起。我真的非常、非常抱歉。」

10

早晨七點，金站在墓碑前，攏緊身上的皮夾克。在羅利丘頂的波克巷墓園裡，狂風在她周遭呼號。這天是星期六，無論手上有沒有新案件，她一向會在星期六為家人保留時間。

墓園裡的墓碑上還留著殘跡，那是聖誕節後，仍然在世的罪人們留下的禮物；花環剩下殘枝骨架，在天氣摧殘下，聖誕紅黯然失色。印度紅花崗岩墓碑頂上結了一層霜。

當年她只用簡單的木製十字架在這塊地上做記號；此後，她兼差努力存錢，買下這塊在她十八歲後豎起的墓碑。

金凝視墓碑上簡單的金色字體，她當時只負擔得起這些：簡單的名字和兩個日期。一如往常，墓碑上兩個年份間的距離讓她覺得刺眼，但也就那麼一會兒而已。

她親吻指頭，將指頭堅定地靠在冰冷的石頭上。「晚安，心肝米奇，睡個好覺。」

淚水刺痛她的雙眼，但她硬是把眼淚逼回去。剛才她說的，和當年在他憔悴身子吐出最後一口氣前說的話一樣。

金把記憶安全地放進心底的盒子裡，戴上安全帽，將川崎「忍者」推向出口鐵門。在墓園裡發動一千四百c.c.引擎呼嘯而過有些不敬。一離開墓園範圍，她立刻發動引擎催下油門。

到了山丘下，她將重機停到一處豎立著「出租」立牌的工業空地。這些立牌是這地區工業史的鮮明證據，但這裡也是個適合打電話的無人地帶。

金拿出手機。這段對話不適合在米奇墳墓附近出現。她絕不允許他最後的休息地被邪惡所污染。她必須保護他，即使現在也一樣。

電話響了三聲就有人接了起來。

「麻煩轉泰勒護理師。」

通訊靜止了幾秒鐘，接著她聽到熟悉的聲音。

「嗨，麗莉，是我，金·史東。」

護理師的聲音很溫暖。「嗨，金，很高興聽到妳打電話過來。我本來就在想，妳今天可能會打電話來。」

她每次都這麼說，而這個習慣也從未改變。過去十六年來，金在每個月十二號都會打這通電話。

「她怎麼樣？」

「她過了一個安靜的聖誕節，但她似乎很享受來訪的合唱團……」

「有沒有發生任何肢體衝突場面？」

「沒有，好一陣子沒有了。她的藥物治療狀況很穩定。」

「還有嗎？」

「她昨天又問起妳。她雖然沒有時間概念，但她好像知道妳就要打電話來。」護理師停了一下，又說：「妳知道的，如果妳想來——」

「謝謝妳抽空接我的電話，麗莉。」

金過去不曾探訪過，未來也絕對不會去。自從金六歲後，格蘭特利精神病院便成了她母親的家，她屬於那地方。

「我會告訴她妳打過電話。」

金再次向她道謝，才掛斷電話。護理師以為金每個月打電話來是為了她母親好，察看她母親的狀況，而金也從未多做解釋。

只有金曉得，她打電話的原因，是為了確定那個謀殺犯、那邪惡的賤女人還好好地待在囚籠裡。

11

「好，請各位回報最新進度。凱文，失蹤人口協尋小組怎麼說？」

「密爾頓教授剛離婚，這是他第三度離婚了。有點像西蒙．高維爾[2]，所有前妻對他都只有好話。他沒有親生子女，但卻是五個孩子的繼父。我這話沒有惡意。」

「他什麼時候失蹤的？」

「最後有人看到他的時間是星期三。星期四早上他沒到校，他學院裡的助理於是報警。他沒有和任何家人聯絡，這顯然很奇怪。」

「他過去有相同的紀錄嗎？」

道森搖頭。「在密爾頓教授的幾任前妻口中，他簡直是甘地轉世；溫文爾雅又和善。」凱文參考自己的筆記，說：「最新一任前妻在星期二下午和他說過話，她說，取得挖掘許可讓他很興奮。」

「這件事我查過了，老闆。」史黛西接著說：「密爾頓教授在兩年前提出第一次申請，這個計畫被駁回超過二十次，不外乎是為了環保、政治和文化等議題。我沒有更進一步的資訊。」

「繼續努力，史黛西。布萊恩，我們知不知道受害者什麼時候和教授談過話？」

布萊恩拿出一張紙。「寇特妮把通聯紀錄傳真給我了。星期三下午大約五點半時，他們講了二十分鐘電話。」

金環抱起雙臂。「好，所以到目前為止，我們只知道我們的受害者在星期三下午和一名大學教授進行了簡短的談話，如今他們一人過世，一人失蹤。」

外頭有人敲門。一名警員站在門口。

「女士，接待處有一名男士想找妳說話。」

金看著他的眼神，好像把他當瘋子。

「我知道，女士，但他堅持只和妳說話。他說他是教授……」

金從椅子上跳起來。「布萊恩，跟我來。」她在門口停了一下，又說：「史黛西，盡全力挖掘出這塊地的資料。」

她出門走下樓，布萊恩幾乎和她同步前進。

到了接待處，一名滿臉灰鬍，一頭亂髮的男子正等著她。

「是密爾頓教授嗎？」

他鬆開原本正在扭絞的雙手，伸出手相握。金短暫和他握手後，讓他把手抽回去。

「請跟我來。」

金帶著他穿過走廊，走進一號偵訊室。

---

❷ Simon Cowell，英國電視節目、唱片製作人，還是多項選秀節目主持人，例如《英國達人秀》、《美國偶像》等。

「布萊恩，打電話給失蹤人口小組，省得他們繼續浪費時間。想喝點什麼嗎？」

「一杯茶，麻煩加糖。」

布萊恩點點頭，出去後隨手關上門。

「很多人都在擔心你，教授。」

她沒打算讓這番話聽起來像是非難，但她討厭有人浪費警察的時間。他們的資源已經夠困窘的了。

他點頭表示理解。「對不起，督察。我不知道該怎麼做。幾個鐘頭前，我剛和皮爾森太太說過話，她告訴我你們曾經到學校去。她說我可以信任妳。」

金沒想到那個兇巴巴的老婦人對她有這樣的評價。

「你到哪裡去了？」她問道。她沒有多加思考就問出口，如果布萊恩在她身邊，她會比較謹慎。教授顯然在發抖，而且他的雙手像相吸的磁鐵一樣，再次糾纏在一起。

「巴爾矛斯，住在民宿裡。我不得不離開。」

「但據皮爾森太太告訴我們的，上星期三你高興得不得了。」

他點頭，這時布萊恩走了進來。他用雙手拿著三個保麗龍杯。布萊恩坐下，將其中一杯推向教授。

金繼續說：「那天，你和一位名叫泰瑞莎．懷厄特的女人說過話？」

密爾頓教授露出困惑的表情。「是的，皮爾森太太提到你們問起這件事，但我不確定這和我後來的遭遇有什麼關係。」

金不知道他後來發生了什麼事，但她能確定泰瑞莎．懷厄特後來送了命。

「你能告訴我們泰瑞莎．懷厄特為什麼打電話給你嗎？」

「當然可以。她問我是否接受志工參與挖掘計畫。」

「你怎麼說？」

他搖頭。「不行，我只接受在學院裡至少完成一年學業的志工。懷厄特女士表達了她對考古文物的興趣，但她沒有完成課程，當然也不可能在二月底計畫開始前完成。」

金覺得好洩氣。這不是足以讓他們找到兇手的線索，只是一段無害的對話。

「還有別的嗎？」布萊恩問道。

教授停了一下，又說：「她問起我們會在哪裡開挖，我覺得在那段對話中提到這點有點奇怪。」

沒錯，金想，這是有點奇怪。「之後發生了什麼事？」她問道，想起他先前的說法。

密爾頓教授吞了吞口水。「我下課回家，泰絲沒有像平常那樣來迎接我。」

金看著布萊恩。道森說過，密爾頓教授再次恢復單身。

「牠通常睡在廚房的水碗邊，但只要我把鑰匙插進門鎖，牠就會搖著尾巴出現。」

啊，這就比較合理了，金想。

「但上週三沒有。我走進廚房喊牠的名字，但牠還是沒出現，結果我在牠床邊看到牠。」他又嚥了嚥口水。「牠躺在地板上抽搐，直愣的雙眼呆滯，在那幾秒鐘，我甚至連紙條都沒看到。

「我抱起牠，立刻開車到獸醫院，但太遲了。到達醫院時牠已經走了。」他擦拭右眼。

金張嘴想問紙條的事，但布萊恩打斷她。

「聽到這件事，我們都很遺憾，教授。牠之前是不是不舒服？」

密爾頓教授搖搖頭。「完全沒有，牠才四歲。獸醫根本不需要檢查，他在牠嘴巴裡聞到防凍劑的味道。狗顯然很喜歡那種東西，因為防凍劑有甜味。有人把化學藥品倒進牠的水碗，牠喝了很多。」

「你剛剛說到一張紙條。」布萊恩溫和地問。

他的雙眼泛紅。「對，那個混蛋把紙條釘在牠的耳朵上。」

金瑟縮了一下。「你還記得紙條上寫什麼嗎？」

他伸手從外套裡拿出紙條。「我帶來了。獸醫後來把紙條拿了下來。」

金接過紙條。現在鑑識也沒有用了，因為教授和獸醫都碰過紙條。

她攤開紙條，放在桌上。白紙上是簡單的打字黑字。

停止挖掘計畫，否則下一個是三號老婆。

「我沒有回家。我必須丟臉地承認我當時很害怕，到現在還怕。誰會做出這種事，督察？」

教授喝光杯裡的茶。「我連自己能去哪裡都不知道。」

「去找皮爾森太太。」金提議。上星期，當金在皮爾森太太面前提起教授時，她見識過那女人的表情。那隻小拳師狗不會讓任何人接近教授。

布萊恩和教授握手，詢問是否可以送他到任何他想去的地方時，金站起來，拿起筆記。金抓著筆記走回辦公室，心裡忍不住想著：外頭某處有一大罐蟲，而她才拿到開罐器。

「好，凱文，我想我們會需要現煮咖啡。史黛西，關於那塊地，妳有什麼新發現？」

「那塊空地大小約一英畝，旁邊是羅利火化場，就在五〇年代中期興建的羅利雷吉斯市政住宅邊緣。在住宅計畫開發之前，那裡是座鐵工廠。」

布萊恩走進辦公室，一邊拿著手機通話。「謝謝妳，寇特妮。妳幫了很大的忙。」

「怎麼了？」在辦公室裡三雙好奇的眼光注視下，布萊恩問道。

「寇特妮？」金問道：「我需要給你老婆捎個訊嗎？」

布萊恩脫下制服外套，低聲地笑。「我是個幸福的已婚男人，老闆。我老婆說的。而且，反正寇特妮正在修補被瓊安娜傷透的心——就是那天看上妳的那名英文老師。」

道森張大雙眼轉頭問：「真的嗎，老闆？」

「你鎮定一點。」接著，她問布萊恩：「怎麼會打這通電話？」

布萊恩揚起眉毛。「根據妳關於過去、現在和未來的邏輯，我問寇特妮她是否可以看到泰瑞莎·懷厄特的受雇歷史資料。她馬上會傳真過來。」

「把那女孩加到聖誕節送禮名單上。她替我們省下了一大筆申請授權令的費用。」

金的視線回到史黛西身上，試圖讓那塊地更具體化地呈現在眼前。「等等，妳說的是火化場旁邊那塊空地？就是辦旅遊市集的地方？」

史黛西把電腦螢幕轉過來點下滑鼠，Google街景的影像出現在螢幕上。「你們看，路底有圍籬，否則那只是一片廢棄的空地。」

這下子，金的腸胃不受控制地翻攪起來。她所有感官都處於高度戒備的狀態。

「史黛西，去查克里斯伍德這個名稱，把妳能找到的資訊都告訴我。我要去打幾個電話。」

金坐在自己的辦公桌後，深吸了一口氣。有幾片拼圖開始就定位了。這輩子，她首度希望自己是錯的。

12

湯姆·柯帝斯轉身背對著窗戶。在安養院值班八小時後，陽光通常不會讓他睡不著。這個工作讓人筋疲力盡，他必須扶抱肥胖的老人，送他們上床，幫他們拍痰擦屁股。他已經閃躲過兩次內部調查了，但他懷疑第三次可能沒那麼容易。瑪莎·布朗的女兒一星期只來訪一次，而她來時，肯定會注意到那片瘀青。

其他員工一直睜隻眼閉隻眼。不管是誰，偶爾都會失去耐心。身為團隊裡唯一的男性，意味他會經常值夜班，而且在值班時發現某些粗重的工作還沒完成。他無力抱怨。如果他當初填自己的醫療資料時夠誠實，他連這工作都得不到。

然而讓他睡不著覺的甚至不是他的良心。他對自己照顧的老人們全然無感，如果他們的親友有意見，大可把老人帶回家，親自幫他們擦屁股。

不是的，讓他一直保持清醒的是他的手機鈴聲。儘管他已經關成靜音，但他腦子裡仍然聽得到。

他又轉身仰躺，慶幸妻子和女兒已經出門。今天會是另一個黑暗的日子。在這些時候，想喝酒的渴望讓他無法抗拒。在這些時候，沒有酒精的清明神智，不值得以性命相換。

離開烹飪學校時，他並沒有想到自己的未來竟會是幫老人換尿布。畢業時，他沒有預見自己會抱起床上的老年病患，讓對方用贅肉搖晃的手臂圈住他的脖子。他也從未夢想自己會用手餵一群還沒嚥下最後一口氣就已經呈現屍僵狀態的老人吃東西。

他在二十三歲那年第一次心臟病發，這使得他無法進入餐飲業工作。工時長加上壓力大的工作環境對罹患慢性心臟病的人來說，注定無法長壽。

前一天，他還在伯明罕水岸一家高級法國餐廳裡擔任侍者上菜；隔天，他卻得幫一群無用的小屁孩準備火雞漢堡和炸薯條。

有好幾年時間，他瞞著妻子，不讓她知道自己有酒癮。湯姆成了謊言和欺瞞大師。直到他第二次心臟病發作，醫師警告他再次喝酒可能是他最後一次的享受，謊言這才揭穿。

從那天起，他便滴酒不沾。

他伸手拿起手機，一開啟，鈴聲立刻響起。他按下掛斷鍵切掉電話，發現這三天已經有五十七通未接來電。他不認得這個號碼，螢幕上也沒有顯示來電者姓名，但湯姆知道來電的是誰。

如果來電者不想浪費時間，他應該打電話找泰瑞莎。她顯然會是那種會貿然開口害自己送命的人。

他知道挖掘許可讓大家惶惶不安，但是他不需要這些確認電話。他會守住他們的秘密，正如他們守住他的一樣。他們之間有協議。他知道其他人視他為最弱的一環，但到目前為止，他從未軟弱。

確實，有好幾次——尤其在那些黑暗的日子裡，他起心動念想說出口，好讓自己戒除酒癮。

酒精可以幫助他輕鬆擺脫那些想法。

一如往常的每一天，他的思緒回到過去。該死的，他早該拒絕。他應該挺身拒絕其他人。相較於默從的結果，他自己的罪行微不足道。

有一次，他發現自己來到老山丘警察局的牆外。他在那裡待了三個半小時。他站起來又坐下，起身踱步再坐下，徒勞無功地摸著良心，哭一哭然後再一次地站起來，離開那地方。

如果他夠堅強，敢說出實情，他可能會失去自己的妻子。身為女人又是人母，如果她得知他在事件裡的角色，會對他的作法感到噁心反胃。而最糟的是湯姆怪不得她。

他掀開被子。強迫自己入睡沒有意義，他完全清醒了。他下樓去，因為他需要咖啡，越濃越好。

他走向廚房，在餐桌前猛然停下腳步。

一瓶上頭貼著紙條的「約翰走路」藍標威士忌正瞪著他。

一看到金棕色的液體，他嘴裡就冒出口水。這瓶酒精濃度四十度的威士忌要價超過一百英鎊。這支酒，名列最頂級陳年麥芽和穀物威士忌之列，是調和威士忌世界中的珍品。他的身體有了反應，這就像親眼看著聖誕節早晨。他拉開視線，伸手拿紙條。

我們可以按你的方法或照我的方式做，但無論如何，結局終究相同。享用吧。

他癱坐在椅子上，凝視著他最好的朋友和最可怕的敵人。送酒來的人目的再清楚不過了。他們希望他死。隨著恐懼而來的，是他終於鬆了一口氣。他一直知道，無論是此生或下輩子，總有一天得算總帳。

湯姆扭開瓶蓋，酒香立刻撲鼻而來。他知道喝下威士忌會送命。當然不是第一口——他有酒癮，沒有喝一小口這種事。如果他開始喝，他會喝掉一整瓶，而那會結束他的生命。

如果他選擇這種死法，那麼其他人便不需要受苦。他的妻子會認為他純粹只是軟弱，而她會安全無虞。如果運氣好，她可能永遠不會知道他做過什麼事。他的女兒則一輩子毋須知道。

他拿起酒瓶，緩緩喝下第一口。在再次將瓶子靠向嘴邊之前，他只停頓了幾秒鐘。這次，直到胸口灼熱到受不了，他才停下來。

酒精的效果立刻在他身上炸開。超過兩年沒碰酒，他的身體已經失去容忍度，酒精從他的血管一路燒進他的大腦。

他臉上帶著笑容，灌下另一大口酒。這個死法不算最糟。

他大口豪飲，傻傻發笑。再也不必幫那些老傢伙洗澡了，不會有髒尿布，不必擦口水。

他把瓶口拿到嘴邊，這時他已經喝下大半瓶了。他的身體火熱，感覺心滿意足。這種感覺，就像看著你心愛的足球隊碾壓對手一樣。

他不必再隱藏自己做過的事，不必再恐懼。他做的是正確的事。

湯姆的臉頰上淌著淚水。他的內心快樂平靜，但他的身體背叛了他。

酒瓶停在他的嘴邊，他的目光停留在女兒的照片上。當時她六歲，在達德利動物園餵山羊。

他瞇起眼睛看照片。他不記得她皺著眉頭，雙眼像在質疑。

「甜心，對不起。」他對著照片說：「只有一次而已，我發誓。」

她的表情沒有改變。你確定嗎？

在她的指控下，他閉上雙眼，但她的臉孔仍然浮現在他面前。

「好吧，也許不止一次，但那不是我的錯，甜心。是她要我做的。她誘惑我，挑逗我，我控制不住。那不是我的錯。」

「但你當時已經是大人了？」

湯姆閉上眼睛抵禦女兒強烈的厭惡。一滴淚水蹦了出來，滑落他的臉頰。

「請妳瞭解，她早就超過十五歲了。她聰明又懂得玩弄人心，我只能讓步。那不是我的錯。她引誘我，我沒辦法抵抗。」

「她是個孩子。」

湯姆拉扯自己的頭髮，想減輕痛苦。「我知道，我知道，但她不是小孩。她不懷好意，知道如何得到自己想要的東西。」

「但你接下來做的事情讓人無法原諒。爹地，我恨你。」

這會兒，他整個身體都在哭泣。他再也看不到美麗的小女兒了。他不可能看著愛咪成長為年輕女孩，不可能在她身邊保護她不受男孩欺負。他再也不能親吻她粉嫩的雙頰，或感受握著她小手的感覺。

他頭往前傾，淚水滴落他的腿上。透過朦朧的雙眼，他盯著穿著拖鞋的雙腳，那雙拖鞋是愛咪送他的父親節禮物，上面圖案是他最喜歡的卡通人物辛普森爸爸。

不，他的心智尖叫著。一定有其他辦法。他不想死，不想失去他的家人，他必須讓她們瞭解。或許他可以報警，承認自己做過的事。何況他不是獨自一人，他甚至不是決策者。他之所以合作參與，是因為他年輕又心懷恐懼。他確實軟弱愚蠢沒錯，但他不是殺人犯。

當然，他可能會受到懲罰，但能看著女兒長大，那也值得。

湯姆擦乾眼淚，讓目光聚焦在酒瓶上。他已經喝下大半瓶。喔，天哪，他希望一切還來得及。

他把酒瓶放回桌上，忽然，他感覺到有人拉著他的頭髮，把他的頭往後扯。

酒瓶掉到地上時，湯姆還努力想搞清楚狀況。他感覺到某種冰冷的金屬尖端抵著他的左耳下方。他想轉頭，但刀尖劃破他的皮膚。

他看到下巴下有一隻戴手套的手從左到右移動。

那是他的最後一眼。

13

打完第三通電話後，金把話筒掛回去。她希望自己錯了，況且她馬上要花掉許多重要人士的寶貴時間。如果她錯了，她會欣然接受伍瓦德的怒斥。就算這次她沒錯，她也無法從中得到快感。有人不希望那塊地開挖。

「史黛西，妳有什麼收穫？」金問道。她窩在空桌位的角落上。

「老闆，希望妳坐穩了。一九四〇年代蓋了一座大型機構，那棟還沒拆除的建築是機構的一部分。當時，設計那座機構是為了安置從戰事歸來的精神受創軍人。

「身體殘障的軍人被送往地區各所醫院，但心理受到嚴重創傷的人則是送往克里斯伍德。老實說，那地方照管嚴密，被送進去的軍人再也沒辦法回到社會。我們這裡說的是沒有『停止』鍵的殺人機器。

「到了七〇年代末期，大約有百分之三十五的病患自殺或自然死亡。之後，那地方便改成少年感化院。」

金為之瑟縮。「感化院」這個過時的說法帶著各種貶義。

「繼續說下去。」

「八〇年代，感化院傳出各種虐待和騷擾的恐怖故事。官方進行了調查，但沒有提出指控。

九〇年代初期，那地方又改成收容女孩的兒童之家，但仍然保留著收容問題少女的名聲。

「進入西元兩千年，由於預算縮減和建築物整修，兒童之家面臨關閉的命運。二〇〇四年，一場火把那地方整個燒空。」

「有沒有人受傷？」

史黛西搖頭。「新聞上沒提。」

「好，凱文和史黛西，著手蒐集教職員名單。我要看到……」

傳真機接收文件的聲響讓她停下來。

他們都知道來的是什麼文件，也知道上頭會怎麼寫。

布萊恩去收文件，迅速看了一眼。他站在史黛西桌邊，把泰瑞莎．懷厄特的履歷遞給她。

「給你們，我想，你們拿到第一個名字了。」

這個可能性逐漸明朗，幾個人互相交換了眼色。沒有人說話。

接著，電話響了。

14

「天哪，老闆，慢一點，這不是川崎『金翼』。」

「太好了，因為沒那款重機❸。」

「妳知道我們已經來不及救他了吧？」

金在看到黃燈時放慢速度，但她想了想，還是加速穿過佩德莫路口的紅綠燈。在沿著梅里丘購物中心的雙線車道上，她在車陣當中穿梭。

「還有，你這部車上沒有配備警笛嗎？」

「喔，布萊恩，放輕鬆。我還沒害死我們。」她斜斜地瞥了他一眼。「你該擔心的是你左手臂上的傷口。」稍早簡報時，她透過襯衫袖子看到他的傷口。

「只是擦傷而已。」

「昨晚玩橄欖球？」

他點點頭。

「你真的該放棄了，對那種比賽來說，你不是太老就是不夠迅速。不管是哪樣，你都會受

❸「金翼」（Goldwing）為本田（Honda）的一款重機。

傷。」

「謝了，老闆。」

「每次受傷都比前一次嚴重，所以該是退場的時候了。」

她被迫在下一個紅綠燈前停下車。布萊恩鬆開緊抓住車頂把手的左手，放鬆手掌。

「沒辦法，老闆。橄欖球是我的『陽』。」

「你的什麼？」

「我的『陽』老闆，我的均衡與和諧。我老婆要我每星期陪她上一次交際舞教室。我需要橄欖球來平衡一下。」

金切進內線車道，成功闖過下一個路口，沒去理會後方揚起的喇叭聲。

「這麼說，你先在舞池裡昂首闊步跳舞，然後把撲倒全身長毛的大男人當作平衡？」

「那叫『爭球』，老闆。」

「我不是要批評，真的。」她轉頭看著他，強忍下笑容。「我不懂的，是你到底為什麼自願供出這種消息。你知道那是個錯誤吧？」

他把頭靠向椅背，閉上雙眼咕噥：「是啊，我現在看出來了。」他轉頭看她，說：「老闆，妳會把這當作妳我之間的秘密，對吧？」

她搖頭。「我不會答應我做不到的事。」她老實回答。

「妳之前打電話給誰？」他改變話題。

「密爾頓教授。」

「為什麼？」

「只是確定他安全抵達皮爾森太太家。」

「胡扯。」布萊恩咳了一聲來掩飾。

車陣開始慢速前進，她緊跟著前車的車尾。在三條車道縮減成兩條時，前車煞車，她也跟著急煞。布萊恩緊抓住門把。

「我們有什麼資料？」

「男性，年近四十，喉嚨劃了一刀。可能是自殺，也可能是意外。」

金翻個白眼。要維持精神正常，黑色幽默是必要的，但也是偶爾而已……

「現在往哪兒走？」

「過了學校就左轉，從那裡應該就看得到了。」

金開著車子瞬間左轉時發出刺耳的聲響，布萊恩被甩得撞向副駕座的車門。她開上小丘，在封鎖線前面拉上手煞車。

屋角擺著一個盒子，再進去便是起居室。一名女警坐在起居室沙發上安撫一名看來狂亂的女人。金直接從旁走過，來到連通的餐廳和廚房。

「主耶穌。」她低聲說。

「不，那只是謠言。」基慈說。

男性死者仍然坐在餐廳的椅子上，四肢像布娃娃似地下垂。他被劃開的頭往後仰，頭頂幾乎落在兩側肩胛骨之間。金立刻聯想到卡通。男人的頭頸呈現出幾乎不可能存在的角度。

就物理定律而言，他應該要掉到地板上，但他後背和脖子在椅子上方呈現的角度將他固定在原位；他的後腦勺宛如一個鉤子。

遭刀刃劃開的傷口露出黃色的脂肪組織，鮮血不僅噴到正前方的牆上，還流到他自己的胸口，形成一件讓人毛骨悚然的血色圍兜。他的T恤和慢跑褲被血水浸得通紅，鏽腥味差點擊垮她。

「主耶穌。」布萊恩在她身後說。

基慈搖頭。「你們有人得開除編劇。」

金沒理會基慈，默記下整個場景。她站著俯視屍體。男人的雙眼睜得又圓又大，臉上的表情呼應著下方的慘狀。

她看到地板上的威士忌空瓶。「這時候喝酒？」她問道。

「我認為這瓶酒有一半在他肚子裡，另一半在地毯上。真浪費。『約翰走路』藍標一瓶要價超過一百英鎊。」

「布萊恩，去……」

「馬上辦。」

布萊恩轉身走回起居室。他比她更懂得安撫狂亂的女人，在她陪伴下，那些女人通常會哭得更厲害。

她繞著屍體走，從所有角度檢查犯罪現場。近距離內的東西都還整齊，似乎沒有掙扎痕跡。

一名穿著白色防護衣的人員在她身邊徘徊。

「督察，齊根太客氣，不敢請妳走開，但我不一樣。」基慈說：「往後站，讓他做他的工作。」

金瞪了基慈一眼，但還是往後退到餐廳一角。她滿意地注意到他右腳褲管縫邊鬆脫了，但她總算還懂得基本情理，把這個發現藏在右側嘴角。

齊根拍下幾張數位照片，接著又拿出一台拋棄型相機重複相同的程序。

「他的皮夾在樓上，所以不是搶劫。」基慈站在她旁邊說。

金早料到這件事。

「用的是哪種刀？」

「我會說是通常用來切麵包的塑膠柄七吋廚房用刀具。」

「這是初步檢驗後的細節描述？」

他聳聳肩。「又或者只是因為洗碗槽裡有一把沾滿血的麵包刀。」

「殺死他的工具是他自家該死的麵包刀？」

「督察，我不想太早下斷言，可是，」他壓低聲音靠向她，說：「我可以大膽猜測這是一樁謀殺案。」

金翻了白眼。棒透了，今天大家都成了演員。

「嫌犯怎麼進來的？」

「為了讓貓自由出入，落地窗沒關。」

金朝落地窗走過去。一名檢驗員站在外頭，撢著門把採指紋。她前前後後仔細觀察。

突然，她的目光落在一處，人跟著蹲下。

她打量著鋪著碎石和石板、以籬笆圍起來的後花園。

「基慈，今天的團隊有誰參與過那晚泰瑞莎·懷厄特命案的鑑識？」

他看了在場的鑑識員。「就我嘍。」

這麼說，有他們兩個人。

「你穿的是同一雙鞋子嗎？」

「督察，我的鞋子……」

「基慈，回答我的問題就好。」

他頓了幾秒鐘才朝她走過去。「不，不是同一雙。」

她也一樣，沒穿同一雙鞋。

「看。」她指著某個東西。

他瞇起眼睛看，那東西不超過一吋長。

「柏樹的針葉。」他發現了。

兩人四目相接，都理解到這項發現代表什麼。

「威士忌是個謎，老闆。」布萊恩出現在她身邊，說：「我們的受害者戒除酒癮有兩年時間了。他的妻子證實今天早上家裡還沒那瓶酒，而他絕對不會穿那身衣服出門。還有，他皮夾裡的錢和她今早離開時一樣多。她到現在還是會檢查。」

金站起來，從工具袋裡拿出一支筆。「兇手為什麼要帶那瓶威士忌過來？」

布萊恩聳聳肩。「怎知，但他有心臟病，那瓶威士忌說不定就能讓他送命了。」

金很困惑。兇手帶了一瓶酒，而且不知怎麼著，他曉得這瓶酒可能足以讓湯姆．柯帝斯送命，但還是決定下手割喉。這沒道理。

「我們的兇手大可把酒送到現場然後離開，但這還不夠。為什麼？」

「這傢伙有病，想傳遞訊息？」

「若非兇手知道他有心臟病但想留下個人記號——就是酒只是讓受害者順服的工具，讓兇手更容易下手。」

布萊恩搖頭，這時金的手機響了。

「史東。」

「老闆，妳手上受害者的全名叫什麼？」

「湯姆．柯帝斯……為什麼要問？」道森急促的語氣讓她這麼問。她的胃部開始翻攪，金知道自己馬上要聽到什麼消息。

「妳不會相信的，但十年前在克里斯伍德兒童之家有個主廚，名字就叫做湯姆．柯帝斯。」

15

「謝謝妳讓我開車回來，老闆。再搭一次雲霄飛車，我的神經會受不了。」
「是啦，但我們又不是在演溫馨接送情，而且我想在週末前回到局裡。」
布萊恩往黑里斯歐文的方向開，金拿出手機，重撥稍早撥過的號碼。
「密爾頓教授……是……你好。有關我們剛才的討論，一切都就緒了嗎？」
「我打了幾通電話，親愛的督察，我覺得我應該幫得上妳的忙。」
「感謝你，但現在，與這案子相關的第二具屍體出現了，情況非常急迫。」
她聽到對方吸了一大口氣。「我會處理好的，督察。」
她向他道謝，結束通話。
「那是怎麼一回事？」
「你別管，開車就好。」
布萊恩把車停進停車場前，她已經事先打了電話要求向伍瓦德面報，於是她走進警局大樓，直接朝三樓去。
金敲敲伍瓦德辦公室的門，在他喊她進門的前一秒就走進去。
「史東，最好是大事。我正在——」

「長官，泰瑞莎・懷厄特的案子比我們原來料想的要複雜得多。」

「怎麼說？」

金深吸一口氣。「我們的受害者被人謀殺那天打了一通電話給密爾頓教授。教授幾天前才取得在羅利雷吉斯一片廢棄土地上挖掘計畫的許可。

「她原本要求參與計畫但遭到拒絕。她對挖掘地點十分關心。」

「那塊地有什麼特殊意義？」

「那裡從前是兒童之家。」

「在焚化場旁邊？」

金點頭。「泰瑞莎・懷厄特和湯姆・柯帝斯從前都在那裡任職。得到挖掘許可沒幾天，教授便受到生命威脅，狗也被人害死。加上克里斯伍德兩名前任員工遭人謀殺。」

伍瓦德瞪著她背後牆上的某個點。他已經能預見新聞頭條了。

「長官，有人不希望那塊地受到打擾。」

「史東，動作別這麼快。這裡頭牽涉了不少問題。」

「挖掘裝備明天就會進場了。」

他下巴的肌肉緊縮。「史東，妳知道那是不可能的。我們有太多事得做。」

「我無意冒犯，長官，但那是你該擔心的事，不是我。以這案子的發展態勢來看，我們真的沒那麼多時間等待。」

她這番話讓他思考了一會兒。「我要妳明天一大早就到現場，在妳得到我的確認前，不能讓他們開挖，任何一把鏟子都不能落地。」

金什麼也沒說。

「史東，我們彼此瞭解了嗎？」

「當然，長官，你說了算。」

她站起來，走出辦公室。

16

安靜的走廊上，突來的噪音讓貝瑟妮·亞當森低聲咒罵。電梯的鐵柵門嘎吱作響，她的枴杖嗒嗒點著地板。

她沿著走廊前進，尋找公寓鑰匙。她試著用單手挑出門口鑰匙，沒想到整串鑰匙掉到地上，金屬互相碰撞。

彎腰撿鑰匙時，她又罵了一句。一陣劇痛從她的膝蓋竄到大腿。她的手摸到了鑰匙，但在這之前，她先聽到對面老太婆拉開門栓。

小貝站起身時，感覺到一股暖空氣從鄰居家拉開的門冒出來。

「妳沒事吧？」她問道。

對方的問題中沒有關心，只有譴責的意味。

身高五呎的米拉·道恩斯穿著皮草裁製的拖鞋，露在鞋面外的皮膚乾燥皸裂。小貝默默感謝上帝，還好，那女人穿著衣長及地的睡袍。她鬆垮的手臂環抱著碩大但猶如狗耳般下垂的胸脯，滿是皺紋的臉因為不滿而顯得更皺。

小貝轉身直視她。妮可拉可能會怕這隻老烏鴉，但她可不。

「沒事，道恩斯太太，我只是剛被三個混蛋傢伙強暴又搶劫而已，不過還是要感謝妳的關心。」

米拉氣呼呼地說：「這裡還有人想睡覺，這妳知道吧。」

「如果別老貼在門上，妳還有可能睡得著。」

老女人的臉孔扭曲，像極了正在咀嚼黃蜂的拳師狗。

「要知道，在妳住進來以前，這地方體面又安靜，現在妳們無時無刻都在爭吵，在製造噪音……」

「道恩斯太太，現在才十點半，我只是把鑰匙掉在地上。妳自制一點。」

老女人臉紅了起來。「呃……嗯……妳打算住多久？」

是啦，又是一個不想看到她住在這裡的住戶。她還真走運。

「可能還要住一陣子。妮可拉會把我的名字加到租約上。」

能看到她臉上恐懼的表情，這謊說得值得。「喔，不，不，我會和妳姊姊談談……」

這老太婆真的開始緊張了。

「妳有什麼該死的問題？」

「晚上吵鬧的噪音會嚇到獨居住戶，小姐。」

「妳以為會有誰進來？妳門上有三道鎖和晶片密碼保護妳。」小貝上上下下看著她。「而且老實說，我不覺得妳有什麼好擔心的。」

道恩斯太太退進門裡。「我和妳講不通。我會找妮可拉談。她比妳讓人舒服多了。」

小貝心想，說些我不知道的事吧。

她繼續瞪著老女人看，一直到後者終於關上門。她放任自己露出微笑。這番小小的對話讓她有了愉快的一晚。

她故意把鑰匙甩得叮噹響，最後才開門走進公寓。

小貝把枴杖擱在沙發邊上，坐了下來。她揉揉膝蓋。低溫真是要人命。

她伸手找放在沙發角落的拖鞋。拖鞋栗色的皮面柔軟，皮草內襯既奢華又溫暖。

她脫掉平底靴，舒適地把雙腳套進昂貴的拖鞋裡。這雙拖鞋不是她的，但妮可拉不會介意。她們一向懂得分享，雙胞胎都是這樣。

她站起來動動膝蓋，甩脫疼痛。

她輕敲妮可拉的房門，沒聽到回應。她究竟期待什麼？她那下作的姊姊當然不會在家。為了錢，她出門去跳舞暴露身子。

她拉開房門走進去。一如往常，這房間讓她屏住呼吸。打從孩提時代，當她們肩並肩躺在克里斯伍德時，她們便一直夢想要這樣的房間。

她們的房間會有成套的粉紅色床罩和枕頭，床邊會高掛著精緻的蕾絲床幔。她們夢想擁有納尼亞[4]的神奇衣櫥，架子上擺滿了絨毛玩具和雪花球，兩張床的床頭上方要垂掛聖誕燈飾。她們

[4]《納尼亞傳奇》，英國作家C・S・路易斯寫於一九五〇年代的奇幻小說，描述書中青少年主角從衣櫥走進「納尼亞」奇幻世界的際遇。

幻想中的臥室神奇、明亮，放滿屬於她們自己的物品，她們會藉著光線在牆上玩影子遊戲，緩緩入睡。

小貝繼續往房裡走。她的手循著火爐上方的架子往前滑，碰觸放在架子尾端的唯一一隻玩具泰迪熊。接著，她拉開開放式衣帽間的門，走了進去。

妮可拉折好的衣服、內衣和鞋子依照顏色排列，更衣室裡有兩個擺放珠寶的抽屜。其中一個抽屜放的是擺在原包裝盒裡的昂貴、細緻首飾。小貝看到一個卡地亞和兩個戴比爾斯的盒子。

第二個抽屜裡放的是大膽、誇張一些的飾品，小貝猜想，這些應該是她工作時佩戴的。她很快地關上抽屜，繼續看過去。她不喜歡想到姊姊的工作。

衣櫥和鞋櫃之間有梳妝台隔開，鏡子四周圍著一圈聖誕燈。

小貝回到房間，坐在四柱大床上。這是個公主專屬的房間，和她們夢想中的一模一樣。這是她們發誓要永遠、永遠一起生活的地方。

這是她們過去夢想中的房間，只不過裡頭只有一張床。

一張床，讓她擁有一切的姊姊獨自享受。

讓她憤怒的，是姊姊拒絕承認自己做了什麼事。

對於她們的過去，妮可拉抱持著令人生厭的否定態度，這讓小貝一天比一天更憤怒。再怎麼道歉都沒辦法挽回。

妮可拉的作法摧毀了她們一起生活的所有可能性，然而她繼續無視這個事實。

我不知道妳為什麼恨我。我不知道我做了什麼。我不知道我怎麼傷害了妳。她一次又一次地拒絕承認。

無論妮可拉如何堅決聲明，小貝依舊能感覺到真相就在妮可拉心裡。內心深處，她知道。

17

「拜託，布萊恩，你停下來好不好？」

他輪番用左右腳支撐著身體重心。氣溫在一夕之間降到零下三度，地面下方的刺骨冰寒透過鞋底鑽進他們的骨子裡。

他對著合攏的手掌呼熱氣。「對我們這些不是鈦金屬打造的人來說，這種天氣冷到足以凍掉銅猴子的卵蛋了。」

「展現點男人的樣子。」金說，走向現場。

這塊空地約莫一個足球場大小，往上緩緩延伸到一排遮住住宅群北端的樹林，西邊以羅利雷吉斯焚化場旁的馬路為界。一棟偌大建築物的廢墟座落在南側的馬路正後方，前方就是巴士站和路燈。從廢墟二樓可以俯視馬路對面一排帶庭院的平房，六呎高的圍籬近距離圍住這棟廢棄建築物，讓人看不到裡頭的一樓。

她朝西瞥了一眼，搖搖頭。這可真撫慰人心：被拋棄、受虐待又遭到忽視的孩子從窗口看出去，就是焚化場和墓園。

制度的漠然無感有時會嚇到她。重點是，建築物能空出來使用就好，其他的無關緊要。

她嘆口氣，朝米奇墳墓的方向默默送個吻，霧氣猶如簾幕封鎖住墓園，隔離方圓兩百呎之外的世界。

一輛富豪休旅車停在現場北側的泥土地上。

金走過去時，密爾頓教授和兩個男人正踏出車外。

「督察，很高興再見到妳。」

金發現教授的態度舉止與前一天有非常大的改變。他的雙頰呈現淡粉色，雙眼明亮，步伐輕快果斷。如果這是皮爾森太太照顧一晚的結果，她也考慮為自己預約。

布萊恩來到她身邊，密爾頓教授轉頭介紹自己的同伴：「這兩位是達倫・布朗和卡爾・牛頓，他們是來協助我挖掘的人員，負責操作機器。」

金覺得，在教授都已經費了這麼多心思之後，她這時應該要全盤托出。

「你知道這是個預感吧，教授？這裡可能什麼都沒有。」

教授目光嚴肅，聲音低沉。「萬一有呢，督察？兩年以來，我一直想挖掘這塊地，而有人盡全力阻止我。我想知道原因。」

金很高興看到他能理解。

一輛佛賀汽車停到教授的車邊。一名五十多歲的大個頭男性走出車外，後面跟著一名紅髮高個子女人，金猜想她大概年近三十。

「大衛，謝謝你過來。」金說。

「督察，我不記得我有多少選擇。」他半帶著微笑說。

「密爾頓教授，這位是麥修斯博士。」

兩個男人互相握手。

金和麥修斯博士是在格拉摩根大學認識的。格拉摩根大學協同卡地夫大學和南威爾斯警方成立了一所機構，叫做警察科學研究學院。這所在英國非常獨特的學院致力於與警察相關的研究和訓練。

麥修斯博士是格拉摩根警察科學中心的顧問，他的工作是協助大學成立犯罪現場調查所。

金在兩年前參加過一場研討會，並以自身的犯罪現場經驗，對練習劇本提出了一些建言，這消磨掉她整個週末時間。

「容我為各位介紹凱芮絲．休斯。她是合格的考古學家，也剛完成法醫鑑識科學的學位。」

金朝著凱芮絲的方向點個頭。

「好，兩位必須瞭解，我們到目前為止還沒有得到官方許可。我的頂頭上司正在處理那些繁文縟節，所以，在白紙黑字準備好以前，我們什麼也不能碰。如果你們對任何事有任何懷疑，請讓我知道。」

大衛．麥休斯往前走了一步。「我們只能花三小時參加這場鬧劇，如果時間到了還沒有任何發現，我們就得走人。」

金點頭。她的兩天時間換來他的三小時。好吧，這算公平了。

他繼續說：「凱芮絲和我先從這塊地的邊上開始，準備土壤分析。」

金朝凱芮絲點個頭。後者一頭鮮麗的紅髮剪成雅致的鮑伯頭，長度正好來到稜角分明的下巴下方。她淺藍色的雙眼銳利。凱芮絲不是天生美人胚子，但那張臉孔很吸引人。

凱芮絲面無表情地對金打個招呼，在大衛走向斜坡上方時跟了上去。

一輛福特白色廂型車最後抵達，也停到了泥土地上。

一個女人打開後門，廂型車裡有個冒著熱氣的飲料壺和一些用鋁箔捲起來的小包裝。

布萊恩低聲笑出來。「她是應我的想像力而來的嗎？」

「不，她是真人。開工前，先確認每個人都喝到熱飲，吃個培根三明治。」

布萊恩微笑著說：「妳知道，老闆，有時候……」

金沒聽到他接下來說了些什麼，因為她已經邁開步子，朝緩坡下方廢棄的建築物走過去。

她沿著圍籬走動，但沒找到出入口。建築物大門面對馬路和對街的建築。太多刺探的眼光了。

她回到後方，尋找圍籬是否有容易突破的位置。

這圍籬不是傳統的相疊式木板；這裡每片板子的材質都很厚實，通常用來製作層疊擺放的貨物裝卸托盤。每片九吋寬的木板之間隱約透出一絲光線。

她推動高圍籬其中一片木板，這片木板前後搖晃，接地的下方已經蛀蝕。

「想都別想，老闆。」布萊恩說，遞了一杯熱飲給她。她用左手接下，右手仍然繼續沿著圍籬推。接下來的兩片木板很穩，但第四片晃得厲害。

「妳是怎麼把麥休斯博士請來的？妳霸凌他嗎？」

「解釋霸凌的意義。」她說，繼續推下一片木板。

「我最好不知道。貌似有禮推諉那類的作法吧。」

「有個法醫考古學家在場沒壞處。」

「當然無傷，只不過在這個節骨眼上，我們沒有任何足以指示任何人做任何事的許可。」

金聳聳肩。

「如果下面沒東西怎麼辦？」

「那我們就全員回家喝茶。但萬一有，我們就有搶先起步的優勢。麥休斯博士完全有資格……」

「喔，我知道。他剛把他整個教育背景告訴了我，但伍瓦德說過，在書面作業完成以前，什麼都不能碰。」

「你看看你現在多迂腐。」

「我是護著妳的屁股，老闆。」

「我的屁股好得很。如果你打算吃掉你口袋裡的第二個培根麵包捲，你該擔心的是你自己的屁股。」

「妳怎麼知道？」

金搖搖頭。因為儘管他知道她可能不會碰，他還是會幫她帶一個過來。

她離開圍籬，喝掉咖啡。「好了，現在更重要的是我應該爬過去還是鑽過去。」

布萊恩呻吟著說：「繞過去怎麼樣？」

「我沒提這個選項。」

「我們沒有許可，不能進去。」

「要嘛就幫我，要嘛讓我自己來。隨你便。」

她把空咖啡杯放在地上，布萊恩重重地嘆了一口氣。

「如果妳鑽過去，這圍籬將來攔不住小孩子。」

「那就爬過去。」金說。她朝兩根圍籬柱子間的木板走過去，瞄準及臀高度的木板踢了一腳，木板應聲出現裂縫。她再踢一腳，木板裂成兩半。她將裂開的木板上截往內推，利用下半截木板當腳踏處。

她動作流暢，左腳尖踩著下半截木板，以布萊恩的肩膀當作支撐，將自己撐起來。她抓住左側的木板，將右腿甩過圍籬上方，跨到另一側的裂口，接著往後跳，彎曲膝蓋減緩落地的衝擊。

建築物四周的草長得很高，滿是蕁麻。金走向一樓唯一看得到的破窗。高高的圍籬保護住下方樓層的窗戶，但上層的玻璃全都破了。

她看見一個灰色馬口鐵垃圾桶，拿起桶蓋後，用桶子砸損毀的窗框。

「該死，妳在幹什麼？」布萊恩大聲問。

她沒理他，繼續敲掉幾塊碎玻璃，拿起垃圾桶，倒扣在地上，站到上面去。她小心翼翼地鑽過破窗，踩到一整組與牆面同寬的美耐板櫥架上，這組櫥架在雙槽式水槽處有個開口。

往裡頭探，她看到廚房被火燒過的牆壁。金在檔案上讀到過，火災的起始點就是廚房。燒得最黑的牆面是通往走廊的廚房門口。這個空間的所有角落都是蜘蛛網。

她聽到建築物的某處傳來滴水聲。供水應該已經從總開關切掉了。她猜想，屋頂經過了火災和時光摧殘，聲音應該是來自屋頂殘留雨水的滴漏。

來到走廊上，她看到建築物等長的走廊在中間有個轉角。她往右手邊一望，發現牆壁仍然是原來的白色。一層明顯的灰塵覆蓋著大火沒有波及的部分。

在她的左側，支撐天花板的橫樑裸露出來，燻成了黑色。幾扇門框都燒焦了，牆壁只剩下低處幾塊油漆。原來固定在橫樑間的電線和電纜散落在下面。

金退回廚房，再次檢視受損的狀況。最靠近門口的壁櫃燒出大理石般的花斑，冰箱和冷凍櫃的門雖然鎖扣上但已經鬆脫，離六口西餐爐最近的部位覆蓋著一層油污。

她拉開西餐爐旁邊的壁櫃門，老鼠屎掉出來落在爐子的擱架上。壁櫃門內側釘著一張A四大小的紙，上頭列印的字跡仍然清楚可見，紙張的左邊是一排女孩的名字，旁邊是一欄當週分配工作的明細。

金停了一下。她抬手觸摸名單上的前幾個名字。她曾經也是名單上的女孩，不在這裡，時間也不對，但她下意識地認識名單上的每一個女孩。她懂得她們的孤寂、痛苦和憤怒。

金突然想起她的第五個寄養家庭。在房子後面的小臥室裡，她一整夜都聽得到鄰居房子傳來的鴿子咕咕聲。

每當鄰居放出賽鴿時，她總會看著鴿子，希望牠們飛走，逃離禁錮，得到自由。但那群賽鴿從未那麼做。

克里斯伍德這種地方也一樣。鳥兒偶爾會得到放飛的機會，但她們永遠會飛回來。離開兒童之家和離開監獄一樣，伴隨的是充滿希望和美好的祝福，可惜注定成不了定局的道別。

遠處的警笛聲打斷了她的思緒。她手腳並用爬上工作台，彎身鑽過窗戶踩著倒扣的垃圾桶回到地上。

她把垃圾桶拉到圍籬邊時，警笛和警車引擎聲也正好停下來。

「早啊，卡爾文，幹嘛鳴笛？」布萊恩大聲問道。

「我們接到報案，說有人在這棟建築裡。」

金翻個白眼，站在圍籬後面。

這下好了，連警察都為她而來。

布萊恩低聲笑。「沒有啊，就我在四處看而已。今天早上接到一份爛差事，來這裡當挖掘人員的保母，我只是好奇這圍籬後面有什麼東西。」

「可是你沒進到建築物裡面嗎？」警員懷疑地問。

「沒有，兄弟，你以為我有那麼笨嗎？」

「那好，警長。我不打擾了。」

那名警員邁步往前走，但他突然轉身往後退了幾步。「你老闆交代的爛差事嗎，警長？」他問道。

「不然還有誰？」

「不得不說啊，長官，局裡同事大多都很同情你不得不和那個苛刻的女人共事。」

布萊恩又笑了。「知道嗎，如果她聽到你這麼說，絕對會同意。」

「她有點冷淡，對吧？」

站在圍籬後面的金點點頭。是啊，而且她樂得如此。

「不會，她沒有你們想的那麼糟。」

金幾乎要咆哮了。有，她真的有。

「其實她那天還在說，如果你們肯偶爾和她聊個天一定會很好。」

她真他媽的會殺了布萊恩。而且是慢慢殺。

「沒問題，長官。我會記住的。」

警員離開時邊用對講機回報指揮中心，表示這地方一切正常。

「混蛋東西。」金的怒啐聲從圍籬後面傳過來。

「喔，抱歉，老闆。沒想到妳在那裡……聽我們說話。」

金站在垃圾桶上，用和剛才進去相同的方法爬出來。

她雙腳著地卻倒向布萊恩，將他從側面撞倒。

「抱歉啊。」她說。

「在真心道歉的評分上，我給妳負七分。」

「兩位警官，」教授來到他們身邊，說：「我們準備好了。」

教授轉身走開時，布萊恩緊緊鎖住她的目光。

「怎麼樣，妳非法蒐集情資的任務有什麼結果？」

「和報告上寫的相反，廚房不是那場火的起火點。」

18

教授走向比爾和班恩——這是金給挖掘志工的暱稱——時，她追了上去。

「麥修斯博士初步檢驗過土壤，發現大量黏土成分。」

這對黑鄉來說，沒什麼好意外的。

「這樣的成分組合會影響透地雷達脈衝波儀器的表現，所以我們要用磁力儀。」

「那就祝你們幸運了。」布萊恩說。

教授沒有理會布萊恩，繼續和金說話，彷彿當她聽得懂似的。金甚少質疑他人的專業。她相信大家都能在工作上發揮所長，而相對的，她也希望別人這麼對待她。

「磁力儀透過感應器測量磁感強度。不同的物質會產生不同的干擾，我們這部特殊工具可以偵測出受到干擾土壤的異常，或是腐敗的有機物質。」

比爾朝他們走過來，班恩緊跟在後。在金的眼裡，班恩看來就像電影《魔鬼終結者》裡走出來的角色。他的肩上掛的黑色肩帶連接一根大約六呎長金屬桿，再將金屬桿平舉在腰際的高度。這根金屬桿的前端固定了第二根較短的金屬桿，也就是說，他平舉著一個巨大的字母T。較短的金屬桿兩端各有一個感應器。黑色電線一路來到他綁在腰上的讀取器上，此外，他背後還揹著黑色帆布旅行袋。

「我們會從坡地下方的邊緣開始探測，以直線前進。有點像修剪草坪的方式。」

金點點頭，教授一行三人走了開去。

麥修斯博士和他的助理退回到溫暖的車內。

「妳這麼做不會有事吧，老闆？」布萊恩問道。

「為什麼會？」她怒聲反問。

「嗯，妳知道——」

「不，我不知道，如果你覺得有必要質疑我的能力，直接去找我老闆。」

「老闆，我絕對不會做那種事。我是關心才這麼問。」

「我沒事，夠了，別來煩我。」

她從來不提自己的過去，但布萊恩知道金曾經在照護系統下生活過一段時間。他不曉得她在兒童之家有過什麼遭遇。據他所知，她的母親是妄想型思覺失調症患者，但他不瞭解這帶來什麼影響。他還知道她有個已逝的孿生弟弟，但不知道他的死因。熟知她過去的人只有一個，她確保這情況會如此繼續下去。

她口袋裡的手機響了。是伍瓦德。

「長官？」她語帶期待地接聽手機。

「還在等，史東。我只是來確認妳還記得我們的討論。」

「當然，長官。」

「因為，如果妳違抗我的指示……」

「長官，拜託，你可以信任我。」

布萊恩搖頭。

「如果我在接下來的幾小時裡沒得到許可，請密爾頓教授離開，感謝他的時間。」

「好的，長官。」她說。謝天謝地，他不知道她還找了麥修斯博士過來。

「我知道光杵在那裡什麼事也不能做有多讓人沮喪，但是我們必須遵守程序。」

「我瞭解，長官。布萊恩在我身邊，他想對這件案子的處理方式表達關切。」

她遞出手機。布萊恩先狠狠瞪她一眼才走開。

「喔，沒有。我顯然搞錯了。」

伍瓦德嘖了一聲，掛斷電話。接著，她輸入道森的電話號碼，響了兩聲，對方就接聽了電話。

「有什麼收穫？」

「目前不多，老闆。」

「找到其他工作人員名單了嗎？」

「還沒有。本地行政機關不像寇特妮那麼樂於助人。我們正在過濾所有關於克里斯伍德的新聞報導，看是否能找到什麼資料。目前找到最接近的資料是一位威克斯牧師贊助三峰山的健行來為女孩們一日旅遊募款。」

「好，凱文，把電話轉給史黛西。」

「老闆早安。」

「史黛西，我要妳開始整理一份這地方燒毀時住在這裡兒童的名單。」就算找不出線索，他們仍然必須和從前住在兒童之家的女孩談談，找出泰瑞莎．懷厄特和湯姆．柯帝斯兩人的關聯。

史黛西回答會立刻著手追蹤，掛斷了電話。

金瞥向幾個男孩。他們帶著磁力儀前進了大約四十呎，這會兒正停下腳步檢視儀器。

她環視四周的目光鎖定這塊空地邊上的布萊恩，後者正背對著她。與平常自己的個性不同，她為了對他說話太嗆覺得難過。她知道他的問題出自對她的關切，但對於善意，她實在不善回應。

「嘿，你那個培根三明治還在嗎？」她輕推他的手臂問道。

「在啊，妳要嗎？」

「不要，丟到那個垃圾桶裡去，你的膽固醇指數承受不了。」

一說出口，她才發現這話有兩個作用。

「我老婆說了什麼嗎？」

金面露微笑。她兩天前收到一封簡訊。

聽到後面有聲音，她回頭去看。

教授快步走過來。他的臉色漲紅，表情激動。

「警官，儀器顯示的數據很有意思。我覺得我們可能有收穫了。」

布萊恩直視他。「老闆，我們還沒有拿到許可。」

她久久地看著他。如果這地下真埋著屍首，絕對不會沒必要地久留，一分鐘都不必。

她對教授點個頭。「開挖。」

19

「老闆，我無意冒犯，但妳腦子裡究竟在想什麼？」

「你有什麼問題嗎，布萊恩？」

「妳可能因此丟了工作。」

她聳聳肩。「我丟的是我的工作。」

「是啊，但有時妳必須停下來，花點時間思考一下。」

「這樣好了。你站在那裡幫我思考，我繼續做我的事。」

她離開他，朝教授走過去。這時，麥修斯博士像是被彈弓發射出來似地衝過空地快步走來。

「督察，我不能容許這種事。妳到底以為自己在做什麼？」

「做我的工作。」

「在拿到挖掘許可前，這還不是妳的工作。」

「有誰說要挖掘了？我們只是要稍微挖點土。」

各方人馬都聚了過來，七個人站著瞪視機器。

「操之過急可能會危及整個調查。」

「博士，如果發現屍體，我會立刻遵循正確規章行事，但目前我們只看到不正常的數據。我們都知道，這可能不過是一隻死狗。」她立刻發現自己發言不當。「抱歉，教授。」

「這是可能的案發現場。」麥修斯博士爭論道。

「若真如此，任何熱中使用老舊金屬探測器的人都可能挖出來，這麼一來，根本就沒有程序可循。」

這是她的思考邏輯，而且她決定堅持自己這個論點。

麥修斯博士發現她不可能打消念頭，嘴角跟著緊繃。

他的目光在這圈人身上繞了一圈，最後回到她身上。「妳的急躁會影響在場這些人的工作。」金點頭表示理解。她轉頭對比爾和班恩說：「把鏟子遞給我。」

「老闆……」

比爾和班恩看著教授，而教授看向她。

「老天爺！」她怒聲斥喝，抓起鏟子。「麥修斯博士，請便，你可以回車上等許可證派下來。其他人想做什麼就做什麼。」

她抬手舉起鏟子往下鏟，用右腳將鏟子盡可能往下踩，將鏟起的土丟到左側，然後再次揮動鏟子。

麥修斯博士哼了一聲轉頭離開。「我不加入。走吧，凱芮絲。」

「馬上來，博士。」她沒看著他，而是迎向金的視線，說：「我想看一下。」

博士遲疑了一下，才搖搖頭，走回車上。

金對這位法醫鑑識人員微笑表達謝意。她的在場，意味著某種程度的保護，而她也知道。她一次又一次地用力鏟。這塊地土質很硬，一定得耗上一段時間，但這總比站著什麼事都不做的好。

「喔，老天爺。」布萊恩說完話，伸手去拿第二把鏟子。

他站到她對面大約六呎開外，拿鏟子鏟向地面。

教授露出一副痛苦的模樣，搖著頭說：「不，不對。如果你們真要挖，至少也要用對方法。」

接下來的兩小時，她、布萊恩和比爾及班恩組成了兩組接力隊伍，依照凱芮絲和密爾頓教授的指示輪流挖掘。

凱芮絲一直在附近打轉，檢視磁力儀的數據。她建議他們接下來該挖哪個地方以及該挖多深。

凱芮絲朝金正在挖掘的位置彎下腰。「兩位警官，我覺得你們現在應該退下。教授，能麻煩你把你的工具包遞給我嗎？」

金從已經挖出六呎寬八呎長、大約一點五呎深的土坑裡走出來。

她想撢掉身上的塵土，但噴濺在她長褲膝下位置的溼泥巴和黏土已經乾掉。

凱芮絲和密爾頓教授參考過數據後，指向土坑的某個位置。比爾和班恩帶著園藝工具進到坑裡，準備聽凱芮絲的指示動作。

布萊恩站到她旁邊。「妳的人生絕對不會有無聊的日子，對吧？」

「至少你消耗掉早上吃的培根三明治了。」

「不止吧。」

她自己的肚子開始咕嚕叫，早上六點半吃下的半片吐司早就消化完畢。

「快兩點了，白天沒剩多少時間了。」布萊恩說出自己的看法。

比爾和班恩打個手勢，要凱芮絲走進土坑裡。她跪下來，用一支看來像是特大號粉刷的刷子撢特定區塊。金注意到凱芮絲完全不介意在她淺藍色牛仔褲上結成塊的塵土和泥巴。

她又撢了一次。「好，我要請所有沒受過法醫鑑識訓練的人員立刻離開土坑。」

凱芮絲自己一個人留在坑裡。她轉過頭，直視著金。「我們這裡有骨頭，還有，警探，除非狗有五根指頭，否則這不是死狗。」

大家全看向這個發現，好一會兒沒人說話。

接著，彷彿是暴露出來的骨頭發出某種警報似地，兩輛巡邏警車發出刺耳的噪音開上碎石地，她的手機同時響起。

伍瓦德來電。謝天謝地。

「史東，回局裡來，帶上布萊恩。」他厲聲說。

「長官，我必須讓你知道——」

「妳想說的任何話都可以回局裡再說。」

「可是這裡發現了骨頭。」

「而我已經說了要妳立刻回來，如果妳再過十五分鐘還沒到，就不必回來了。」

他隨即掛斷電話。她轉頭對布萊恩說：「我覺得他知道。」

布萊恩翻起白眼。

「去吧，我們在局裡碰面。」

布萊恩點點頭，朝自己的車子走去。

「聽我說，感謝大家幫忙，但如果有任何人問起，就說布萊恩什麼都沒碰，好嗎？」

所有的人都點頭。

金快步走向自己的重機，戴上安全帽和手套，將重機駛離現場，準備面對現實，承擔後果。

20

她有種吸引我的特質。

她的四周充斥著各種活動，有警笛、車子、動作，然而我的目光就是離不開她。在人群中，她是那麼顯眼，猶如出現在二度空間電影中的三度影像。

她的內在有種難以馴服的精力，像驅動她的魔鬼。這不但陰沉也激發了我的好奇。就算置身人群中，她仍然孤身一人；就算靜止，她仍在動作。一個握拳一個踏腳，都與永不停止運轉的大腦同步。

雖然我過去從來沒見過她，但是我認得她。我看得出她的聰明才智，她目光中的焦躁和天生的懷疑。她有種多數人都無法察覺的感知。這種感知無法定義也沒有名稱，但又與她的一切如此協調。而且我從前見過。

啊，凱特琳。親愛又甜美的凱特琳……

她走得太過於早。一部沒有明星的電影。我的興趣消退，但我仍在原來的地方，短暫迷失在自己的思緒中。

先有雞還是先有蛋？這是我經常自問的問題。我母親排拒我時我無所感，或是說，她是因為我的無所感才排拒我？

另外是許多學者經常探索的問題。精神錯亂是天生或後天造成？不只他們沒有答案，我也沒有。

曾經有段時間我抗拒它、抵抗它甚或試圖理解它，但那是許久之前的事了。

我的旅程始於一條魚。這條尋常無奇的無名金魚是我父親在一場流動嘉年華裡贏來的。我把魚帶回家，牠在魚缸裡住了兩天就死了。

我妹妹極為傷心，但我沒有。她悼念逝去的魚，而我什麼感覺也沒有。我想要她擁有的感覺，想要她的痛苦和哀痛。我想要感受。

接著是那隻幼貓。幼貓的毛又軟又溫暖。牠本來應該是我們兩個的貓，但卻比較愛她。我蓋住幼貓口鼻時，牠並沒有真正掙扎。當牠吐出最後一口氣時，我等了許久，但我仍然沒有感覺。

學校裡的同學都養狗，我也想養一隻，而且這隻寵物要完全屬於我。我餵牠、遛牠，牠甚至睡在我房裡。這次我滿心期待，然而扭斷牠的脖子同樣沒帶給我痛苦，只是讓我的好奇心更旺盛。我有個需要，我必須知道自己能做到什麼程度。

接連死了一條魚和兩隻動物後，家裡不准我再養寵物。這限制了我進行後續研究的選擇，這時候，我才領悟到最終測驗一直存在於我面前。

每個人都說她很可愛、迷人、純潔善良又完美。所以，那就是我的目標。我知道沒有引誘，她不可能就這麼上鉤。她眼中有種神情。她看得到別人看不到的東西。

於是我告訴她有兔子看，一隻母兔帶著小兔崽。我指向崖邊的草叢。她背對著我。我一把推去，她臉朝下往前倒，我站著看著她的後頸。她咳了幾聲、吐了幾口，接著就不動了。

哦，凱特琳，凱特琳，凱特琳。妳送我一份大禮。

搬開她的小身軀時，我終於得到所有的答案。我的狀況不是詛咒，而是恩典。我妹妹的犧牲總算讓我得到自由。從那天開始，我得以不受愧疚或自責所困，能自由地拿取我所想要的，摧毀我不要的。

憐憫就像斷肢一樣根本不存在，所以不能被取代或轉移，但這是說，我也不那麼希望。憐憫是將俗世凡人與道德和倫理禮教扣在一起的枷鎖，而我行事不需遵照任何準則。

那麼，到底是先有雞還是先有蛋？答案是：我一點也不在乎。

機車的聲音遠去，我轉身走開。

她會是個可敬的對手。

她會一路發現線索，而這些線索會準確地帶她前往我要她走的路上。

她會揭發克里斯伍德的諸多秘密，但絕對不會發現我的。

21

儘管布萊恩早她一步出發，金仍然在他之前回到停車場。他把車停在她旁邊。

「去把自己清理一下，我去找伍瓦德。」她邁開步子走向警局入口。

「我對自己的決定很滿意，所以別——」

「我得在七分鐘內進到他辦公室，所以了，趕快。」

他們一起跑上樓進到辦公室。

道森張大了雙眼。「天哪，你們兩個是剛打過泥巴戰嗎？」他咯咯地笑。「我好想看。我押老闆贏。」

布萊恩坐下來。「該死啊，道森，任何明智的投注都該押在老闆身上。」

「現場找到骨頭。」金說。她脫掉夾克，用指頭梳理頭髮。「布萊恩會給你們做簡報。」她走向門口。

「老闆，」布萊恩喊住她，說：「老實告訴他。」

「那當然。」她回答他，朝樓梯走去。

據她估計，在她敲門時，她大約還剩下一分半鐘。她等著伍瓦德叫她進去。挑這個時候惹怒上司對她沒有好處。

她跨了四步走到椅子前，注意到紓壓球還在他的辦公桌上。好吧，這下她麻煩大了。

「妳以為自己在幹什麼，史東？」

「嗯，你可以說得更明確一點嗎？」她問道。她不想白白道歉。

「別和我來這套。妳和布萊恩的荒唐舉止可能會嚴重危害——」

「布萊恩沒有，長官，他只是在旁邊看。」

伍瓦德怒目看著她。「有人告訴我看到布萊恩人在土坑裡。」

「可是我有四個離土坑最近的人說他沒在坑裡。」

「那布萊恩自己怎麼說？」

金嚥了嚥口水。他們都知道這個問題的答案。

「長官，我為自己的行為道歉。我知道那不對，我想誠摯地——」

「省省吧。這非但惹人厭，對妳也沒有好處。」

他說得沒錯。金一點也不覺得抱歉。「你怎麼知道的？」

「這不關妳的事，但是麥修斯博士——」

「我早該知道他……」

「……打電話給我是正確的選擇。」伍瓦德拉高音調蓋過她的聲音。「妳究竟以為自己在幹什麼？」

「長官，我必須開挖。我憑直覺知道下面有一具屍體，要等正當文件程序太荒謬了。」

「不管是不是荒謬，我們之所以必須遵守程序當然有其道理，何況上了法庭，我們才能隨時為自己的行為辯護。妳最好記得我的指示不是選項，一定要遵從。」

「我明白。」

他重重地嘆了一口氣。「唯一救得了妳這條命的是妳的直覺必須正確，而且現在焦點要轉移到停損控制。」

金點點頭。

「總之，現在我不再相信妳適合主導這件調查了。」

她坐在椅子上，身子往前傾。「可是，長官，你不能——」

「喔，我可以，而且我目前正在認真考慮是不是要把妳調離這個案子。」

她先閉上嘴巴。她接下來要說的話很重要。她決定全盤托出。

她的聲音低沉。「長官，你看過我的檔案。你很清楚我的過去，所以你一定知道沒有人比我更適合主導這次的調查。」

「確實有可能，但是我必須仰賴能夠服從指示的人。如果今天挖到的骨頭是過去社福時代照顧的孩子，媒體一定會大肆報導，想走避的人不會少，我不會給任何人抓到由我團隊成員造成的法律漏洞。」

金知道他沒說錯。但她也知道自己是調查這件案子的最恰當人選。

「好了，我建議妳和布萊恩回家洗個澡。我早上會做出決定。」

伍瓦德讓她離開辦公室時她知道自己運氣實在好，得以不受懲戒全身而退。

「妳知道，金……」她走到門口時，伍瓦德說了。該死，她最恨伍瓦德直接叫她名字。

她轉過身子。

他摘下眼鏡，迎視她的目光。「總有一天妳的直覺會出錯，到時候妳得面對後果，那是妳自己的選擇。但是妳必須考慮到妳身邊的人。妳的團隊敬重妳，任何情況都願意跟隨妳保護妳，來得到妳的認可。」

金吞了吞口水。她知道伍瓦德指的是團隊裡的某個特定成員。

「如果哪天妳魯莽行事危害到妳身邊人的事業甚或性命，到時候，妳要面對的人不會只是我或警方。」

金忽然覺得反胃——這和她正在鬧空城計的肚子無關；她關上門時，發現自己寧可接受懲處。

伍瓦德有個強項，就是知道找她的弱點下手。

22

門鈴響了，金連來者是誰都沒問就拉開門鍊。一定是布萊恩，而他一定會拎著外帶中國菜。

「炒麵仙子進屋嘍。」

「如果有蝦餅，你才能留下來。」這不是玩笑話。

布萊恩脫下外套，露出裡面的馬球衫和牛仔褲。

「我好愛妳家的擺設。」

金沒理他。他每次來都說同樣的話。對其他人而言，她家顯得缺乏個性和裝飾。她不喜歡個人特色強烈的擺飾。如果她決定明天搬家，她只需要十來個大垃圾袋，花幾個小時就可以打包走人。年少時在照護機構的日子把她訓練得很好。

她拿出牛肉麵和蛋炒飯裝盤，盛三分之二給布萊恩，三分之一留給自己。她把盤子遞給他。他挑了張沙發坐下，她坐另一張沙發。

她叉了一大口食物放到嘴裡，試圖無視內心的失望。食物這種東西，用想的比真正吃起來讓人振奮。食物在她嘴裡轉換成精力來源。她接著又吃了幾口，然後放下盤子。

「天哪，慢慢來，妳吃的分量還不夠塞牙縫。」

「我吃夠了。」

「和妳比起來，麻雀就像饞嘴的怪物。妳得多吃一點，老闆。」

金瞪了他一眼。在她家裡，她不是督察而他也不是她的下屬。他是布萊恩，是她身邊最接近朋友的人。

他翻個白眼。「好啦，抱歉。」

「少在那邊小題大作，我是大人了。」

她端起自己的盤子走到廚房，煮一壺新鮮咖啡。

「好，妳說說看，我送個英俊友善的男人和妳不吃的食物上門。再提醒我一次，我從這段關係裡可以得到什麼？」

「我迷死人的陪伴。」她面無表情地說。她自知甚深。

布萊恩大笑。「嗯，我對這個陷阱不予置評，因為妳現在是金，但終究會回到老闆的身分。」

吃完飯，他把自己的餐盤端進廚房。「不是，我有別的想法。」

「比方說什麼？」

「約會。」

「和你？」

他捧腹大笑。「妳想得美。」

金也跟著放聲笑出來。

「知道嗎，這聲音真好聽，妳應該常笑。」

金知道他接下來要說什麼。「答案是不好。」

「妳連對象是誰都還不知道。」

「哈，我知道。」她比手劃腳地說。稍早離開警局時，她瞥見了彼得．格蘭特。他是皇家檢控署的檢察官，因此他們仍然會相遇，但自從分手後，她便避免和他深入交談。

布萊恩嘆口氣。「拜託，金。給他一個機會。沒了妳，他過得好慘。而妳沒了他甚至更慘。」

金思考了一下，最後才老實說：「沒有，我真的沒有。」

「他愛妳。」

金聳聳肩。

「而且你們在一起時，妳不一樣。我不會說妳比較快樂，但也許比較讓人可以忍受。」

「我現在很快樂。」

「我不相信。」

金幫兩人倒了咖啡，他們一起回到客廳。

「聽我說，金，無論他做錯了什麼事，我相信他一定很後悔。」

金持懷疑態度，因為真相是：彼得什麼也沒做錯。錯的是她。一向是她。

「布萊恩，彼得和我在一起多久？」

「將近一年。」

「你覺得他有幾次留下來過夜？」

「不少吧。」

「是啊，那你知道引發最後口角的是什麼事嗎？」

「如果妳願意講，我聽。」

「只有這樣，你才會放過我。我結束這段關係，因為有一天早上他沒把牙刷帶走。」

「妳開玩笑嗎？」

金搖搖頭，想起他去上班後，她走進浴室看到他的牙刷大剌剌地躺在她的牙刷旁邊。任何犯罪現場都不曾引發那種程度的恐慌。

「當時我就明白了，如果我不打算和人分享漱口杯，那麼我更不可能分享太多別的事。」

「但妳一定能找到解決的方法。」

「天哪，這又不是『我愛紅娘』，而且你也不是主持人。有些人注定會找到靈魂伴侶，從此過著幸福快樂的人生。而有些人就沒那種命。事情就是這樣。」

「我只是希望妳的人生中有個能讓妳快樂的人。」

「你覺得那會讓我在工作上好相處一點嗎？」金問道，暗示這段對話該結束了。

他聽懂了。「真是該死了——如果有那麼簡單，我乾脆自己搬進來。」

「是啊，還有，要確保你別把牙刷留下來。」

「好，我還會把晚上裝假牙的杯子帶過來。」

「真是夠了，打住吧。」

布萊恩把咖啡喝完。「好吧，前戲做足了。妳我都知道我為什麼過來。妳到底要不要給我看？」

「呃……」

「拜託，妳吊足我胃口了。」

她跳起來走向車庫。布萊恩只落後不到兩步。

她從工作台上拿起她的寶藏，轉頭面對他，慢慢掀開防低溫影響的棉布枕套。

布萊恩驚嘆地看著機車油箱，問道：「是原廠正品？」

「那當然。」

「美呆了。妳從哪裡找來的？」

「eBay 拍賣網站。」

「我能看看嗎？」

金把油箱遞給他。她花了六星期時間，才在網路上搜索到一九五一年的版本。一九五三年以後版本的零件要好找多了。但簡單從來不是她的選項。

布萊恩輕撫固定在油箱兩側的橡膠護膝板，搖頭說：「太美了。」

布萊恩把油箱還給她，慢慢繞著重機走。「這是馬龍．白蘭度在電影《飛車黨》裡騎的車款嗎？」

金往後一跳，坐在工作台上。她搖頭說：「一九五〇的車款。」

「妳打算騎這這輛？」

她點點頭。凱旋重機是她的療程。忍者是衝勁，是挑戰。騎乘忍者可以滿足她內心深處的需要，但雷鳥是絕美的重機。光是接近它，就足以將她帶回她生命中唯一近似滿足的三年。一段勉強稱得上插曲的時光。

突然響起的電話鈴聲讓她嚇了一跳。她從工作台上跳下來，去廚房拿她的手機。她看到號碼。「該死。」她低聲說，快步穿過房子走到街上，到隔她家兩棟房子外才按下接聽鈕。如此一來，她家才不致受到污染。

「我是金．史東。」

「嗯……史東小姐，我打電話來是有關妳母親的狀況。她──」

「妳哪位？」

「喔，抱歉。我叫蘿拉．威爾森，是格蘭特利照護機構的夜間督導。妳母親恐怕發作了。」

金困惑地搖頭。「妳為什麼打電話給我？」

對方停了一下，才說：「嗯……因為妳在她的緊急聯絡人名單上。」

「檔案裡這麼記錄的嗎？」

「是的。」

「她死了嗎？」

「天哪，沒有。她只是不喜歡──」

「那麼妳應該把檔案讀清楚，威爾森小姐。因為那麼一來，妳就會知道只有一種情況需要讓我知道，而妳剛才證實了那狀況沒有發生。」

「很抱歉。我完全不知道。請接受我的道歉，非常對不起，打擾妳了。」

金感覺得到女人聲音裡的顫抖，立即為自己的反應感到後悔。

「好吧，她又做了什麼事？」

「今天稍早，她認為一名實習護理師想毒害她。以六十多歲的人來說她伸手算是靈活了，她撲向護理師，把護理師壓倒在地。」

「她還好嗎？」

「她很好。我們稍微調整了藥物，以便——」

「我是說那名護理師。」

「她受到驚嚇，但現在沒事了。這是護理人員的重要工作。」

是啊，這不過是妄想型思覺失調患者的日常生活。

金只想結束這通電話。「還有別的事嗎？」

「沒有，就這些了。」

「謝謝妳打電話過來，但我希望妳在檔案裡註記我剛才的指示。」

「那當然，史東小姐。再次請妳原諒我的錯誤。」

金掛斷電話，往後靠向電燈桿，排開腦子裡所有關於母親的思緒。

她只願在自己選擇的時候想起那個女人。她每個月挑一個時間，由她自己支配。她把所有關於母親的想法留在街上，走進自家前門，堅定地關上門。金不會讓她母親的影響進入她的私有庇護地。

她從櫃子上拿下兩個乾淨的馬克杯，為自己和布萊恩倒了咖啡。看到她再次走進車庫，他什麼也沒說，彷彿方才她逃離自家去接一通電話是再自然不過的事。

她坐回工作台上，把油箱放在腿上，拿起一把大小形狀都像牙刷的鋼刷，輕輕刷右手邊一塊鏽漬。小片小片的棕鏽掉到她的牛仔褲上。

「除鏽一定有更快的方法吧？」

「喔，布萊恩，只有男人才會在意時間長短。」

她除鏽時，兩人自在地保持沉默。

「他會讓妳繼續接這個案子的，妳知道。」布萊恩靜靜地說。

金搖頭，她不確定。「我不知道，布萊恩。伍瓦德說得沒錯，他沒辦法信任我。他知道，無論我做了什麼承諾，都一定會有我自己無法控制的時候。」

「那就是為什麼他會讓妳接下這案子的原因。」

她看著他。

「他知道妳的作風，可是妳還能待在局裡。妳的檔案裡沒有懲戒紀錄……如果妳想聽實話，這可不只是驚人而已。他知道妳一定會查個水落石出，除非破案否則不會甘休，特別是這案子。」

金什麼也沒說。這案子涉及她個人，伍瓦德可能覺得這不利破案。

「而且，他不會解除妳的任務還有另一個原因。」

「什麼原因？」

「因為如果他那麼做就太笨了——我們都知道伍瓦德不是笨蛋。」

金重重嘆口氣，把油箱放到一邊。她真心希望她這名同事兼朋友沒說錯。

23

妮可拉·亞當森倒轉新聞，又看了一次。

一名高大結實、名叫伍瓦德的黑人男性證實警方在克里斯伍德兒童之家的舊址發現了一具屍體。緊接在他簡短說明之後的空拍影像，是她一度稱為家的地方。

妮可拉頓時鬆了一口氣。他們終於打算揭開那個上帝遺棄之處的秘密了。但隨之而來的是恐懼。小貝對這則新聞會有什麼反應？妮可拉知道她妹妹不會敞開胸懷和她談這件事。小時候，她們曾經那麼親近；兩姊妹只有彼此，而且分享一切。妮可拉努力回想，不知道一切究竟在什麼時候改變的。

離開克里斯伍德後，她們就分開了。小貝四年前回來，當時妮可拉感染了單核白血球增多症，但她離開加護病房後，小貝又消失了。

這次，小貝在一週前回來，雖然和她分享自己的家有些小小不愉快，但是有妹妹在身邊，妮可拉還是很高興。她內心深處有個小聲音在問：這次會留多久？

小貝不在時，妮可拉總覺得自己好像缺了一角。然而小貝回來卻使她更焦慮：她無時無刻不擔心小貝的反應。

不知怎麼地，她妹妹變了。現在，她的個性孤僻，五官流洩出冷漠，那是她對世上其餘人事物的不耐。妮可拉覺得她妹妹每分每毫的喜悅都已經流失。

她看了看爐子理的東西。她決定做小貝最喜歡的炸雞塊，搭配沾番茄醬的馬鈴薯鬆餅。妮可拉面帶微笑。真有趣，她長大了還是戒不掉這個喜好。

儘管姊妹間有種種不同，妮可拉仍然想和小貝建立更穩固的關係。她想瞭解讓她們日漸疏遠的原因。

她希望她們能穿睡衣，一起坐著看影片，一邊吃著青少年時期最愛的食物——這可能會讓小貝想起過去。

住在一起並非最理想的狀況，但妮可拉願意忍下小小的煩躁，以換得小貝回到她的生命當中。

而且，為了讓她留下來，她什麼都願意。

24

和伍瓦德開了四十分鐘的會之後，金走進辦公室。三雙眼睛期待地盯著她看。

「案子還是由我主導。」

辦公室裡的幾個人同聲嘆息。

金繼續說：「法醫骨質考古專家已經證實那些骨頭是近期的人骨，所以那地方現在是犯罪現場了。凱芮絲留在現場負責考古部分，丹地會盡快派出一名法醫人類學者過去。」

丹地大學是解剖學與人類鑑識學中心的所在地，這幾年還開了法醫人類學的正式課程，頒發學位。解剖學與人類鑑識學中心經常接獲尋求協助，並且將重大鑑識案件數據輸入資料庫。

這幾條線是伍瓦德牽的，他想確保每個可能出庭的人都有無懈可擊的合格身分。

「克里斯伍德的員工名冊調查得怎麼樣？」

道森拿起一張紙。「我剔除了幾名短期雇用和臨時員工，現在，在兒童之家火災前的員工清單上只剩下四個人。」

「我們已經知道泰瑞莎・懷厄特從前是副主任，湯姆・柯帝斯是主廚。當年的主任是個叫做李查・克洛夫特的傢伙。瑪麗・安德魯斯擔任了幾年的管家，另外還有兩名身兼照顧者的夜間警衛。」

「目前我已經追蹤到瑪麗・安德魯斯，她住在天伯翠一間安養院……」

「李查・克洛夫特不是布羅斯戈夫鎮的保守黨國會議員嗎？」金打斷道森的報告。她敢發誓，她才剛讀過一篇報導，提到克洛夫特完成了某項自行車公益活動。

「名字一樣沒錯，但是我還沒能將他與兒童之家連上關係……」

「交給史黛西。」金指示道森。

她看到道森臉上的表情。

「史黛西，孩子的姓名進行到哪裡？」

「目前我查到七個，資料多半來自臉書。」

金翻個白眼。

史黛西聳聳肩。「克里斯伍德的紀錄本來就不多，想提那地方的人更少。據我所知，年紀較小的孩子早已安置到寄養家庭或附近其他照護機構，其他有六、七個孩子回到原生家庭。所以火災當時剩下的大約有十名左右的孩童。」

「聽起來像場該死的噩夢。」

史黛西扮個鬼臉。「對小人物來說應該是吧。」

金露出微笑。史黛西喜歡提出質疑，這幾乎算得上好事。

布萊恩抓起外套離開辦公室。金走進她的「大碗盆」，坐下來脫掉騎重機用的靴子。脫鞋時，她側聽到外頭辦公室的對話。

「你有沒有試著送花？」史黛西問道。

「送了。」道森回答。

「巧克力？」

「送了。」

「珠寶？」

沒有回應。

「你在開玩笑吧？你還沒送珠寶？喔，凱文，沒有任何東西比昂貴閃亮的項鍊更能表達『請原諒我這個是非不分的混蛋』。」

「一邊涼快去，史黛西，妳懂什麼？」

「我就是知道，那些個花花公子，因為我是徹徹底底的女人。」

金露出微笑，一邊綁上右腳的鞋帶。

「是啦，但妳在妖精世界裡的愛情生活不算。我需要的建議，來自和男人約會的女人。比方說真正的女人。」

金走進辦公室時對話正好結束。「史黛西，現在開始，由妳負責職員以及從前兒童之家的孩子。」

道森滿臉困惑。

「穿上外套，你跟我來。」

他拿起披在椅背上的外套。

「帶上大衣。你要去現場和法醫人員一起工作。」

他的臉色亮起來。「真的嗎，老闆？」

她點點頭。「現場一有狀況我就得知道。我要你把自己變成討厭鬼。四處問問題，其他人走到哪你就跟到哪，聽別人說話，然後一有新的訊息立刻回報給我。」

「我一定辦到，老闆。」他熱切地說。

他跟著她下樓，到準備出動的車邊。

她坐進前座，道森坐後座。

「繫好安全帶了，孩子們。」布萊恩說完話，把車子開離停車場。

金瞥向後視鏡，看著道森急切興奮的臉孔，然後轉頭看車外。

對一個完全沒有社交技巧的人來說，根據大數法則，她必須不時糾正對錯。

25

她昨天離開的現場如今看起來像個小城池。整塊空地的周邊都用鐵絲網圍了起來，坡地上下兩端各有一處開口，分別由兩名警員守住。還有幾名警員在圍籬邊走動，和其他警員保持在視線可及的範圍內。金對周邊的安全措施感到很滿意。

現場前端架設了供媒體使用的棚子，但她看到記者們已經分散開來，沿著圍籬外邊走動。圍籬內有兩頂白色帳棚，一頂在土坑邊，另一頂用來放置技術人員的工具。

金走向第一頂帳棚，但她沒有心理準備，沒預期會看見土坑裡的骸骨——或骸骨帶來的影響。她見識過許多命案現場，曾經目睹屍體各異的腐敗狀況，但這具屍體只剩下骨架。倘若皮肉組織還存在，感覺上，似乎還有遺體可以歸還給家屬，死者至少還有可以埋葬、可供哀悼的屍首。但光是骨頭彷彿少了姓氏或沒有特點，像是只有地基的樓房，沒有建築物來呈現它的獨特性。金發現，自己一點也不喜歡這個想法。

同樣讓她震驚的，還有這具骸骨佔據的空間如此之小。

「沒有衣物？」法醫考古學家站到金身邊時，她這麼問。

「早安啊，督察。」凱芮絲說。

喔，她老是忘了這一點。

「回答妳剛剛的問題，不能只因為現在沒看到，就代表沒有衣物。不同材質腐壞的速率不一樣，要看在土裡埋了多久時間。棉會在十年左右消失，而毛料可以撐個幾十年。」凱芮絲轉頭對她說：「我不太確定妳會回來。」

技師過來從各種角度拍攝時，她們兩個都退到一邊。骸骨的旁邊放著一個黃色標識。

「我們昨天沒什麼機會多聊。」金說。

凱芮絲把散落的髮絲塞到耳後。「沒想到妳是那種想聊天的人，不過，好吧……我二十九歲，單身沒有小孩，最喜歡的顏色是黃色。我最無法抗拒的是雞汁脆片，沒忙著織毛線時，我還是陸軍預備役成員。」凱芮絲停了一下。「嗯，說會織毛線是假的。」

「能知道這些實在太好了，不過這不是我想知道的。」

「那麼妳想知道什麼就問，督察。」

「妳能勝任這個工作嗎？」金毫不退卻地問道。

凱芮絲試圖掩飾笑容，但雙眼亮了起來。「我八年前在牛津大學拿到考古學學位，接著花了四年參與各處的考古挖掘計畫，主要地點在西非，回國後拿到法醫鑑識科學學位，接著又花了兩年時間，在這個男性主宰的領域中努力贏取尊敬。聽起來耳熟嗎，督察？」

金大笑出聲，向她伸出手。「很高興有妳參與。」

「謝謝。好，這些骨頭都已經暴露出來了，我現在要等人類學家過來，一起討論移置事宜。我必須確定我們沒有損及或多取。」

金茫然地看著她。

「抱歉，我是說，我們必須盡可能謹慎，採樣不能過少或過多。因為我們不能回來再做一次。」

金的表情仍然不變。

凱芮絲想了想，說：「這麼說吧，把土壤想像成磚牆。每層磚牆都是一段時間。如果我們取太多土壤，我們可能會侵入發生在這起謀殺案之前的事件，得到錯誤的資訊。」

金點頭表示瞭解。

「骸骨移開後，我們會開始過篩土壤來尋找線索。」

「啊，督察，我想介紹妳認識一個人。」

金聽到耳邊傳來基慈——她最喜歡的法醫病理學家——熟悉的聲音。

「金．史東督察，這位是丹尼爾．貝特博士。貝特博士是丹地大學的法醫人類學家，辦案期間會在這裡和我的實驗室裡兩地工作。」

這位男子伸手相握，他比金高出五公分，擁有運動員的體格，下巴線條剛硬，有一頭黑髮。他閃亮的綠眸和深沉的五官形成有趣的對比。

金接著介紹凱芮絲、基慈和這位新來的男子互相認識。貝特博士有力又堅定地握了握金的手。

貝特博士沒有遲疑，立刻繞著土坑走動，金利用這個機會觀察他。他看起來不像科學家。他的體格顯然更適合從事體力勞動的戶外職業。金想，他一身牛仔褲和厚T恤沒能削弱這種感覺。

「怎麼，」基慈說：「這下三名關鍵人員來到犯罪現場了，有人會找出線索，有人解釋線索，然後有人把線索與答案連結在一起，給我們一樁謀殺案。」

金沒理他，站到貝特博士身邊。

「初步檢視後，有什麼資訊能告訴我們的嗎？」

他揉揉下巴。「有。我絕對可以確認這個土坑裡有具骸骨。」

金嘆口氣。「呃，這我自己就看得出來了，貝特博士。」

「我知道妳迫切想要答案，但我還沒摸到骨頭，在動手前，我不會假設任何事。」

「他是你親戚嗎？」金問基慈。

基慈大笑以對。「我就知道你們會擦出火花。」

她回頭問貝特博士：「你總該有些話說吧？」

「好吧，我可以告訴妳，這可憐的靈魂在這裡已經躺了至少五年。一般成人會在十到十二年間完全腐爛，非成人花的時間減半。

「腐爛的第一個階段是自我分解，也就是人死後，屍體組織被自己分泌的酶分解。第二個階段是腐敗，在這個時期，軟組織因為微生物出現而腐敗。最後軟組織會變化成液體和氣體。」

「博士，你經常受邀參加宴會嗎？」金問道。

他大笑。「抱歉，督察。我最近剛從田納西大學諾克斯維爾分校的人體農場回來。在人體農場，他們以各種方式放置屍體，好建立……」

「性別？」她問道。

「除非妳先邀我共進晚餐，督察。」

「一點也不好笑。到底有沒有頭緒？」

他搖頭。

她翻個白眼。「別說了。骸骨還沒送進實驗室，你們還沒有檢視。」

「就算有，恐怕也沒有差別。如果我們處理的是童屍，因性別帶來的骨骼改變還沒有形成。

「如果我們的受害者介於十六到十八歲，我們可能還有機會根據骨盆變化來分辨，但年齡若再小，沒幾個科學家會試圖透過骨頭來判斷性別。」

「這表示除了骨頭，還有其他方法？」

「有其他利用牙齒DNA來鑑別X和Y染色體的方式，但價格昂貴而且非常耗時。判斷年齡要比性別容易許多。要判斷年齡，我們可以看骨頭的成長和發展、牙齒發展和頭蓋骨密合狀況。妳今天稍晚就會得到大約年齡。」

「勉強猜測呢？」她繼續施壓。

貝特博士轉頭看她，眼神充滿挑戰。「妳要逮捕謀殺犯的日期、時間和地點？」

金不為所動。「星期四十一點十八分在圖書館，犯人是普拉姆博士❺。還有，你雖然沒問，但我可以告訴你他會拿著燭台。」

「我是科學家，我不猜測。」

「但你一定能從中推理出……」

「基慈，」他越過她喊法醫：「快救我，免得我在她的質詢下承認我犯了林白兒子的綁架案[6]。」

金注意到他濃濃的蘇格蘭口音和現場此起彼落的黑鄉口音十分不同。如果她閉上眼睛，他的聲音聽起來幾乎就像史恩．康納萊[7]。幾乎。

「我就知道你們兩個會相處得很好。」基慈嘻笑地說：「丹尼爾，盒子送到了。」

越來越多技師帶著透明塑膠盒聚過來，金走到土坑尾端。到了這時候，她已經搞不清楚哪些人屬於哪個小組，而且很高興知道後續留在現場的人會是道森而不是她。

如果她必須繼續和這個惹人厭的博士打交道，那麼她可能要為下一件屍體掩埋案負責。

「交到新朋友了嗎？」布萊恩問道。

「是啦，那傢伙很搞笑。」

「典型的科學家？」

「對，而且我也這麼告訴他。」

「好極了，我猜他會因此愛妳。」

---

[5] Professor Plum，遊戲「妙探尋兇」的一名主人翁。

[6] 美國飛行英雄林白長子在二十個月大時遭人綁架撕票。

[7] 蘇格蘭演員，曾任電影〇〇七系列主角。

「很難說。」

布萊恩輕聲笑道：「妳不太夠資格判斷別人的情緒反應，對吧，老闆？」

「布萊恩，去你——」

「不，不，不！」貝特博士邊喊邊走進土坑。他的聲音既響亮又威嚴。所有人都停下手邊的工作。

他在土坑裡正在處理頭骨的人身邊跪下來，凱芮絲也走進土坑蹲在博士旁邊。兩個人低聲交談時，沒有人說話。最後，博士終於站起來直視金。

「督察，我畢竟還是有可以告訴妳的發現。」

金走近了些，屏息跳到他身邊。「請說。」

「看到這些骨頭了嗎？」

她點點頭。

「脊椎通往頸子的頸椎由七塊頸椎骨構成。最上面一節是C1，也就是寰椎，接下來是C2，樞錐。」

他的指頭沿著頸椎，指出第三至第七節頸椎。金看到第四節和第五節頸椎之間有明顯的縫隙。她本能抬起右手放到後頸，不懂博士剛才在上面怎麼看得到。

「有話直說，博士。」

「我可以告訴妳，毫無疑問，這可憐的靈魂被人砍斷了頭。」

26

金走出土坑。「走了，布萊恩，我們得開始動作了。」

她瞥向豐田小貨卡——根據消去法，這輛車應該屬於丹尼爾．貝特博士。車子的後輪上方有凹痕，而且沾了不少泥巴。

「老天爺，那是什麼東西？」金驚呼一聲，往後跳了好幾步。

「嗯……那叫做狗，老闆。」

金靠前看從後座冒出來的毛茸茸狗臉。

金皺起眉頭。「布萊恩，是我的關係，還是……」

「不，老闆，看來牠只有一隻眼睛。」

「督察，請不要嚇到我的狗。」丹尼爾．貝特拉近他們的距離，說：「我向妳保證，牠什麼都不知道。」

金轉頭看她的同事。「看吧，布萊恩，狗真的會承襲主人的特性。」

「知道嗎，督察，在凌晨四點被叫醒接著又開了三個半小時的車之後，誰都不可能完全符合妳的期待。」

「牠瞎了嗎？」貝特博士拉開車門時，金問道。狗跳出車外坐下，貝特博士把繫繩勾到牠的項圈上，搖搖頭，說：「牠右眼有完美的視力。」

金猜這隻狗的品種應該是德國白狼犬。她走上前，把手伸到狗鼻子前面。「牠會咬人嗎？」

「只咬傲慢的督察。」

金翻個白眼，撫摸狼狗的頭，牠的毛又軟又暖。

金不懂。如果他開車來，那麼從三百五十英里外的丹地過來，時間不會只有這短短幾小時。

「牠在這裡做什麼？」

「我上個案子結束後我們休了幾天假，接到我老闆的電話時，我們正在切達附近尋找攀岩地點。我離這裡最近。」

丹尼爾的語氣中沒有不耐，而是單純接受這種電話指派的工作。

金感覺到狗兒用溼暖的鼻尖推她的右手——她剛才心不在焉地停下撫摸的動作。

「嘿，妳看，督察。」丹尼爾．貝特的眼睛閃閃發光。「至少這裡還有人喜歡妳。」

電話鈴聲想起，正好阻止金口出髒話。

她按下接聽按鍵，丹尼爾轉身，帶著狗在坡地上端走動。

「怎麼了，史黛西？」

「妳在哪裡？」

「正要離開現場。為什麼問？」

「妳面朝下還是朝上？」

「什麼？」

「我找到了威廉．沛恩，當年的一名夜間看護。」

「妳往山坡下看，應該會看到一排七間房子。他家正好在中央。前後花園都鋪滿石板。」

這時金已經開始走下坡。「妳究竟怎麼知道的？」

「Google地球，老闆。」

金搖搖頭，掛斷電話。有時候史黛西還真讓她害怕。

「妳剛才說我們要去哪裡？」

「去拜訪我們的第一號證人。」

「在這裡？」布萊恩問道。金拉開及腰高度的柵門。

說來詭異，屋子的前花園是一片海洋般灰色石板，通往前門的小徑和石板唯一的區別在於坡度。

敲兩下門後，一名滿頭白髮的高個子男人出來應門。

「是威廉．沛恩嗎？」

他點頭。

布萊恩掏出警官證。「我們方便進來嗎？」

他絲毫不打算讓開，反而皺著眉頭說：「我不懂？昨天已經有一名員警來過，而且做了詳細紀錄。」

金開口前，先看了布萊恩一眼。「沛恩先生，我們來這裡，是有關克里斯伍德的調查事宜。」

在這之前，她沒有派遣任何員警到這裡來。

他臉上露出瞭解的神情。「喔，當然了，請進。」

他往後站，金打量他一眼。他一頭白髮給人的年齡印象比臉孔顯得老，兩者相比，就像發生了完全不同的衰老表現。從臉孔來判斷，他頂多四十五歲左右。

「請小聲點，我女兒在睡覺。」

他低沉的聲音聽起來很舒服，完全聽不出黑鄉的腔調。

「請跟我來。」他低聲說。

他帶他們走進和房子等深的一個大空間。這個空間的前端是起居室，通往小後院的落地大窗前擺了一張餐桌。鋪得滿滿的一片片石板沒留下任何空間給草坪或灌木叢生長的空間。金聽到後方有個聲音：某種有節奏的輕碰聲。

這個聲音來自呼吸器。接在機器另一端的是個女孩，金猜她大約十五歲左右。女孩的新式輪椅過大，另一側接了點滴。

輪椅左扶手纏著掛了紅色緊急按鈕的連接線，按下按鈕可以直通救護車服務，通常是行動極為不便的病患才會使用。金發現，這東西如果掛在女孩脖子上恐怕很難派上用場，不如放在離她左手幾吋遠的位置。

印著卡通人物貝蒂娃娃的法蘭絨睡衣遮掩不住下方身軀虛弱的呼吸。

「這是我女兒露西。」威廉．沛恩站在女孩身邊說。他俯身，輕輕將落到女孩面前的一綹金髮塞回她耳後。

「請坐。」他帶他們到小桌旁邊。空間裡輕輕飄著廣播節目主持人傑若米．凱爾的聲音。

「我為兩位準備咖啡好嗎？」

兩人都點了頭，威廉．沛恩走進起居空間一處沒比盒子大多少的廚房裡。

他先在桌上擺了三個金屬杯墊，才端出三杯馬克瓷杯。咖啡的味道很香，金立刻啜了一口。

「哥倫比亞金牌咖啡？」她問道。

他面帶微笑。「這是我唯一的罪過，督察。我既不喝酒也不抽菸，不開快車不泡女人。我只喜歡一杯好咖啡。」

金點點頭，又喝了一口。布萊恩彷彿把這咖啡當成了連鎖賣場的即溶咖啡似地，大口灌下。

「沛恩先生，方便請問——」

布萊恩沒把話說完，因為金用手肘在桌下輕推了他一下。這回她要主導。

「方便請問露西怎麼了嗎？」

他微笑著說：「當然可以，我一向樂於討論我的小女孩。露西今年十五歲，天生的肌肉萎縮症。」

他的視線落到他們後方的露西身上，沒有再收回來，讓金得以藉這個機會直接打量他。

「我們很早就察覺她的狀況不對。她很晚才開始走路，而且一直沒脫離跌跌撞撞的階段。」

金環顧四周。「露西的母親在嗎？」

威廉的注意力回到她身上，目光流露出由衷的訝異。

「抱歉。我常常忘記露西曾經有個母親。這麼久以來，一直是我們兩人相依為命。」

「我懂。」金的身子往前靠。威廉的聲音變得很小，幾乎就像低語。

「露西的母親不是壞人，但是她對人生有些期待，而一個身有殘疾的孩子不在她的計畫中。請不要誤會我的意思，我相信每個家長都希望自己有完美的孩子。

「這個夢想通常不會包括全天候照顧一個永遠不可能自理的成人。抱歉，請等我一下。」

他抽出一張面紙，擦拭流到他女兒下巴的一絲口水。

「不好意思。總之，在一開始，愛麗森真的很努力嘗試過，當時還有些讓她足以堅持下去的正常的跡象，但後來病況越來越嚴重，連掙扎都顯得太沉重。到了她離開時，她已經沒辦法正眼看露西，而且已經好幾個月沒碰她了。我們都認為她離開會比較好。那是十三年前的事了，此後，我們再也沒看過她，也沒有她的消息。」

儘管威廉以平鋪直敘的方式陳述，但金仍然聽得到他語氣中的傷痛。金設身處地想，換成她，她才沒辦法像威廉那樣寬容。

「所以你才會接受克里斯伍德的夜班工作？」

威廉點頭。「在那之前，我是景觀設計師，但是我沒辦法邊工作邊照顧露西。

「在克里斯伍德值夜班，得以讓我在白天照顧露西。晚上，我的鄰居經常過來陪露西坐坐。」

「你沒有再婚？」布萊恩問道。

威廉搖頭。「沒有。我的誓言是一輩子的。離婚可以滿足法律層面，但不能讓上帝滿意。」

金猜想，就算他肯，恐怕也很難遇見對的人。願意承擔全日照護一個失能又非親生孩子的人不多。

角落傳來咯咯聲，威廉立刻站起來，走到女兒面前。

「早安，甜心，睡得好嗎？想不想喝點東西？」

金雖然沒看到任何動作，但這對父女之間顯然有某種溝通方式，因為威廉拉來一根餵食管，放到女兒的雙唇之間。露西右手食指按下輪椅手臂上某個按鈕，計算好分量的液體透過管子送進她口中。

「妳想聽音樂嗎？」

「還是有聲書？」

他面帶微笑地說：「妳想轉個方向？」

哈，金這下看懂了，他們透過眨眼溝通。

金想著，困在無用身軀裡的完美大腦真是諷刺，沒有比這更殘酷的命運。

「露西坐在窗口好看外面，昨天的大動作讓她很興奮。」

「沛恩先生，你剛剛說到……」她溫和地把話題轉回來。

「對，是的。克里斯伍德的工作相當簡單。我只需要確保那個地方安全，沒有女孩能離開沒外人能進去、檢查煙霧警示器，和完成日班人員留下來的任何工作就好。這對我來說很方便，那地方結束時，我很難過。」

「因為那場火災？」

他點頭。「當時那地方已經關閉，但我希望還能留下來工作幾個月。」

「當晚值班的是你嗎？」

「不，是亞瑟，但是警鈴一響我就聽到了。我睡在靠前面的臥室。」

「你有什麼反應？」

「我先檢查露西的狀況，然後跑過馬路。亞瑟把大部分的女孩都疏散出來了，但是他呼吸困難，所以我跑進去最後檢查，確認沒有落下任何人。

「懷厄特小姐和湯姆．柯帝斯最先抵達，當時現場亂成一團。大家都在清點人數，確保我們算到了每個女孩。醫療人員帶走受割傷或嗆傷的女孩但沒有告知我們。我想幫忙，但好像只是把事情越弄越糟。當其他員工陸續抵達後，我就離開了。」

「那是幾點鐘的事？」

「我猜，大該是一點三十。」

「他們有沒有確認火災發生的原因？」

「我不知道。我不知道他們找得多努力。沒有人重傷，而且那地方本來就要結束。」

「你知不知道泰瑞莎．懷厄特和湯姆．柯帝斯被人謀殺了？」

威廉站起來走向他女兒。「甜心，我想妳該聽點音樂了，好嗎？」

金沒看到她眨眼的反應，但威廉為她戴上耳機，為她打開音樂。

「她的聽覺沒有受到傷害，督察。通常我們會要求其他正常十五歲的孩子離開房間。這算是替代性的作法。」

金真想好好修理自己一頓。不知不覺中，她竟把露西當作隱形人——只因為她的身體失能。她再也不會犯這種錯誤。

「有關這兩名受害者，你有什麼資訊可以告訴我們？」

「不多。我很少和白天班的職員見面。有時候瑪麗——就是管家——會留到我上班，和我聊些閒話。」

「哪種閒話？」

「主要是懷厄特小姐和克洛夫特先生的爭吵。瑪麗說，事關權力。」

「你想得出任何想傷害哪個女孩的人嗎？」

威廉臉色明顯轉白，接著，他看向窗外。「你們不可能覺得……你們真的認為那塊地上的屍體是克里斯伍德的女孩？」

「我們還沒排除這個可能性。」

「很抱歉，但我真的覺得我幫不上忙。」

威廉突然站起來。他的表情變了。他說話依然溫和，但已經決定要請他們離開。

布萊恩繼續施壓：「那些女孩呢？她們常惹是生非嗎？」

威廉邁開步子離開他們。「其實不會。有幾個女孩個性比較反叛，但多半是好孩子。」

「個性比較反叛是什麼意思？」布萊恩問道。

「只是一些正常表現。」

威廉．沛恩先生明顯表現出希望他們離開的態度，而金開始明白道理所在了。

「哪種──」

「布萊恩，我們問夠了。」金說，一邊站了起來。

威廉感激地看著她。

「可是如果我能問──」

「我說我們問夠了。」她的語氣接近咆哮。布萊恩闔上筆記，也站起來。

金從威廉身邊走過。「感謝你的時間，沛恩先生。我們不耽擱你了。」

經過露西的輪椅邊時，她輕碰女孩的左手，說：「再見，露西。很高興見到妳。」

走到門口，金轉身說：「沛恩先生，我能再花你一分鐘時間嗎，你原來以為我們來做什麼的？」

「前天晚上有人企圖闖進我家行竊，他們沒拿走任何東西，但我還是報案了。」

金露出微笑道謝，威廉在他們走出去後關上門。

一走到柵門外，布萊恩就看著她問：「這是怎麼一回事？妳難道沒注意到我們問起女孩時他整個人都變了嗎？他恨不得立刻把我們趕出門。」

「不是你想的那樣，布萊恩。」

她穿越馬路後回頭審視房子。在一排七棟房子中，只有沛恩的住家裝有顯眼的警報系統，紅外線溫度感應器對準了院子柵門。稍早，她看到後院也有完全相同的設置，和加了尖刺的六呎高圍籬。

闖空門的人不會刻意挑戰棘手的房屋；而金不相信巧合。

布萊恩還是氣呼呼的。「妳不知道我在想什麼，因為妳沒給我機會問出來。他很緊張，老闆。」

金搖搖頭，爬上緩坡。

她看見丹尼爾．貝特遛完狗，正要走回車邊。

「嘿，督察，就是離不開這地方，是吧？」

「是啊，博士，我真的走不開。」說話時，她完全沒放慢腳步。

「老闆，剛才究竟是怎麼一回事？」走到車邊時，布萊恩問她：「妳通常不會看到挑戰就走避。那傢伙明明就緊張得要命，妳還這麼就離開。」

「沒錯。」

「他只差沒直接把我們抬出門。」

「沒錯，布萊恩。」她轉過頭，隔著車頂怒視他。「因為他必須幫他十五歲的女兒換尿布。」

27

安養院是一棟對稱的建築。門廳兩側各有扇玻璃窗。往內看，金的右手邊是間空辦公室，左邊的辦公室裡除了幾張辦公桌外，還有個穿黑T恤的女人。她是門房。

「請問有什麼事？」金猜她應該是隔著分開內外的玻璃說話。

「我可以找你們一名病人說話嗎？」

女人聳聳肩，沒有聽懂。金指著推門，但女人搖頭，用口型說：「緊急出入專用。」有那麼一會兒，金有種被困在無菌室裡的感覺。她指指內側的門。

女人點點頭，指著攤放在右側窗台上的一本簿子，右手勾了勾。金猜想，那是要他們登記的意思。

「這讓我想起我們在溝通方面的發展。」金低聲向布萊恩抱怨。

他們登記了名字，等著女人按鈕開門。

一進到裡面，金立刻看出安養院有兩種型態的病患。左邊是肢體較能自主的成員，有一兩個人拿著助行器在這側走動，其他人則靠坐在高背扶手椅上聊天。電視裡，節目主持人菲利普・索非德叨絮著金錢管理。這些人轉頭看向他們：兩張新面孔。

玻璃窗內的女人走出辦公室。她的左胸別了一個名牌，上面寫著「凱西」。

「我能提供什麼協助嗎？」

「我們想找你們一位病人瑪麗・安德魯斯談話。」

凱西抬手捂住喉嚨。「你們是親屬嗎？」

「我們是警官。」布萊恩回答。他繼續說話，但女人的反應讓金覺得胃部痙攣。他們來晚了。

「很遺憾，瑪麗・安德魯斯十天前過世了。」

在一切開始之前，金想，又或者那才是真正的開端。

「謝謝。」布萊恩說：「我們會聯絡法醫。」

「為什麼？」凱西問道。

「調查她的死因。」布萊恩解釋時，金已經掉頭走人。她伸手推門，但門是鎖著的。

「瑪麗・安德魯斯死後沒有驗屍。她是胰臟癌末期病患，所以大家對她的過世沒太驚訝，沒道理再讓她的家人接受驗屍程序，所以我們把她送到希克頓那裡去了。」

金不必多問。大家都知道克瑞里希斯鎮的幾位殯葬經理，他們從一九〇九年就開始在當地從事這個行業了。

「瑪麗・安德魯斯過世當天有沒有訪客？」

「我們的安養院有五十六位病患，請見諒，我記不得了。」

金聽出這句話中的敵意，但她選擇忽視。

「請問可以讓我們查閱訪客登記簿嗎？」

凱西想了一下才點個頭。她按下一個綠色按鈕開門，金又回到門廳。

金翻閱訪客登記簿，布萊恩則是伸出一隻腳卡住門。

「警官，你必須讓門自動關上，否則警鈴會響。」

這個正當斥責讓布萊恩不得不退到門廳。

「你怎麼了，對老年人有意見嗎？」金注意到布萊恩臉上的表情。

「不是，只是沮喪而已。」

「什麼？」金才翻了幾頁，轉頭問他。

「那種心知肚明，知道這裡是最後一站的感覺。當你還在廣大的世界中，任何事都可能發生；但是一旦住進這樣的地方，你就知道出路只有一條。」

「嗯……真是令人愉快的想法。找到了。」她指著訪客登記簿。「十日的十二點十五分，有幾名訪客來看瑪麗．安德魯斯，字跡潦草，看不出什麼名字。」

布萊恩指著門廳的右上角。

金轉身輕敲玻璃窗。凱西怒視著她。金指指門，開門鈴響起。

「我們必須檢視你們的監視錄影。」

凱西看起來就要拒絕，但最後她哼了一聲。「跟我來。」

他們跟著她穿過大辦公室，走進後方的小空間。

「都在這裡了。」凱西說完話，丟下他們就走人。

這個空間幾乎稱不上房間，裡頭的一張小辦公桌上放著一台舊型電視機和錄放影機，旁邊只有一卷VHS錄影帶。

「我真是想太多，還以為有數位設備。」布萊恩低聲咕噥。

「是啊，美好的錄影帶。拜託，告訴我錄影帶上頭貼了標籤。」

金坐在房間裡唯一的椅子上，布萊恩檢視櫃子上的錄影帶。

「當天的錄影帶只有兩卷，一卷錄白天，一卷錄晚上。錄影帶每十二個小時換一次。」

「所以是縮時影像？」

「恐怕是。」他抓起錄影帶說。以證物而言，即時影像是可以接受的，因為即時影像完整捕捉了一切。縮時影像每隔幾秒才拍下一張照片，讓照片在影片中連續播放，幾乎就像一系列螢幕截圖。

金把錄影帶放進機器裡，螢幕亮了起來。她讓影片快轉，來到當天約略那段時間。

金緊盯著螢幕。「你和我看到的是一樣的嗎？」

「錄影帶品質劣化，什麼都看不出來。」

金往後靠向椅背。「這些錄影帶究竟用過幾次？」

通常，監視錄影帶用過十二輪後就會銷毀，為的就是避免現在這種狀況發生。

金繼續看著進出大廳的黑色人影。

「天哪，要說是我都有可能。」

布萊恩嚴肅地看著她，問：「真的是妳嗎，老闆？」

金往後靠，伸長手拉開門。

「凱西，」她喊道：「有空嗎？」

凱西來到門口。「說真的，警官，實在沒必要——」

「我們要把這卷錄影帶帶走。」

凱西聳聳肩。「好吧。」

「妳有沒有收據讓我們簽收？」

「什麼東西？」

金翻了白眼。「布萊恩。」

他拿出口袋筆記本，撕下一頁，寫下錄影帶號碼、他們的名字和隸屬警局。

凱西接過去，但她顯然不確定為什麼要寫這東西。

「凱西，妳知道這套系統幾乎沒有用嗎？」

女人看著金的方式，彷彿把她當成笨蛋。「這裡是安養院，警官，與犯罪中心完全無關。」

凱西一副得意洋洋的樣子。

金點頭表示同意，而同時，布萊恩選擇審視自己的指甲。

「妳說得沒錯……但假如有品質好一點的錄影帶，我們現在可能已經能辨認出該為兩件、也許三件謀殺案負責的嫌犯，而且我們還能更進一步地確認他們不會有機會再犯。」

金對著凱西震驚的臉孔愉快地微笑。「但我們仍然感謝妳寶貴的時間和十分有幫助的配合。」

金邁開步從凱西面前走過，離開這棟建築。

「妳知道嗎，老闆，我一向曉得妳的笑容能帶來更多的恐懼。」

「把那卷錄影帶交給史黛西。她說不定認識什麼能夠提供我們線索的奇蹟製造者。」

「遵命。現在要到哪裡去，老闆？」

金拿走他手上的車鑰匙。

「我們要走那段你最恐懼的路，布萊恩。」她瞪大眼睛說：「從安養院到葬儀社。」

布萊恩打個冷顫。「很好。但如果妳要開車，請確保那不會是我這輩子的最後一程，好嗎？」

28

「沒搞錯吧，老闆，我聽過有人追救護車，沒聽過追在大體後面跑的。」

金拉近他們與前車的距離。「你剛剛也聽到葬儀社人員說的，她兩小時前才被送走。如果我們能及時趕到，就能阻止葬禮，要求驗屍。」

「她的家人一定很樂意。」

「別抱怨了。」

「妳沒注意到我們接著要去火葬場嗎？不覺得像是走進了死路？」

「你才知道啊。」她對在小安全島前猶豫不決的前車猛按喇叭，車子向右轉了。

金加足馬力衝上葛瑞連丘，越過運河橋。座位上的布萊恩震得上下跳。她走圓環的第四個出口，直接開到火化場，停在入口前面。

「該死，沒車也沒有來悼念的人。」她注意到。

「也許我們來早了。說不定要參加葬禮的那些人還在家裡聚會。」

金沒說話，下車走向火葬場建築。有個女孩低著頭坐在矮牆上。

金繼續往前走，並沒有看到她本來要闖進的葬禮。

走進建築物時，金打個冷顫。走道兩側排列著木頭長凳，中央走道通向垂掛著紅色絨布簾幕的一小塊空間。

她的右手邊有個架高的講台，後頭的板子上寫著三首讚美詩。

金能感覺到這地方的肅穆氣氛。她不是太在乎教堂，但至少教堂提供了某種程度的平衡，可以舉行婚禮、受洗儀式；可以慶祝開端，相同的帶來最後的儀式。但這個地方只為死亡而存在。

「有什麼我能效勞的地方嗎？」有個看不見形體的聲音傳出來。

她和布萊恩面面相覷。

「老天爺。」布萊恩低聲說。

「不算是。」有個人從講台後面走出來。

這個男人雖然不胖，但黑色的牧師袍穿在他身上實在不怎麼好看。他的臉不像身材比例那般圓，灰白色的頭髮兩側茂密，但在頭頂部分呈現出稀薄的弧度，像是田野間備受踩踏的步道。金猜想，他大概介於五十五到六十歲之間。

「但祂不在的時候，我能幫得上忙嗎？」

他的聲音低沉，甚至還帶著溫和的韻律。金第五號寄養家庭的母親講電話時的語調和平常完全不同，她懷疑這位牧師講道時也擁有特別的腔調。

「我們在找瑪麗．安德魯斯的葬禮儀式地點。」布萊恩說。

「你們是家人嗎？」

布萊恩拿出警官證。

「如果是這樣，你們來遲了。」

「該死，有沒有什麼方法可以停止火化程序？」

牧師看著手錶，說：「她在一千一百度的火化爐已經待了大概一小時。我懷疑所剩不多了。」

「混蛋……抱歉，神父。」

「我是牧師不是神父，但是我會轉達妳的歉意。」

「謝謝你幫忙。」布萊恩說道，將金帶向門口。

「該死，該死，該死！」金走向車邊。

透過眼角餘光，她瞥見那名年輕女孩仍然坐在矮牆上，還是獨自一人。走到車邊後，金又回頭看。那女孩顯然在發抖，但那不干她的事。

她拉開車門卻又停下動作。那真的不干她的事。

「我馬上回來。」她甩上門，告訴布萊恩。

金小步跑向女孩，站到她身邊。「嘿，妳還好嗎？」

女孩看似驚訝，邊點頭邊努力保持禮貌的笑容，蒼白的臉上雙眼紅腫。

她腳上穿著裝飾了黑白蝴蝶結的漆皮平底鞋。她的及膝短裙內有一雙厚厚的內搭褲，上身的灰襯衫外套是起碼過時二十年而且過大的雙排釦西裝外套。這身拼湊出來的打扮顯然是為了葬禮，但在不過兩度的氣溫下不足以提供什麼保護。

金聳個肩，轉身走開。這女孩不過是哀傷而已，沒有別的問題。該死，這真的不干她任何事。

「親近的人過世嗎？」她問，也坐到矮牆上。

女孩又點頭。「我祖母。」

「我很遺憾。」金表達哀悼之意。「但坐在這裡對妳沒有好處。」

「我知道，可是她更像我媽媽。」

「既然知道，妳為什麼還在這裡？」金溫和地問。

女孩抬起頭，看向火化場。冒出來的濃煙很快就消散開來。「我不想離開，直到……我不想留她孤單一個人。」

女孩沒辦法完整表達，淚水又滑下她的臉龐。金在明白自己和誰說話時吞了吞口水。

「妳祖母是瑪麗．安德魯斯？」

女孩點頭時，淚水止住了。「我是寶拉……可是妳怎麼知道？」

金覺得不需要讓這個哀傷的孩子知道任何細節。

「我是警官。她的名字與山坡下那件案子有關。」

「喔，對，她過去在克里斯伍德工作，在那裡當了二十年管家。」女孩突然露出笑容。「她如果週末當班，偶爾會帶我過去。我會幫忙換床單或洗衣服，不過我大概沒幫上什麼忙。

「雖然她不容許女孩胡鬧，但大家都愛她，甚至像是尊敬她。她們對她很有禮貌，而且好多女孩喜歡擁抱她。」

「我猜，其他員工也一樣愛她。」

寶拉聳聳肩，微笑地說：「威廉叔叔確實是。」她朝山坡下點點頭。「他從前住在山坡下。」

這句話引起了金的興趣。「妳怎麼會認識威廉？」

「有時候我祖母會幫他看一下女兒，讓他出去買東西。」女孩微笑著抬頭看煙囪。「其實，她只要坐著看露西就好，但我祖母就是沒辦法，老是在威廉回來前找事做，比方說燙點衣服或吸地板。我則是陪露西玩。他回來後，祖母不會提起自己做了哪些工作。她不想要他感謝，她只希望幫忙。」

「聽來，妳祖母是很特別的女士。」金誠懇地說。

「火災後我們沒再去過，祖母說他們搬家了。」寶拉想了一下。「知道嗎，我祖母在那場火災後變了很多。她從來不顯老，妳懂我的意思吧，但火災後，彷彿有什麼東西被人從她的內心抽了出來。」

金發現自己納悶的是瑪麗・安德魯斯為什麼要謊稱威廉・沛恩搬了家。

「妳有沒有問她為什麼？」金溫和地接著問。

她知道自己在利用這個機會——女孩需要找人談她的祖母。談剛逝去的人，會讓你把對方留在心裡，留在腦海裡；可以保存和對方的連結。金希望她和寶拉是互惠的關係。

寶拉點頭。「有一次她很生我的氣。我記得很清楚，因為祖母從來不會對我發脾氣。她當時要我再也不要提到那個地方或那些人。所以我也沒再提起。」

金注意到女孩在打顫。她渾身發抖，但煙仍然繼續從煙囪冒出來。

「妳曉得嗎，有人曾經對我說過我一輩子忘不了的話。」金清楚記得。那是在她第四個寄養家庭父母的葬禮上，她十三歲。

寶拉天真光滑的臉孔渴望地看著金，女孩亟需安慰，就像當年的金一樣——雖說金並沒有表現出來。

「有人告訴我，身軀不過是你不再需要時脫下的外套。妳祖母已經不在那裡了，寶拉。她的外套給她帶來苦痛，但她現在自由了。」

金抬頭看著逐漸淡去的煙。「我想，外套現在已經走了，妳也該離開了。」

女孩站起來。「謝謝妳。非常謝謝妳。」

女孩轉身時，金對她點點頭。任何話語都能暫時緩和哀傷的情緒。本質上，哀傷是自私的，是為了生者；是一種衡量，丈量的是對自己損失的感受有多麼強烈。而在許多案例中，金知道，這個感受還包括了懊悔。

金看著寶拉小跑著下坡。她本想告訴女孩，說露西還住在同一棟房子裡，但女孩的祖母因為某種緣由瞞著她，金必須尊重這一點。

手機鈴聲將她帶回現在。來電的是道森。

「老闆，妳在哪裡？」

「很近，我幾乎可以聞到你刮鬍水的味道。」

天色逐漸昏暗，像是進入了影集《陰陽魔界》的某個章節。

「好極了，老闆，因為我們必須請妳立刻回來。」

「出了什麼事？」她快步走向布萊恩。

「那具磁力儀像是瘋了一樣。看來，我們找到另一具屍體。」

29

金徒步穿越這段距離的速度比布萊恩開車快。沿途，她和正在把盒子裝到一輛小貨車上面的貝特博士和基慈錯身而過。

博士轉頭對她說：「知道嗎，督察，以這種頻率來看，我可能會考慮聲請限制令。」

「你是有多氣？」金沒有停下腳步。

「是啊，你說得沒錯。」他對基慈說。

她不知道基慈究竟說了什麼沒錯的話，但在這一刻，她真是一點興趣也沒有。

距離第一頂帳棚四十呎外有一群人，金朝那個方向直接走過去。那群人的所在位置在放裝備的帳棚後方，這表示媒體看不見警方的動作。她為了這個小小的慈悲感謝上蒼。

「發生什麼事？」

凱芮絲將她拉到一旁。「蓋瑞斯正在檢查這裡的其他地方。他來到這個點時，磁力儀偵測到第二個異常。」

「老天爺。」金用手耙頭髮。「有沒有可能是其他東西？」

凱芮絲聳聳肩。「永遠有這種可能，但是不開挖不知道。還有，我有個東西要給妳看。」

金跟著凱芮絲走進放裝備的帳棚。裡頭，幾張折疊桌已經打開，上面放了好幾個小保鮮盒。

其中有兩三個是空的，但多數裝滿了體積不等的土壤。

「有些金屬碎片我會做進一步的分析，但我覺得妳可能會對這個有興趣。」凱芮絲拿來一個較小的保鮮盒，裡頭裝著一粒粒看起來像小巧克力球的土壤。

「這是什麼？」

凱芮絲取出一顆，拿到金雙眼能夠平視的高度。

那是完整的粉紅色圓球，上面有黃點。

金歪著頭。「珠子？」

凱芮絲點頭。

「有幾顆？」

「到目前為止有七顆。」

「是手鍊嗎？」

凱芮絲聳個肩，微笑著說：「那是妳的工作，督察。當然了，要說這是完全不相關的物品也不無可能。」

「與什麼不相關？」

凱芮絲閉了閉眼睛。「記得我告訴妳的，有關於磚牆的理論嗎？」

記得，金還記得發生在不同時間的事件。「所以，妳的意思是這些珠子可能與屍體毫無關係？」

「有可能。」

「我什麼時候能拿到照片？」

「今天帶走的東西，妳明天一大早就會拿到照片。」

金點頭，走出帳棚。到處都有黃漆標示機器顯示異常的位置。

凱芮絲走過來站在她身邊時，她轉頭問：「為什麼沒有人開挖？」

「現在快三點了，四點半就會天黑，時間不夠。」

「妳開玩笑嗎？妳就這麼把她留在這裡？」

凱芮絲驚訝地轉頭看她。「首先，我們還不確定那是不是一隻死狗；」凱芮絲用的是金自己在前一天舉的例子。「再者，如果下面真的是另一具屍體，也不能貿然斷定性別，何況第一具屍體——」

「你們這些科學家是有什麼毛病？大學裡是不是有一堂特別課程叫做斬除自由思考能力？」

「如果我們明知不可能完成卻現在開挖，就得承擔這片土地可能暴露在外界因素影響的風險。甚至有可能失去寶貴的證物。」

金搖頭。「你們都一樣，像是小小的機器複製人，靠……」

「我可以保證我們不是一個樣子。昨天我們聽妳的，但今天得照我的方式做。」

金怒眼瞪視她。

凱芮絲交抱起雙臂。「妳的焦急我能懂，督察。事實上我親眼見識過，但是我不會受到脅迫而犯錯。此外，我的團隊為了來這裡，今天早上四點就從家裡出發。這個團隊需要休息。」

凱芮絲轉身離開時突然回頭，說：「我擔保，她會安全地在這裡度過另一個夜晚。」

「謝謝妳……凱芮絲。」

「不客氣……金。」

她走到布萊恩和道森身旁，把他們拉到一邊。「聽好了，你們兩個，他們今天工作結束了。如果我們明天在這裡再找到一具屍體，一定會引起軒然大波。

「趁還有機會，回家去休息吧。從明天起，我們不會有休息的時間，記得讓你們的家人知道輪班制已經是過去式了。」

「沒問題，老闆。」道森輕快地說。他掛著黑眼圈，眼睛有血絲，但他學到了教訓。

「好嗎，布萊恩？」

「一如往常，老闆。」

「好，七點簡報。你們誰告訴史黛西一聲。」

金從他們身邊走開，雖然沒說，但內心情緒激動。等待不是她的強項。

30

將近午夜，金才走進車庫。住宅區安靜的街道已經沉浸在舒適的寂靜中。她打開iPod，選了蕭邦的「夜曲」。她從一大早忙到這時，身體已經吶喊著要休息，鋼琴獨奏曲可以給她帶來撫慰。

離開犯罪現場後她回到警局，但是想到現場可能躺著另一具屍體，她什麼事也做不了。最後她只好回家，拿吸塵器把全家徹底清理過。她用抹布擦拭廚房，光是流理台就用掉了半瓶清潔劑。此外，她洗了兩桶衣服，衣服不但烘乾，還燙好掛在衣櫥裡。

緊張的能量仍在她體內奔騰，促使她修理好浴室裡壞掉的架子，重新擺設起居室的家具，整理樓梯頂上的通風櫃。

也許只是需要打掃，她心想著，走進全家她最愛的空間。

她左手邊是龍頭朝外的「忍者」，隨時準備和她出發冒險。

在那一刻，金看到自己趴在重機上，胸口和腹部貼著油箱，大腿夾住皮革座椅，壓車繞過險彎，膝蓋離地只有一吋遠。手腳協力控制野獸般的重機耗費她所有專注力，抹除她內心的其他一切。

騎乘「忍者」，就像騎著生氣勃勃的馬匹。一切攸關控制，攸關馴服反抗的力量。

有一次布萊恩告訴她，說她喜歡和命運抗爭。他說，命運給了她美貌，但她卻掙扎反抗，完全不想強調自己的外表。他說，命運決定她天生廚藝欠佳，然而她每週都嘗試做複雜的料理。但只有她知道命運會讓她早死，到目前為止，她一直在反抗。而且贏得勝利。

幾度，命運追著她，要讓她成為她本該在六歲時成為的模樣：一個統計數字。所以她才會不時引誘命運，哄命運來抓她，就像當年命運對待她的方式一樣。

她心甘情願而且喜歡整修凱旋「雷鳥」，這是個證明，對象是兩個曾經試圖讓她覺得安全、試圖愛她的人。「雷鳥」是洗浴她心靈的情緒之旅。

在她家中的這個空間裡，工作帶來的壓力與挑戰從她的肌肉消失，留給她的是放鬆和滿足。在車庫裡，她不必是那個研究每條線索且善於分析的督察，也毋須是帶領、激發團隊好得到最佳成績的團隊領導人。在這裡，她不必證明自己對鍾愛工作的能力，也不必努力掩飾她極度欠缺的社交溝通能力。車庫裡的她很快樂。

她交叉雙腳，開始打量花了她五個月時間重整的成果。九三年的勝利牌原始零件足夠她組合曲柄軸箱。現在，她只要想出方法就好。

在整修經典重機的挑戰過程中不時出現苦差事。曲軸箱是整輛車的心臟，所以，她用自己習慣玩拼圖的方式，從組合相似的零件開始。

二十分鐘後，墊片、墊圈、彈簧、管線和火星塞全都被她拆了開來。她攤開圖解表來幫助自己完成這項挑戰。

通常，組裝程序會從紙上一躍而出，宛如3D立體投影。她的意識能夠進入最符合邏輯的起始點，從起始點開始。但今晚，圖解指南就像一團模糊的數字、箭頭和形狀。

她瞪著看了十分鐘，圖解表仍然像是羅塞塔石碑❽上的文字。該死的，無論金多麼努力反擊，她知道這個案子害她心煩意亂。

她鬆開雙腿，往後靠向牆壁。也許原因是她在距離米奇墓地那麼近的地方花了太多時間。儘管她每星期都送上鮮花，但是她把六歲時的回憶鎖到一旁。

就和連接著動態感應器的炸彈一樣，想開啟那回憶的盒子，時機永遠不對。她曾經多次被送去接受諮商，每個心理師都想打開那個盒子，卻都沒有成功。雖然他們相信她必須談論創傷才能療癒，但是她極力抗拒。因為他們都錯了。

米奇過世後的幾年間，金彷彿被當成難解之謎，去見過一個又一個的諮商心理師。對於過去，她經常在想，有關黑鄉有史以來最慘的兒童不當對待案件，如果有哪位專業人士能破解雙胞胎當中倖存孩子的心防，是不是可以拿到一套牛排刀當作獎勵。

但是她懷疑，修復孩子的心靈恐怕沒有獎品。

緘默和敵對的情緒一直是她最好的朋友。金成了一個難以相處的孩子，而這正是她的意圖。她不想被細心照料對待、被寵愛或者被瞭解。她不想和寄養家庭的父母、假手足和收費來照顧她

❽ Rosetta Stone，製作於公元前一九六年的石碑，上面刻有同一段內容的三種語言版本，成為現今研究埃及文字及歷史的重要史料。

的人建立連結。她只想要大家放她一馬。

一直到了四號寄養家庭，這個情況才有了改變。

濟斯和愛瑞卡．史賓賽到了中年才加入寄養家庭行列。金是他們第一個，結果也成了最後一個寄養兒童。

史賓賽夫婦都是老師，兩人選擇不生小孩。取而代之的，他們把所有空閒時間用來騎機車環遊世界。在他們一個朋友過世後，他們決定縮短旅遊時間，但他們對機車的熱情仍然不減。

金十歲時被安置在他們家，當時，她豎起全身尖刺，一如往常地預備迎接連串漫長的刺探性談話和經過斟酌的理解。

前三個月，她一直待在自己的房裡磨練拒絕的技巧，等待他們的干預。這個預期落空後，金發現自己會短暫下樓冒險，幾乎像是小動物走出巢穴探看外界是否安全的舉動。如果史賓賽夫婦中有任何一個覺得驚訝，他們也沒有表現出來。

在一次這種突襲行動中，她看到濟斯在車庫裡重新組裝一輛老機車，這稍微引起她的興趣。起初她坐在最遠的角落光是看。濟斯沒有轉頭，為她解釋自己手上的工作。她一句話也沒回答，但他仍然繼續說。

她每天靠近一些，最後，她終於直接盤起腿坐到他身邊。只要濟斯在車庫裡，她也會在。慢慢地，金開始問起有關機車的問題，熱切地想知道如何組裝。濟斯讓她看圖解指南，接著親身示範。

愛瑞卡經常得把他們從車庫裡拉出來，品嚐她從廚房架上大堆食譜裡學來的美食。當金以愛瑞卡的古典音樂輕柔樂聲當作背景繼續發問時，愛瑞卡會寵溺地翻白眼。

和這對夫婦相處了十八個月之後，濟斯轉頭看著她說：「好，妳看過我做很多次了，妳覺得妳可以把那個螺帽和墊圈裝到排氣管上嗎？」

他把位子讓出來，到廚房找飲料喝。一股熱情在她第一次轉動螺帽時誕生。

她沉迷在整個過程中，繼續探索散落在車庫地上的材料，最後終於又組起了機車的其他零件。聽到背後一聲輕笑，她轉頭去看。史賓賽夫婦站在門口看著她，其中，愛瑞卡的眼眶含著淚水。

濟斯走過來站在她身邊。「沒錯，我覺得妳遺傳了我聰明的基因，甜心。」他邊說邊用手肘輕撞她。

她知道那不可能，但是這話讓她喉嚨一陣酸，因為她想，若命運能更仁慈一點，她和米奇在一起會有多快樂。

她十三歲生日的兩星期前，她的寄養母親端了熱巧克力到她房裡，放在床頭桌上。出去時，愛瑞卡在門口停了一下，沒有轉頭，只用手握住門把。

「金，妳知道我們多愛妳，對吧？」

金沒有說話，光是盯著愛瑞卡的後背看。

「就算妳是我們的親生女兒，我們也不可能更在乎妳了，而且我們永遠不會試著去改變妳。

我們就愛妳原來的樣子，好嗎？」

金點點頭，這些話把淚水帶到她的雙眼。連她自己都不知道，但這對中年夫婦打動了她的心，為她建立了她所知道的第一個穩定基礎。

兩天後，濟斯和愛瑞卡在高速公路的一場連環車禍中喪生。

後來她才知道，當時他們剛結束和專精收養法律師的會面，在回家的路上。

意外發生不到一小時，社會照護體系就讓她打包走人，像個沒人要的包裹。她回去時沒有慶祝，沒有歡呼。沒有人注意到她離開了三年。在兒童之家，只有偶然點個頭和一張新近空出來的床。

金擦掉奪眶而出、已經流到臉頰上的淚水。回想往日就是有這種麻煩。接在所有快樂的記憶之後的，都是悲劇和失去。這也是她甚少回想的原因。

咖啡的香味在廚房裡呼喚她。她勉強自己站直身子，拿馬克杯再去倒一杯。

她把咖啡倒進馬克杯，眼睛瞥向排列在廚房架子上的食譜收藏。

突然間，遲了二十一年的一句話從她的雙唇間竄出來。

「愛瑞卡，我也愛妳。」

31

妮可拉・亞當森啜了一口調酒，她點的是「南方安逸」。一般來說，她在工作時不碰酒精，但今晚她甩不掉全身骨頭的僵硬感。她的關節像被熔合在一起，肌肉像被注射了水泥。

俱樂部裡的氣氛很熱鬧。一群瑞士銀行家剛落地，興高采烈，口袋滿滿。廳裡的音樂節奏強烈，笑聲彷彿會傳染。其他的女孩和金主們混在一起，臉上的笑容真誠坦率。所有跡象顯示，大家今晚都會過得很愉快。在這種氣氛下，她的工作一點也不吃力。通常是如此。

妮可拉知道自己努力想擺脫和妹妹爭吵的陰影。起因只是件她甚至記不得的小事，但接著演變成一場大吵，兩人差點就要動手。

小貝利用愧疚為攻勢，列舉妮可拉擁有什麼而她沒有。最後，小貝一氣之下離開公寓，到妮可拉上班前都還沒有回家。

儘管小貝是成人，而且完全有能力照顧自己，但妮可拉知道自己永遠是姊姊，是保護者。就算兩人有心結，但她就是不由自主地會擔心。

「嘿，妮可拉，妳沒事吧？」

她輕快地跳起來。「我很好，盧。」

這位酒吧老闆從前是摔角選手，他每晚穿來上班的正式襯衫和西服套裝也遮掩不了這一點。

這裡是他一手打造的場地。盧的願景是經營以高消費人士為目標族群的俱樂部，聘請迷人的女士以熱舞來娛樂顧客。他有三個原則，從開幕的第一天起，無論員工或顧客都必須嚴格遵守：不得裸體、不得觸摸、不得不敬。

對於他的員工，他還有第四條規則：不得吸毒。他親自監督前三個原則的落實，至於第四點，則是每個月執行藥檢。

這些原則架構出他生意的藍圖和宗旨，而且他永遠以身作則。在盧的俱樂部裡，妮可拉認識的女孩從未有不舒服的感受。

「妳今晚的狀況不好是嗎，女孩？」

她考慮是否該說謊，但她的老闆太懂她。

「只是有點分心，盧。」

「妳想在吧檯工作嗎？」

妮可拉先搖頭接著點頭，最後才嘆了一口氣。老實說，她不知道自己想做什麼。

盧要她跟著他穿過吧檯後方的門。來到相對安靜的走廊，他才停下腳步。

瑪麗．艾倫——她從前在聖地牙哥當模特兒——從他們兩人中間擠過去。盧等到她走遠、聽不到他們談話後才開口。

「這和妳妹妹有關？」

妮可拉大感驚訝，以為自己的下巴就要掉下來。「你怎麼知道小貝的事？」

他看向走廊的兩端。「聽著，我什麼也不會說，但她今天稍早來過這裡。」

妮可拉覺得口乾舌燥。「她來過這裡？」

盧點點頭。「她要我放妳走，讓妳去做更有意義的事。」

「喔，天哪，不。」妮可拉喘著說，感覺到熱意爬上她的臉。她這輩子從來沒有這麼丟臉過。

「你怎麼告訴她？」

「我說，妳是個大人了，有能力自己做決定。」

「謝謝，盧。我很抱歉。她還說了什麼嗎？」

「有啊，她對我惡言相向，辱罵我，指控我剝削妳。不過這些話我從前都聽過。」他翻個白眼。

妮可拉露出微笑。「然後你怎麼說？」

「我感謝她給我的評價，問是否還有其他我能效勞之處。」

妮可拉大聲笑了出來。這是個讓人愉快的釋放，同時也是紓解身體壓力的良藥。

盧的心情不錯，但小貝把她們的家庭問題帶到她的工作場所，卻讓妮可拉覺得羞愧。

「盧，我的心思今晚不在這裡，也許我最好回家。」

他點頭表示理解。「告訴妳，妳們兩個當中，我很高興來這裡的是妳，因為妳妹妹實在太難搞。」

「我知道。」妮可拉靜靜地說，她想到自己，知道盧根本無法想像。

她走向走廊盡頭的更衣室時，盧說：「對了，妮可拉……」

她轉過頭。

「妳自己小心。我覺得她真的很生氣。」

妮可拉重重嘆口氣，方才的念頭再次出現。

你真的無法想像。

32

「好，凱文，你先來。」金指示她的團隊成員。

她已經做過簡報，告訴他們前一天在犯罪現場的新發現，以及連結兩起謀殺案的柏樹針葉。

凱芮絲說到做到，早上六點半剛過，他們就收到了照片。白板上貼著一張現場的空拍照。

道森站起來，用手指從第一個墓地到地圖邊緣拉出一條線。「這是一號受害者。雖然性別還沒有得到正式證實，但我們從衣服和現場發現的圓珠推斷，受害者是女性的可能性很高，而且在土裡埋了大概十年。

「屍體現在已經從現場移到實驗室，交給基慈和貝特博士。到目前為止，我們確定她是被人斬首。」

「好恐怖。」史黛西說。

道森邊說邊在白板上寫下註記。

金看到標題仍是「受害者一號」，心裡覺得不太舒服。那些骨頭曾經是某人的骨架，曾經有肌肉、皮膚，說不定還有胎記。更別說有臉孔，有表情。那不只是骨骸而已。這個女孩成了無名氏太久，讓金憤怒的，是她到現在還沒有名字。

關於兒童之家的孩子有多麼微不足道，金清楚記得自己的領悟。她八歲時，有次她到放床單被單的儲藏室去找乾淨的枕頭套，看到夾紙板上的第一張紙和後面幾頁畫了七個房間的平面配置圖。畫在紙上的每張床都有編號；一號床、二號床、三號床，下面還有大大的盒子。她不懂為什麼紙上列的不是她的名字而是第十九號床。

金很快就理解，要依女孩的名字來標示太費功夫。因為住在兒童之家的孩子來來去去，但床永遠在原來的位置。

當時，金蹲在木凳上，用燙衣架當桌子，俯身在每個孩子的床邊寫下她們的名字。

兩天後，她瞥見儲藏室的夾紙板已經換上新的、乾淨的紙，上面只寫著一號床、二號床、三號床。

她的空間、身分和安全的小角落就這麼輕易地被抹除。那是她永遠不會忘記的一課。

她把焦點拉回在白板上指點的道森身上。「這裡是偵測到第二處土堆的位置，離第一處大約五十呎。」

他畫了一條線到地圖邊緣只標示一個星星記號的點。聽到他用「土堆」來稱呼，她全身都起反應，但她努力克制自己。到目前為止，他們還沒有找到屍體。

「謝了，凱文。今天考古小組會進行全面勘測，已確定那個地方沒有其餘異常點。」

「妳預期發現更多屍體嗎，老闆？」

金聳聳肩。她真的一點概念也沒有。

「史黛西，妳看了那卷錄影帶了嗎？」

史黛西翻個白眼。「看了，那卷帶子最早錄的可能是電影《賓漢》，而且重複使用過好幾百次。我朋友可能有辦法清理，但他不在我們的核可名單……」

「還是把帶子送過去。以證物而言，那卷帶子連沒有用都稱不上，因為我們永遠不可能證明瑪麗．安德魯斯遭人謀殺，但我們可能從裡頭得到一些資訊。」

史黛西點個頭，寫下筆記。「沒有關於泰瑞莎．懷厄特的進一步資料。我拿到她的通話紀錄，但沒找到可疑的來電或去電。至於現場，法醫鑑識小組除了幾個重複踩踏的腳印外，沒有別的收穫。」

他們的兇手花了時間倒退踩在自己原來的腳印上，讓證據更難辨識。彷彿消防隊對證據的損壞還不夠嚴重似的。

「既聰明又沒有耐性。」金說出自己的觀察。

「為什麼沒耐性？」布萊恩問道。

「縱火加速進度，讓我們在泰瑞莎．懷厄特死後一小時內就發現屍體。湯姆．柯帝斯如果繼續喝威士忌很可能也會死，但那對我們的兇手而言不夠好。」

「他想讓我們知道他的憤怒。」布萊恩若有所思地說。

「他絕對想表達些什麼情緒。」

「嗯，讓我們在他對任何人表達之前阻止他吧。」史黛西補上一句，在電腦鍵盤上敲了幾下。「好，接續凱文的工作，我可以確認來自克里斯伍德的李查．克洛夫特確實是布羅斯戈夫鎮的保守黨國會議員。」

「真該死。」金說。伍瓦德會愛死這件事。

「而且我找到他和第二個夜班警衛的地址。」

印表機發出聲音，布萊恩抓起一張紙。

「我還從一名本地醫師那裡拿到了克里斯伍德那些女孩的最新資料，但老實說，從臉書上更容易找出最後一批女孩。」

「繼續查，史黛西，這可能有助於我們查出第一名受害者的身分。說不定有人認得那些圓珠。目前我們把焦點放在員工身上。沒有任何證據顯示從前住在克里斯伍德的女孩們有任何危險。

「布萊恩和我已經找威廉・沛恩談過。他有個嚴重身障的女兒。他喜歡自己的工作，但不怎麼常見到其他員工。最近才有人企圖闖入他家，但以他住處的安全措施來說，這沒有道理。凱文，回到現場後去找他給點建議。」

道森點頭表示瞭解。

金站起來。「好了，我們全知道自己在做什麼，對吧？」

金走進「大碗盆」去拿自己的夾克。

「走，布萊恩。我們去實驗室看那位斯波克博士[9]有什麼可以告訴我們的。」

布萊恩跟著她走出門。「放輕鬆，老闆，現在還不到七點半。給那傢伙一個機會。」

她深吸了一口氣，拉開副駕座的車門。

去他的，天知道今天會發生什麼事。

33

金踏進解剖室時眨了三下眼睛，才適應裡頭的光線。解剖室裡擺滿了不鏽鋼設備，像是十多個閃光燈泡一次全開。

「這地方讓我毛骨悚然。」

她轉頭問布萊恩：「你什麼時候變成小女孩了？」

「我一直這樣，老闆。」

病理室最近重新整修過，現在有四間分隔的空間，像醫院的小型病房。

每個空間裡都有完整的設備，有洗手槽、流理台、壁櫃和一盤工具。許多器械看起來毫無傷害，例如普通外科手術用的剪刀和手術刀；但另外一些，比方說顱骨鑿刀、骨鋸和肋骨剪看起來則像出自衛斯理．克萊文[10]的想像。

和醫院病房不同的，是這些空間沒有拉簾。來這裡的人不在乎虛假的尊重。

長長的桌台邊緣有一圈凸起，給人的感覺像是超大火雞盤。金有股衝動，想把那些骨頭蓋起

❾ Doctor Spock，透過精神分析研究以理解孩童需求及家庭關係的兒科醫師。

❿ 美國恐怖電影導演兼編劇、製片人和演員，作品有《驚聲尖叫》、《半夜鬼上床》等。

來。

拉到肩膀高度的伸縮燈，讓金想到牙醫診療椅的頭燈。

貝特博士丈量股骨的長度，把尺寸記錄在夾紙板上。

「有人好像很忙。」

「正如大家說的，早起的鳥兒有蟲吃。除非妳是昆蟲學家才會覺得可怕。」

「博士，你是不是在說笑？是吧？」

他的白袍敞開著，露出褪色牛仔褲和綠藍條紋的橄欖球衫。

「督察，妳對見到的每個人都這麼刻薄嗎？」

她想了兩秒。「我在努力中。」

他轉頭正臉看著她。「妳怎麼會這麼成功，妳既粗魯、傲慢又令人可憎……」

「嘿，放輕鬆點，博士。我也有缺點。布萊恩，告訴他。」

「她確實有——」

金打斷布萊恩。「好，今天早上你可以告訴我們哪些有關受害者的事？」

博士絕望地搖搖頭，把頭轉開。「呃，從這裡開始好了。通常，骨頭揭露的多半是死者的生命而不是死亡。我們可以估計出他們的壽命、疾病、舊傷、身高、體型，或是如果有的話，也可以知道他們的殘障狀態。

「死亡年齡直接影響腐化程度。死者越年輕，腐化的速度就越快。拿孩童來說好了，他們的骨頭較小，礦物量也較少。

「然而過重的屍體腐化較快，那是因為有大量血肉來餵養微生物和蛆。」

「太厲害了。現在你能告訴我們一些真正有用的資訊嗎？」

博士仰頭就是一陣狂笑。「關於妳，有一件事我敢確認，督察，妳前後一致，始終如一。」

金什麼也沒說，靜靜等他戴上簡單的黑框眼鏡。

「我們在左腳蹠骨發現兩處骨折。踢足球通常會造成這種傷害，但這不是舊傷，因為沒有骨融合的癒合狀況。」

「有可能是踢到東西嗎？」布萊恩問道。

「有可能，但一般人會用右腳踢，除非他們雙腳接受過相同的訓練。」

他往前走到桌台上的頭顱邊。

「我已經給妳看過頸椎的斷點，所以我們知道受害者在某個時間點遭人斬首。這個攻擊很粗暴，而切斷頸椎的那一擊不是第一擊。」

他拿起一個放大鏡。「妳看看C1和C2就能懂我的意思。」

金站到他身邊俯身去看，發現C1寰椎上有道明顯的凹槽。

「看到了嗎？」

金點點頭，注意到他帶著薄荷味的口氣。

「來，拿著。」他把放大鏡遞給她。

他輕輕翻轉骨骸，讓頸椎的側面向上。「現在看C2。」

他扶著骨骸，她把放大鏡靠向距離頭顱最近的那截頸椎。再一次地，她又看到另一道凹槽。

金往後退，開始覺得反胃。「但是你昨天讓我看的傷口不是在頸子側面。」

博士點點頭，在這短暫的瞬間，兩人互望的眼神中有著瞭解。

「我不懂。」布萊恩也彎下身子想看得更清楚。

「當時她還活著。」金喃喃地說：「在他試圖砍下她的頭時，她還在掙扎。」

「變態的混蛋。」布萊恩搖著頭，呼出一大口氣。

「腳上的傷有可能是因為被踩住，好讓受害者不便活動嗎？」

這足以解釋受害者為什麼在地上扭動卻無法逃脫。

「這似乎是合乎邏輯的解釋。」

「小心，別匆促做出保證，博士。」

「在沒有任何軟組織的狀態下，我無法證實這個理論，督察，但是我能確定沒有找出任何其他致死原因。」

「她埋在下面多久了？」

「至少五年，最多可能有十二年。」

金翻個白眼。

「嘿，如果我能給妳確切的年、月、日，我一定會告訴妳，但是腐化過程受到各種變數影響，包括溫度、土壤成分、年齡、疾病和感染。我和妳一樣，希望找到的每個人都有照片、完整的病歷、護照和最近的水電帳單，但很不幸，我們手上就只有這些。」

「根據經驗及專業來評估，我們的受害者不是成人，不超過十五歲。」

「根據經驗及專業的評估？這是『猜測』的科學術語嗎？」

他搖搖頭。「不，我會在法庭上提出這個結論。我的猜測是在於這是女性屍體。」

金不懂了。「可是，昨天你說——」

「我沒有科學根據。」

「是因為那些圓珠嗎？」

他又搖頭。「凱芮絲昨晚送來這個。」

他拿出一個塑膠袋，裡頭裝着一塊布。她靠近去看。布上頭有圖案。

「這是襪子的碎布。比起其他織品，羊毛腐化的速度緩慢很多。」

「可是我還是不——」

「用顯微鏡看，我剛好可以看出零碎的粉紅色蝴蝶圖案。」

「對我來說，這樣就夠了。」金說，轉身離開實驗室。

34

我一看到那女孩就不喜歡她。她很可鄙；可憐兮兮的。而且她很醜。

她身上的一切都給人小一號的感覺。她的腳趾把鞋尖磨出一個洞，牛仔裙下露出太多大腿。連她的身軀似乎都太小，與長長四肢不成比例。

我完全沒想到她會給我帶來麻煩。她那麼不起眼，我連她叫什麼名字都差點記不得。

她不是第一個，也不是最後一個，但結束她的不幸帶給我真正的滿足。她是個未來沒人會愛、過去也不曾有人愛過的女孩。

身為十五歲少女在冬青樹住宅區生下的女兒，命運對她不是太仁慈。她母親在五年後生下第二個孩子便跑了。

父親的拋棄發生在六年後，她父親用大垃圾袋裝起她這幾年累積的所有物，將她和袋子丟到克里斯伍德。他表達得很清楚，他週末不會來探視，日後也不會接她回去。

她父親送走她時，女孩就站在接待桌前面：她已經大到能夠瞭解狀況。

這個父親離開時沒有擁抱、撫摸或道別，但在最後一秒，他轉頭看著她。認真看著她。

在那短暫的一刻，她是否希望看到懊悔、希望得到解釋，或是她聽得懂的理由？她是否希望能聽到父親承諾會回來，即使是假意也好？

他走過去將她拉到一邊。

「聽好了，小鬼，我唯一能給妳的建議是用功讀書，因為妳絕對找不到男人。」

然後他就走了。

她對感情的認知有限，因此，其他女孩只要關注她，她便會以引人憐憫的感激和永恆的忠誠相報，促使她獻上食物、零用錢或是她兩名密友開口索討的任何東西。在她們同意下，她就像忠心的幼犬般跟著她們。

有趣的是，世上最微不足道的女孩現在有了某種程度的重要性。每個人都指望她提供答案，我很樂意給她這個禮物。

一天晚上她告訴我：「我知道崔西的秘密。」

我說：「我也有個秘密。」

我要她在其他人睡著後來和我見面。我說，那是我們的秘密，而且我為她準備了一個驚喜。

湖邊的小兔子。這個技巧從來不曾失敗。

凌晨一點半，我看到後門打開。光線從後方照著她瘦長的身子，讓她的人影看起來像個卡通人物。

她躡手躡腳地走向我。我滿意地對自己微笑。

這女孩稱不上挑戰。她對關心的迫切需要令人噁心。

「我有事要告訴你。」她低聲說。

「快說啊。」我熱切回應，陪她玩遊戲。

「我覺得崔西沒有逃跑。」

「真的嗎？」我故作驚訝地問她。這又不是新聞。這女孩告訴每個來不及避開她的人，說她覺得崔西沒有逃跑。

她愚蠢笨拙的臉是勤奮內心的面具。

「你懂嗎，她不是那種人，而且她留下她的iPod。我在她床底下找到的。」

我沒料到她會這麼說，但該死的。我怎麼會漏掉這件事？那頭愚蠢的母牛老是掛著她的iPod。絕對是偷來的，那是她最有價值的財產。

「妳怎麼處理她的iPod？」我問道。

「放在我的櫃子裡，沒有人會拿走。」

「妳告訴過其他人嗎？」

她搖頭。「沒有人在乎，就好像她從來不曾存在一樣。」

那當然——而且我就是希望如此。

但現在有個該死的iPod。

我對她露出大大的笑容。「妳真是個聰明的女孩。」

周遭黯淡的光線沒能掩飾她羞紅的臉頰。

她微笑著，急切地想取悅我，想讓自己有點用處、有點重要性。

「還有另一件事。她不可能跑掉，因為她是——」

「噓。」我說，把指頭按在我的嘴唇上。我傾身靠向她，像個共謀者，像個朋友。「妳說得沒錯。崔西沒有跑掉，而且我知道她在哪裡。」我伸出手。「妳想去看她嗎？」

她握住我的手，點個頭。

我帶著她沿著草坪走向遠處的角落——離建築最遠而且有樹木遮蔽的黑暗角落。她走在我的右手邊。

在她失足跌進洞裡時，我放開她的手。

我走進土坑，看到她臉上先是露出困惑的表情，接著舉起雙手保護自己。

我尋找放在坑口邊緣的鏟子，但她跌倒時撞開了鏟子。

這個空檔讓她有時間站起來，但是我必須讓她躺在地上。我扯住她一把頭髮將她往後拉，她的臉離我只有幾吋遠。

她的呼吸急促失序。我高舉鏟子鏟在她腳上。在倒下去抓住腳時，她只發出一聲尖叫。她痛得雙眼往後翻，短暫失去意識。我脫下她另一隻腳的襪子，拿來塞住她的嘴。

我拉動她，讓她橫躺在她的墳墓裡。我站到一邊，將鏟子往下鏟。鏟子打到她的頸側。疼痛讓她醒了過來。她想尖叫，但塞在嘴裡的襪子讓她發不出聲音。

她睜大雙眼四處看，因為害怕而狂亂。我把鏟子舉得更高往下砍，但她在坑裡扭個不停。這一擊的效果好多了。我聽到鏟子砍過她血肉的聲音。

這女孩是個鬥士，她繼續扭動。我用力踢她的肚子，她被自己的血水嗆到。我又踢了她一腳，讓她躺好。

我全神貫注，一切攸關準頭。我又一次高高拿起鏟子，用力鏟向她的喉嚨。她雙眼失去了光芒，但下半身還在抽搐。

這讓我聯想到砍樹。先砍出一道口子，另一擊則會完全放倒樹木。

我站在上面把鏟子往下插，金屬碰到骨頭發出聲響。

終於，她不再扭動。四周突然安靜下來。

我先把右腳踩在鏟子上，然後左腳也踩上去，像在踩彈簧高蹺一樣。我左右搖晃，將鏟子往下壓，直到我感覺到鏟子鏟入她身下鬆軟的泥土中。

我鏟土蓋住她時，她的雙眼一直沒離開我。死去的她幾乎稱得上漂亮。

我往後站，離開她的墳墓，流動嘉年華會破壞一切，沒有人會注意到這裡。

這女孩一向熱心幫忙，想對某個人有用，想有個目標。現在她有了。

我踩緊草地，往後退。

接著，我感謝她為我保守秘密。

她終究還是做了件好事。

35

「妳怎麼看？」她坐進副駕座時，布萊恩問她。

「關於哪件事？」

「博士和考古學家？」

「聽起來像是爛笑話的開場白。」

「少來了。妳懂我的意思。妳覺得他們——」

「你該死的哪裡不對勁？」她猛然打斷他，說：「半小時前，你表現得像個小女孩，現在你又像個上了年紀又愛聊八卦的大嬸。」

「嘿，『上了年紀』這四個字很傷人，老闆。」

「我寧願你把有限的腦力用來辦案，而不是注意我們同事的性生活。」

布萊恩聳聳肩，車頭直朝布羅斯戈夫的方向而去。他們的下一站是去李查・克洛夫特位在大街上的辦公室拜訪他。

他們穿過里伊鎮，金看向窗外，沒辦法擺脫心裡的影像——一名十五歲女孩躺在地上痛苦地翻滾，抓住受傷的腳，想逃離刀子的死亡攻擊。前兩刀可能砍穿了血肉、軟骨和肌肉，傷及骨頭，但沒有讓她喪命。

她閉上眼睛，試著想像那孩子遍及全身的恐懼。

直到抵達布羅斯戈夫外圍和巴恩斯里霍爾精神病院原址的地點之前，金一直沉浸在自己的思緒中。

巴恩斯里霍爾精神病院在一九〇七年開業，最多可收容一千兩百名病患，她母親大半個七〇年代都待在這裡，二十三歲才出院，進入社會。

是啊，真棒的決定，金心想。他們經過病院關閉並在九〇年代拆除後興建的一片住宅。

當年，裝飾華美的水塔終於在二〇〇〇年被拆除時，當地人士非常難過。那座哥德風格的紅磚水塔以砂岩和紅瓦裝飾，高高聳立。就個人而言，金倒是樂於見到高塔的拆除。那座病院和她弟弟的死脫不了關係，而水塔不斷地提醒她這件事。

布萊恩把車停進寵物超商後面的小停車場，她則努力讓自己集中精神。

他們抄小路，走兩間店面之間的小巷，葛瑞格麵包店一大早的烘焙香味撲鼻而來。

布萊恩低聲咕噥。

「你想都別想。」金說。

她上下打量面前的連棟建築。「在那裡。」她指著夾在卡片店和衣服折扣店中間的一扇紅門。名牌下方有個對講機。金按下按鈕，接聽的是個女性的聲音。

「我們想見克洛夫特先生。」

「很抱歉，他正在忙。如果沒有預約，我們有個——」

「我們在調查一件謀殺案，請妳開門。」

金不打算透過電子裝置執行警方任務。

聽到微弱的嗶聲，金推開門，在她眼前的，是一座通往二樓的狹窄樓梯。

樓上兩側各有一扇門。左手邊是一扇實心木門，右手邊則是一扇鑲著四片玻璃的門。

她推開右邊的門。

門裡是一個沒有窗戶的小房間，金猜測，坐在裡頭的女人大概二十五歲左右。女人的頭髮緊緊往後梳，金甚至看得到她太陽穴的血管在跳動。

布萊恩掏出警官證，為他們自我介紹。

這個空間小歸小，但看起來很整齊，而且該有的設備都有。牆面是一排檔案櫃，相對的牆面上是年度規劃表和幾張證書。電腦喇叭播放著英國國家廣播二台的聲音。

「我們可以找克洛夫特先生說話嗎？」

「恐怕不行。」

金回頭看向樓梯平台對面的木門。「他不在辦公室，出去家庭訪問了。」

「他是什麼，醫生出門問診嗎？」金不耐煩地問道。

這些助理是有什麼毛病，為什麼老覺得自己有必要保護中年男人？這個行業是不是有專門學校？

「克洛夫特議員花很多時間去拜訪無法出門的民眾。」

金的腦海中出現「受制聽眾」這個字眼，以及他在民眾同意投他票之前不願離開的影像。

「我們正在調查一件謀殺案，所以——」

「我相信我可以找出一個大家都合適的時間。」她說，伸手拿A4大小的日誌。

「這樣吧，妳打個電話給他，讓他知道我們來了。我們在這裡等。」

女人把玩著掛在脖子上的珍珠項鍊。「家訪時不能打斷他，如果你們想約時間——」

「不，我不想約該死的……」

「我們知道議員很忙。」布萊恩輕輕將金往旁邊推。他的聲音低沉溫暖，充滿了理解。「但是我們手上有一樁謀殺案要調查。妳確定他今天沒有時間？」

克洛夫特的助理把日誌翻回今天，但她搖搖頭。布萊恩順著她的視線看著日誌。

「在星期四早上以前，我真的沒辦法把你們排進來……」

「妳開玩笑嗎？」金怒氣沖沖地說。

「我們配合你們的時間。」

「星期四早上九點十五分，警官。」

布萊恩點個頭，面帶微笑地說：「謝謝妳的幫忙。」

接著他轉身帶金走出門。一到門外，金便氣呼呼地轉頭面對他。

「星期四早上，布萊恩？」

他搖頭。「當然不是。他的日誌上寫著他今天整個下午都在家工作，而我們知道他住哪裡。」

「那好。」她滿意地說。

「妳知道嗎，老闆，妳不能老是以威嚇來得到想要的一切。」

金不同意。到目前為止，她的作法都能成功。

「妳有沒有聽過一本書，書名叫做《贏得朋友和影響他人》？」

「你有沒有看過一九七五年的電影《飛越杜鵑窩》？因為她是真人版的冷酷護士拉契特。」

布萊恩大笑出聲。「我只是想說條條大路通羅馬。」

「那就是我有你的原因。」她說，她在外面的咖啡店停下腳步。「我要一杯雙份濃縮咖啡的拿鐵。」她推開店門說。

她在窗邊坐下，布萊恩翻個白眼。

布萊恩經常提醒她，但她從來沒有能力改變自己的態度去適應別人。甚至在小時候，金便已經無法融入任何團體。她沒辦法隱藏自己的感覺，她與生俱來的反應讓她在有機會控制之前，就已經咄咄逼人。

「知道嗎，有時候妳需要的只是一杯咖啡。」布萊恩低聲說，把兩個杯子放在桌上。「店裡的品項比外帶中餐還多。這杯顯然是美式咖啡。」

金搖搖頭。有時候，布萊恩就像是從八〇年代後期寄出的時光膠囊中走出來的人。

「那妳為什麼要對拉契特護士那麼暴躁？」

「我們一無所獲，布萊恩。」

「是啊，我們在洋蔥圈裡打轉。」

「什麼東西？」

「每件案子對我來說都像三道菜的套餐。第一個部分像是開胃菜。你大口大口吃，因為你餓了。在這部分，我們有證人，有犯罪現場，所以你貪婪吞下所有資訊。接著上的是主菜，這麼說好了，來的是一盤綜合烤肉。你必須分辨輕重。食物和資訊都太多。所以，你該直接去吃肉把配菜留在一旁，或是放棄香腸，讓胃裡保留下足夠的空間吃甜點？

「好，大多數人會同意布丁是最好的享受，因為有了布丁，整套餐點才劃下句點，胃口才滿足。」

「那是最重要的——」

「啊，可是看看我們現在的處境。我們吃下開胃菜，現在手上的調查有兩個方向。我們試圖釐清該朝哪個方向走，才能吃到甜點。」

金啜了口咖啡。布萊恩喜歡類推，有時候她會縱容他這麼做。

「如果憑直覺聊，主菜通常會更突出。」

金露出笑容。他們真的一起工作太久了。

「那好，來吧，說說看。要談什麼？」

「我們一開始的理論是什麼？」

「泰瑞莎．懷厄特為了私人恩怨遭人謀殺。」

「然後呢？」

「在湯姆・柯帝斯被謀殺後，我們猜測這個兇手與克里斯伍德有關。」

「瑪麗・安德魯斯的死呢？」

「沒有改變我們的想法。」

「在那塊地上發現一具屍體？」

「引導我們推斷有人想滅口，殺害與十年前謀殺案有關的人。」

「所以，我做個總結，我們的理論是殺害少女的人就是殺害員工的兇手，以免他們因為最初犯下的罪行遭到逮捕？」

「那當然。」布萊恩斷然回答。

這一點，就是她直覺判斷上的差距。「我記得是愛因斯坦說的，如果事實不符合理論，那就改變事實。」

「什麼？」

「殺害被埋在那片地下的兇手是個心思縝密而且講究方法的人。他成功地殺害至少一個人並且成功棄屍。他沒有留下任何線索，如果不是因為密爾頓教授的固執和堅持，很可能永遠不會有人發現。

「現在快轉回到湯姆・柯帝斯。兇手用酒精犯案，但那還不夠。對方發送了一個無法忽視的明確訊息：這男人該死。」

布萊恩吞了吞口水。「老闆，別告訴我妳的直覺正在說我想像中的話？」

「也就是？」

「兇手不止一個人。」

金啜了口拿鐵。「我在想的呢，布萊恩，是我們需要一個更大的盤子。」

36

「你確定她說的是這裡？」金問道。

「是的，就是這個地方，『公牛與囊袋』。又稱德飛酒吧街上的第二間酒吧。」

德飛酒吧街指的是分佈在德飛路上的六間酒吧。由位在奎立堤的「玉米交換所」打前鋒，最後一家是位在安伯寇路口的「大鐘」。從德飛路頭一間一間喝到路尾，讓年輕的身體盡可能喝下最大量的酒精，已經成為一群群男性——以及最近不少女性族群——的儀式。

方圓兩哩內，沒有任何一個年滿十八、有自尊心的男人會承認自己未曾征服德飛酒吧街。

稍早，布萊恩去敲了亞瑟・康諾普家的大門，他冷漠的妻子告知警官哪裡可以找到她丈夫。

「公牛與囊袋」是一棟側面開了三扇窗子的獨立房舍，以桃花心木裝飾，外牆漆成芥末色。

「才早上十一點半？」金問道。在她眼裡，這酒吧看起來像是你走出門時會想擦腳的地方。

推開外頭的門，裡頭是陰暗狹窄的走道，通往幾個不同的空間。左手邊第一個空間是舒適的沙龍。同一面牆還有通往洗手間的門。這幾扇門的顏色搭配外頭窗框的深色木頭，讓小小的空間顯得十分封閉。

麥芽啤酒的臭味比金去過的任何犯罪現場更糟。

布萊恩打開右手邊通往酒吧的門。這個空間沒比走廊亮到哪裡去。

酒吧四牆設有固定式雅座，骯髒的椅墊上滿是污漬，雅座長椅前的桌子旁排著幾張凳子。右邊角落的桌上放著一份報紙和半品脫啤酒。

布萊恩走向吧檯，和一個五十出頭的女人說話，後者正拿著看來不怎麼可靠的抹布擦拭杯子。

「亞瑟．康諾普是哪位？」他問道。

女人朝門口點個頭。「去上廁所了。」

就在這時候，門打了開來，一個頂多五呎高的男人邊調整褲子皮帶邊走進酒吧。

「起士麵包，莫琳。」他說，從他們身邊經過。

莫琳伸手到佈滿刮痕的塑膠罩下摸出一個小包裝，接著放到吧檯上。

「兩磅。」

「還要一品脫苦啤。」他朝他們的方向瞥了一眼。「那兩個條子可以自己點。」

莫琳裝了一品脫苦啤，放在吧檯上。亞瑟數出零錢，把錢放在骯髒的啤酒墊子上。

「我們不點，謝謝。」布萊恩說。這話讓金十分感激。

亞瑟把自己擠進雅座的桌邊，坐在長椅上。

「你們要幹嘛？」亞瑟問道。他們兩人坐在他對面的凳子上。

「你在等我們嗎，康諾普先生？」

他不耐煩地翻白眼。「我又不是混假的。你們挖出我從前在哪裡工作。和我一起工作的人一個個倒了，所以你們馬上會找上我。」

他撕開包住起士麵包的保鮮膜，這似乎是酒吧裡提供的唯一美食。金立刻聞到洋蔥刺鼻的臭味。一小片起士掉到桌子上。亞瑟舔溼食指，沾起桌上的起士放進嘴裡。

金猜，他剛才從廁所出來前應該沒洗手。突然間，她不得不壓下反胃的感覺。

金很想把她手機裡的照片給他看，但及時想起伍瓦德給她的寶貴建議。如果妳不能和顏悅色，那就讓布萊恩出馬。

康諾普的皮膚像張地圖，佈滿爆裂的微血管，喝了一輩子酒，讓他臉色蒼白。他的眼白發黃，臉上的汗毛既白又長，額頭上的皺紋沒有舒緩，而且從深度來看，這傢伙大概一出生就滿肚子氣。

他用雙手拿著起士麵包以免麵包散開，拿到嘴邊大聲咀嚼。

他顯然是個可以一心多用的人，因為他邊吃邊說：「來啊，提出你們的問題然後滾人。」

金選擇移開視線，不去看他嘴裡被嚼成碎片的起士和麵包。

「關於泰瑞莎．懷厄特，你有什麼可以告訴我們的？」

他吞了一口啤酒，將三明治沖下肚。

他皺起鼻子。「有點自我中心又愛裝腔作勢，但她不會真的插手。她從來不和我這種階級的人說話，所有派下來的工作都寫在黑板上，我只要做就好了。」

「她和女孩們的關係怎麼樣？」

「她和她們沒太多互動，一直不怎麼投入。老實說，我覺得那地方就算住滿農場的動物，對她來講也一樣。我聽說她有點脾氣，但除了這些，我沒別的事可以告訴你們。」
「李查．克洛夫特呢？」
「媽的討厭鬼一個！」說完，他又喝了一口啤酒。
「可以多說一點嗎？」
「說不出來。如果你們找到他時他還活著，你們就會懂我的意思。」
「他和女孩們經常互動嗎？」
「開什麼玩笑？他走出辦公室的時間還不夠和她們任何一個人說上話。而且她們都曉得最好別去煩他。他負責處理預算那些事。老是把什麼評價和什麼指標那類狗屎掛在嘴上。」
金猜想，他想講的應該是基準評價和表現指標，這兩者對雜務工來說都沒有意義。
亞瑟拍拍自己的鼻子。「那傢伙老是穿過頭。」
「你是說他穿得很好？」
「我是說他穿的用的都好。套裝、襯衫、鞋子、領帶。他買那些東西不是靠公務員薪水。」
「你是因為這樣才不喜歡他嗎？」金問道。
亞瑟咕噥地說：「我不喜歡他的原因可多了，但那不包括在內。」他厭惡地皺著一張臉。
「讓人討厭的混蛋，高姿態、遮遮掩掩又……」
「哪方面？」布萊恩問道。
亞瑟聳聳肩。「我不知道。但我不懂為什麼一個人的桌上要兩台電腦。而且每次我進去都看到辦公室裡的窗簾拉下來。不懂啦。我又不懂那些。」

「你認識湯姆・柯帝斯嗎？」

亞瑟咀嚼最後一口麵包，一邊點頭。「他不是壞孩子。年輕又帥。他比其他人更接近那些女孩。如果她們錯過午茶，還會幫她們做點小三明治之類的東西。他表現得很自信。」

「在哪方面？」金問道。

「當然是在克里斯伍德工作啊。重點在這裡，懂嗎？會到那裡的每個人都有自己的原因，克里斯伍德是個很好的踏腳石，日後可以步步高陞。只有瑪麗例外。那女人很可靠。」

金轉開頭，想著這群人對女孩們的照顧方式，就好的方面來說，他們沒有提供溫暖、指引或真心關照；至於壞事，他們做的可多了。

「你認識威廉・沛恩嗎？」布萊恩問道。

亞瑟大笑。「哈，你是說那個專拍馬屁的傢伙？」說完，他又自顧自地笑了起來。他的笑聲並不悅耳。

金回過頭，仔細看著眼前男人。酒精讓他放鬆下來，他大口灌下啤酒時，視線稍微失焦。

金站起來走到吧檯邊。「他今天喝了多少？」她問莫琳。

「一杯雙份威士忌，這是他的第四杯啤酒了。」

「他一般都這麼喝？」

莫琳點點頭，拿小碗裝滿花生讓酒客分享。就算有一把AK47自動步槍瞄準她的腦袋，金也不會去拿來吃。

莫琳轉身，把空袋子丟進垃圾桶。「喝完這杯啤酒，他會再叫一杯，但我會拒絕他。他會粗口罵我，接著會搖搖晃晃走回家睡到酒醒，今天晚上再回來。」

「每天都是這樣嗎？」

莫琳點頭。

「老天爺。」

「不必為他太難過，督察。如果妳想同情人，不如去同情他老婆。

「亞瑟是個可悲的老頭，打從我認識他的那天起就一直是個受害者。他不是慈祥的爺爺，不管有沒有喝醉，他都只是個可憎的人。」

莫琳的實話實說讓金露出微笑。她坐回雅座邊的凳子時，亞瑟的最後一品脫啤酒已經少了一半。

「是啊，媽的威廉這樣威廉那樣。每個人都拚命幫忙他媽的威廉。只因為他有個不能動的女兒。」

金感覺到自己的怒吼已經來到了喉頭。布萊恩對她搖頭，於是她放鬆了拳頭。一拳揍倒他沒有任何好處。他永遠不會改變。

「好哇，我們就聊聊威廉。我們把所有輕鬆工作留給他，把粗活全留給亞瑟。讓威廉隨便什麼時候上下班，把其他時間留給亞瑟。每個人都有他媽的難處，如果他把她送進照護中心，我們就永遠不必……」

金往前靠。近到足以看見他眼中最後一絲清明。

「不必怎麼樣，康諾普先生？」布萊恩催促他。

他又是搖頭又是翻白眼，但他的手最後還是找到啤酒杯。他把杯子拿到嘴邊，一口喝乾。

他舉起杯子。「再來一杯，莫琳？」他大聲吼叫。

「你喝夠了，亞瑟。」

「媽的賤人。」他口齒不清地把杯子放回桌上。

亞瑟搖搖晃晃地站起來。

「亞瑟，你剛才想說什麼？」

「什麼都沒有。滾，別來煩我。你們太遲了。」

金跟著他走出酒館，抓住他的前臂。她對這個憤恨老頭的耐心已經耗盡。

附近有輛車發動引擎，她大聲地說：「聽著，你知道過去兩個星期內死了三個克里斯伍德的前任員工。其中至少有兩人遭人謀殺，除非你把你所知道的事說出來，否則你可能是下一個。」

他看著她，這個表情掩蓋了他體內奔騰的酒精。

「讓他們來，去他媽的，這會讓我鬆口氣，我很歡迎。」

他抽開被她抓住的手臂，蹣跚地往前走。他先是歪斜地撞倒一輛停在路邊的車，接著又撞上一堵牆，彷彿彈珠台裡的彈珠。

「沒用的，老闆。在這種狀態，他什麼也不會告訴我們。也許我們應等他酒醒，晚點再去拜訪他。」

金點個頭，轉過身。他們一起走回停在轉角的車邊。

金伸手要拉車門時，突然聽到讓人厭惡的一聲碰撞，接著是驚聲尖叫。

「搞什麼……」布萊恩吼道。

金和布萊恩不同，不需要開口問，立刻轉身朝酒吧的方向跑回去。

憑直覺，她已經知道了。

37

不出幾秒，金就跑到亞瑟・康諾普身邊。

「別擋路。」她大吼著。

三個路人退到一邊，布萊恩站在他們和躺在地上的人之間。

把注意力放在傷者之前，金朝馬路對面拿著手機對準這個方向的年輕人點個頭。

布萊恩快步跑過去，少了他的保護，人群再次聚到她身邊。

「各位，立刻往後退。」她喊著，動手檢查康諾普的傷勢。

康諾普的左腿以怪異的角度掛在水溝上。金彎下腰，兩隻手指壓向他的頸側，知道心中的懷疑已經成真。他死了。

一個推嬰兒車的年輕女人已經叫了救護車。

布萊恩走回來，低頭看著她。「老闆，妳要不要我去……」

「去問出詳情。」她說。她不希望自己的團隊去做她不準備做的事。而她受過訓練。該死。

她跪在地上，布萊恩回頭詢問證人，試著驅離群眾。

她輕輕為他翻身，讓他躺平。他臉上沾著路面的碎石，看不見的雙眼直視著天空。

她聽到一名證人喘了一口氣，但她沒空擔心旁觀者的感受。觀看稍晚會帶來噩夢的事物是人的天性，但亞瑟．康諾普是她優先關照的對象。
金用放在他下巴下的兩隻手指輕輕將他的臉孔翻到側面。
他開襟毛衣的拉鍊沒有拉上，於是她拉開他的襯衫。
她把右手掌跟放在他胸口中央，把左手壓在右手上，交扣十指，往下按壓大約六公分，數到三十然後停下來。
接著，她來到他的頭部，用左手捏著亞瑟的鼻子，嘴對嘴穩定吹氣。
她看著他的胸部起伏，這是人工呼吸的結果。她重複同樣的動作，回到按壓的動作。
她知道心肺復甦術的主要功能是在於維持腦部正常活動，之後才會採取其他措施恢復血液循環和呼吸。諷刺的是，她正試圖搶救亞瑟花了好幾年時間想毀滅的腦部。
尖銳的鳴笛聲在她身後某處停了下來。他們的首要任務是封鎖道路以便維護證據。其他人會接手詢問證人。
她能察覺四周的活動，但注意力仍然放在雙手下失去生命的人體上。
周遭充滿了雜音，但其中有個聲音突破了她的專注。
「老闆，要我接手嗎？」
金沒有抬頭，只是搖搖頭。她停止按壓，確定自己剛看到亞瑟的胸口自主起伏。
她緊盯著看。胸口又起伏了一次。他的雙眼又有了光，雙唇逸出低低的呻吟。
金往後坐在路上，累到雙臂發麻。

亞瑟・康諾普直直看著她。在疼痛順著他的神經延伸到腦部時，有那麼一會兒，金看到他認出她。他再次呻吟，五官扭曲。

金把手放在他胸口。「別動，救護車馬上就來了。」

他轉動雙眼看著她，這時，她聽到遠處有另外一輛鳴笛的警車。

「結束。」他喘著說。

金低下頭。「什麼事結束了，亞瑟？」

他吞嚥口水，左右搖動頭部。一用力，他又發出一陣呻吟。

她聽到急救醫護人員的腳步聲接近。

「你剛才說什麼？」

「結束這件事。」他努力把話說完。

她看著他的雙眼，光芒又一次退去。

她瘦痛的雙手本能地往前移向他的胸口，但她發現自己被拉到一旁。穿著綠色制服的一男一女擋住她的視線。男人測探脈搏後搖搖頭。女人開始按壓，男人動手從袋子裡拿出裝備。

布萊恩拉住她的手臂，把她帶開。

「他們會好好照顧他的，老闆。」

她回過頭，看到男性急救醫護人員把電擊貼片貼在亞瑟・康諾普的胸口。

她搖頭說：「沒有用，他走了。」

「他說了什麼？」

「他要我結束這件事。」

她靠在牆上，疲憊已經取代了腎上腺素。「克里斯伍德當年的事，讓這些人的餘生備受折磨。」

布萊恩點點頭。「證人看到一輛白色汽車高速離開。沒有人親眼看到碰撞，但有一名證人看到奧迪汽車，另一個人則說是寶馬。這可能無關，老闆。」

她轉頭看著他。「布萊恩，他每天踉蹌地走一百碼回家都沒出事。」

「所以，妳覺得這不是真正的肇事逃逸。」

「對，布萊恩。我覺得我們的兇手埋伏在這裡等待，然後這混蛋東西就這麼大剌剌地在我們眼前下手。」

他輕碰她的手臂。「走了，我們先讓妳整理一下，再繼續……」

她甩開他的手。「現在幾點了？」

「剛過十二點。」

「該去禮貌拜訪我們的本地議員了。」

「可是，老闆，等個幾小時……」

「可能為時已晚。」她說，朝車子走過去。「除了威廉·沛恩，我們的議員是唯一倖存的人。」

38

「有沒有薄荷糖，布萊恩？」金問道。她已經用了三條最後揉成一團的溼紙巾擦臉、脖子和雙手，但不曉得是不是心理因素，瀰漫在空氣中的啤酒和洋蔥味就是散不去。

他伸手到駕駛座車門置物格裡拿出一包沒開封的薄荷糖遞給她。她拿了一顆丟到嘴裡。薄荷的氣味直接湧進她的雙肺。

「天哪，吃這東西需要許可嗎？」一待她右眼的淚水流乾之後，她問布萊恩。

「妳想想其他替代品，老闆。」

她又吃了一顆糖，在車子接近布羅斯戈夫鎮中心時看向窗外。布萊恩在車子開過從前的聯合救濟院後向右轉。這所救濟院一直到一九四八年還在運作。

布羅斯戈夫離史陶橋鎮雖然只有十哩路，但卻像走入另一個世界。

在十九世紀初期的文獻中，這一帶稱為布姆斯葛夫，農場經營和鐵釘產業逐漸擴大。這裡富裕的農村人口是保守黨的堅定支持者，白人佔了大多數，少數民族只佔百分之四。

「沒開玩笑吧？」他們在小石楠巷轉彎時，金這麼問布萊恩。利奇巷這帶的房價起碼要七位數。高樹籬和長車道使得外面的人看不見主屋。這地方以「銀行地帶」聞名，M5和M40高速公路讓專業人士方便出入，但卻不是當地議員理所當然的住處。

車子停在圍著高牆的花園前面，只隔著一道鑄鐵門。

布萊恩降下車窗，按了對講機的按鈕。對講機那頭的聲音失真，金分辨不出對方是男是女。

「西米德蘭警察廳。」布萊恩說。

對方沒有回應，但隨著低沉的碰撞聲，電動鐵門滑到左邊的牆壁後面。

一待開口夠寬，布萊恩就開車進去。

碎石車道通向一處鋪著紅磚的庭院和一棟兩層樓的農村式建築。

金看到這棟L形建築有個獨立車庫，大到足以把她的房子當午餐吞掉。雖然車庫的空間大如豪宅，但卻有兩輛車停在主屋右側的碎石道上。

一座開放式的樹蔭走廊妝點著建築物，間隔規律的大花盆裡種著月桂樹。

「誰都不會輕易放棄這一切吧？」金問道。

布萊恩把車子停在正門口。「他是證人不是嫌犯，老闆。」

「那當然。」她下車說：「我詢問他時絕對會記得這一點。」

他們還沒走到，門就開了。門口站著一個男人，金猜想這應該就是李查．克洛夫特。

他穿著奶油色的斜紋棉褲和深藍色T恤，一頭灰髮溼漉漉的，肩膀上還披著一條毛巾。

「請見諒，我剛從泳池上來。」

說的也是，她也老是有同樣的麻煩。

「好車。」金愉快地看向奧斯頓．馬丁的DB9和保時捷九一一。兩輛車之間有個空位。

金看到建築物高處設置了兩台監視錄影機。

「對議員來說，安全措施不會太嚴密嗎？」金問道。他們跟著李查・克洛夫特走進門廊。

他轉頭。「喔，安全措施是為了我的妻子。」

他向左轉，他們跟著穿過一扇玻璃雙推門，走進金推想是眾多會客室的其中一間。裡面的天花板很低，以仔細重修過的粗重橫樑支撐。焦糖色的皮革沙發和淡紫色的牆面營造出明亮的空間。落地玻璃門外面是一片與主屋長度相當的橙園。

「請坐，我去安排上茶。」

「喔，多麼文明啊。」李查・克洛夫特離開會客室後，布萊恩說：「他要去替我們備茶。」

「我想他剛才說的是『安排上茶』。我滿確定那代表茶不是他準備的。」

「瑪塔一會兒會過來。」李查・克洛夫特回到會客室。他肩上的毛巾不見了，頭髮梳理過，露出兩鬢更多的白髮。

「你的妻子嗎？」

他微笑著，露出有點太白的牙齒。「天哪，不是。瑪塔和我們住在一起，幫忙妮娜照顧男孩們和家事。」

「非常可愛的房子，議員。」

「請叫我李查，」他大度地說：「我妻子把這房子當成摯愛的孩子。她工作很辛苦，希望有個舒適的家可以休息放鬆。」

「她從事什麼工作？」

「她是人權律師，為那些你可能不太希望相處的人辯護。」

金立刻懂了。「恐怖分子。」

「『被控進行恐怖活動的人』會是個政治正確的說法。」

金努力不表露情緒，但厭惡之情一定非常明顯。

「每個人都有權徹底使用法律，妳不覺得嗎，督察？」

金什麼也沒說。她不信任自己的嘴巴，不知道會說出什麼話。她堅定相信法律適用於每個人，所以她不得不讓步，在同樣的法律之下，每個人都能得到辯護的權利。所以，她只能同意他。她恨的是她同意他的這個事實。

比他妻子職業更引人注意的是，他說話時臉部完全沒有表情。克洛夫特的前額和上臉頰一次都沒動過。對金而言，自願把已知最強毒素的衍生物注入自己體內的作法，未免太超現實。對一個年近五十的男人而言，這實在令人厭惡。她覺得自己好像看著一尊蠟像，而不是真人。

他指指周遭。「妮娜喜歡過舒適的生活，我很幸運，有個很愛我的妻子。」

他口中的說法本意在自貶，同時也想展現魅力。但聽在金的耳裡，只覺得自喜和自滿。

也許程度還不及你對自己的愛，金很想回嘴——但幸好一名年輕女郎端著大盤出現，及時阻止她開口。這個苗條女郎的一頭金髮也是溼的。

金和布萊恩心照不宣地互望一眼。天哪，他和他妻子之間沒有堅定的道德羈絆。

壁爐的紅磚邊牆上掛著照片，裡頭有兩個打扮完美的男孩，她真為他們擔心。

瑪塔一離開會客室，李查便把銀茶壺裡的茶倒進三個小杯子裡。

金看不到牛奶也聞不到咖啡因。她抬手婉拒。

「我一直想過去找你們並且提供協助，但我最近忙著選民的事。」

是啊，金相信他的選民一定會堅持要他放縱地和聘雇的管家在中午享樂。他連說話的語調都很虛偽。她納悶的是，不知她在辦公室裡會不會比較可靠。但在這裡，在他家奢華的環境中，知道他本來想做什麼，她壓不下一波波對他的厭惡。

「現在我們過來了，如果能讓我們問幾個問題，我們就會離開。」

「當然，請說。」

他坐在他們面前的沙發椅上，往後靠向椅背，把右腳跨在左腳膝蓋上。

金決定從頭開始。她身上的每個細胞都厭惡這個男人，但她會努力不讓個人意見影響專業判斷。

「你知道泰瑞莎・懷厄特不久前遭人殺害嗎？」

「好可怕。」他表情不變地說：「我送了花。」

「我覺得這麼做很體貼。」

「小小心意。」

「你知道湯姆・柯帝斯的事嗎？」

克洛夫特搖頭，接著低下頭。「太可怕了。」

金敢拿自己的房子當賭注，他一定也送了花。

「你知道瑪麗・安德魯斯最近也過世了嗎？」

「不，我不知道。」他看著自己的辦公桌。「我得寫張條子送……」

「送花。」金替他把話說完。「你記得一個叫做亞瑟・康諾普的員工嗎？」

李查似乎思考了一下。「是的，記得，他是值班人員的其中一個。」

金想著，如果這個人之前真的抽出時間到警局找他們，他能提供什麼協助，因為他現在看起來不怎麼熱心。

「我們今天稍早和他談過。」

「希望他安好。」

「他對你倒是沒有特別的祝福。」

李查笑了，伸手去拿他那杯綠色的液體。「一般人對主管的記憶不會太愉快。特別是懶惰的人。我斥責過康諾普先生好幾次，都是有憑有據的。」

「比方說？」

「值班時睡著，工作不仔細……」

他拉長語調，彷彿他還有更多理由。

「還有呢？」

李查搖頭。「不過是一些日常的糾正而已。」

「威廉・沛恩呢?」

金看到他的雙眼一閃。「他怎麼樣?」

「嗯,他是夜間警衛。他也經常受你責罵嗎?」

「一點也沒有。威廉是模範員工。我想你們應該知道他的個人狀況吧?」

金點點頭。

「威廉不會做任何可能讓他失業的事。」

「你會不會說大家對他比對待亞瑟・康諾普好?」金追問。這裡有點蹊蹺。她感覺得到。

「老實說,我們可能對一兩件事視而不見。」

「比方說哪些事?」

「比方我們知道他女兒狀況特別不好,或鄰居沒辦法看顧她時,威廉偶爾會回家,但是他從來不會留下女孩們沒人照顧,所以我們沒有追究。我是說,我們知道,但是……」他聳聳肩。

「妳會想要和他交換處境嗎?」

「除此之外呢?亞瑟指稱——」

「真是的,督察。我覺得亞瑟・康諾普天生刻薄。如果你們見過他,你們應該知道他是人生的受害者。所有發生在他生命中的壞事都是別人的錯,不是他自己能控制的。」

「今天稍早,他可能沒說錯,一輛車從後面撞上他,肇事後逃逸,把他丟下來等死。」

李查．克羅夫特吞了吞口水。「那他……死了嗎？」

「我們還不知道，但看來不怎麼樂觀。」

「喔，天哪。好可怕，真是不幸的意外。」他深深嘆口氣。「呃，這麼一來，我老實把全盤事實告訴妳應該不會造成傷害了，督察。」

「請說。」金說。她看不到彷彿能把實話從他嘴裡拉出來的野馬。

「火災發生前不久，我注意到亞瑟一直在供應幾個女孩毒品。不是什麼嚴重的毒品，但終究是毒品。」

「為什麼？」金銳利追問。如果亞瑟被發現，他的作為可能會讓他丟了工作，留下犯罪紀錄，還可能被送進費瑟史東男子監獄關好幾個月。

「威廉是夜間看守，他兩天連休會請人代班。亞瑟偶爾會接下工作賺加班費。其他員工不知道亞瑟在夜班的前半段時間花在酒吧裡。幾個女孩發現這件事，藉機利用他。」

「她們勒索他？」布萊恩問道。

「我不會用這個字眼，警官。」

他身為當年兒童之家的負責人，金認為他確實不會這麼說。

「亞瑟擔心丟了工作，所以沒有說出來。」

「他該說的。」金爆發了。「他必須照顧十五到二十個從六歲到十五歲不等的女孩，他不在的時候，任何事都可能發生。」

李查詫異地看向她。「妳能寬恕那些女孩的行為嗎，督察？」

不，她不能，但是到目前為止，在這些受託照顧女孩的人當中，她還沒看到哪個人真正在乎。

她審慎地遣詞用字。「我不能。但不管怎麼說，倘若亞瑟做好他的工作，他一開始就不會讓自己陷入那樣的處境。」

他微笑表示同意。「說得有理，督察。但與這件事有關的女孩們並不是模範公民。」

金努力壓下突然冒出來的怒氣。這些女孩的行為自動讓她們變成沒有道德的青少年罪犯，沒有未來也沒有前途。再加上，有亞瑟．康諾普這種例子，她一點也不驚訝。

金納悶的是李查為什麼要突然說出亞瑟的事。他能從中得到什麼利益？

李查往前坐。「再來點茶？」

「克洛夫特先生，對於你所有前同事以不合理的速度過世，你似乎不特別焦慮？」

「依我算，這當中有兩起謀殺案、一件自然死亡，和一樁有可能致死的意外。」

「多年以前，克里斯伍德究竟出了什麼事？」她的問題犀利。

李查．克洛夫特絲毫沒有遲疑。「我希望我知道，我只是在機構運作的最後兩年在那裡工作。」

「在那段時間，逃跑的人數一定增加了，是不是這樣？」

他直視著她，但在他算計過的鎮定之下看得出一絲惱怒。她的問話技巧從廣泛到刺探。他不喜歡她質疑機構在他任期內的管理。

「無論規定的立意有多好，幾個年紀最小的女孩就是不喜歡遵守。」

在金的記憶中，多數規定都是為了方便員工而制訂，不是為了孩子。

「你剛剛說的是亞瑟，那麼你自己和克里斯伍德的女孩相處得如何？」

「沒有太多接觸。我到克里斯伍德是為了管理機構，讓那個地方有效率地運作。」

他一直用「機構」這個字眼，讓克里斯伍德聽起來比較像布羅德莫那種高度安全戒備的精神病院，而不是棄兒之家。

「克洛夫特先生，你有沒有理由相信你哪位前同事會想傷害任何一個女孩？」

他站起來。「當然沒有。妳怎麼連這種問題都問得出來？這麼說太可怕了。機構裡的每個員工都很照顧那些孩子。」

「因為有薪水。」金來不及阻止自己，話已經說出口。

「不支薪的人也一樣。」他回嗆：「連牧師都沒辦法突破某些女孩的心防。」

「亞瑟呢？」

「他犯了錯，但他絕對不會傷害任何人。」

「我明白，克洛夫特先生，但我們發現一具顯然是少女的屍體被埋在克里斯伍德的原址，我有絕對信心可以推理出她不是自己跑進土坑裡的。」

他直挺挺地站著，用手指扒頭髮；這是他聽到她的話後，唯一的肢體反應。注射了肉毒桿菌的面部，表情則是難以判讀。

「克洛夫特先生，你或任何你認識的人有沒有對密爾頓教授的挖掘計畫提出抗議？」

「絕對沒有。我沒理由那麼做。」

她站起來面對他。「問完最後一個問題，我就不打擾你了。泰瑞莎被謀害的那天晚上你在哪裡？」

他整張臉漲得通紅，指向門口。「謝謝你們立刻離開我家。我要收回我願意協助的說法，後續有任何問題請透過我的律師聯絡。」

金走向門口。「克洛夫特先生，我很樂意離開你妻子的房子，感謝你花時間配合。」

走出前門時，正好有一輛荒野路華休旅車開上碎石道。司機沒把車停在另外兩輛車中間，這表示那裡通常會停另一輛車。

一名苗條女人下了車，拿起後座的手提箱。她身穿黑色正式套裝，窄裙的長度在膝下，小腿下方是一雙四吋高的高跟鞋，一頭又黑又亮的長髮往後梳成嚴肅的馬尾辮。

「她究竟看上他哪一點？」布萊恩問道。

金搖頭，坐進車裡。那對夫妻家的前門關了起來。這世上畢竟還是有神秘難解之謎。

布萊恩發動汽車，排到倒車檔。「老闆，妳到底會不會找出和善待人的方法？」

她嘆口氣，回頭看那棟房子，在那一刻，她想到威廉．沛恩和他的女兒露西。命運的安排肯定有缺陷。

「妳在想什麼？」布萊恩問她。鐵門滑向一側讓他們出去。

「我在想他聽到有個女孩被埋在土堆下時的反應。」

「他的反應怎麼樣？」

「他甚至沒問我們是否辨識出身分。不管我們說什麼，他都不驚訝。肉毒桿菌也許會麻痺他的臉孔，但不能控制他的雙眼。」

金的直覺對李查·克洛夫特先生有不好的反應。她可以確定他知道某些事。但她還在追逐那條無法捉摸的線頭——最後一片掛著的棉布一旦掀開，克里斯伍德的秘密便會暴露出來。

39

「他們想做什麼?」妮娜・克洛夫特問道。她把手提箱放在玄關地板上。

「他們來問克里斯伍德的事。」李查回答。他跟著妻子走進廚房。相處了十五年後,她的兩項特質仍然讓他感到驚奇。

一是,她仍然和他們初見面那天一樣美豔動人。他一頭栽入愛情中,對他而言,不幸的是他到現在仍然沒有改變。

第二點,是七年來沒有離開過她雙眼的冰冷孤傲。

妮娜來到大廚房中間的中島旁邊。他站到另一側。她隔著從未用過的法國廚具面對著他。

「你說了些什麼?」她質問道。

李查垂下雙眼。七年前,他沉溺在陣陣狂喜中。看著他美麗的妻子生產撩動他內心的保護欲和愛意,他以為自己和妻子的連結牢不可破。他覺得自己可以將一切託付給她。

兩天後,李查把哈里遜放回他的小床,心想自己和妻子夠親密,於是說出多年來藏在心裡那件有關克里斯伍德的秘密。此後,他們再也不曾同床。

她不憤怒,沒有反控,也沒威脅要告發他。冰霧降在兩人之間,再也沒有升起。

「他們問了些什麼?」

他逐句重述他們的對話。她的情緒完全沒有波動，直到她聽到最後幾個問題時，她的臉頰才抽動一下。說完話等她回應時，他感覺到髮際線下逐漸凝聚出一滴汗珠。

「李查，我幾年前就告訴過你，我不會容許你過去犯下的錯誤影響我或孩子們的生活。」

「是在妳永遠離開我的床那晚嗎，甜心？」

她語氣中不時出現的勉強容忍，就像踢在他肚子上的一腳，有時候，他的骨氣會令人驚訝地突然出現。

「是的，親愛的，那夜你坦承一切後，我過去曾經感覺到的任何吸引力都消失了。如果對克里斯伍德進行調查，會揭露你當年伸手掏那機構的錢，未免太可恥了。」她抬起雙眼看著天花板，彷彿在對哈里遜說話。「拿走原本屬於那些女孩的錢應該受到譴責，親愛的。」她冰冷地說：「但你卻掩飾這件事。嗯……老實講，我實在無話可說。」

再一次地，他詛咒自己那晚對她的完全坦白。沒錯，他為自己拿了些額外的薪水，可是那本來就該屬於他，反正那些女孩也不差那些錢。她們的基本需求一直都受到照顧。

他妻子臉上的厭惡一路鑽進他那顆拒絕讓她離開的心。克洛夫特的立即反應是反擊。用足以激起任何情緒的方法傷害她。

他歪著頭，露出微笑。「嗯，雖然我的妻子不願意，但至少我還有個人隨時願意給我愛。」

李查屏住呼吸。他歡迎任何帶著真實情緒的反應，歡迎任何足以象徵他們曾經擁有的一切，就算是餘燼也好。

她大聲笑了。這聲音並非出自喜悅或快樂。「你是指瑪塔嗎？」

這不是他期待中的反應。一抹詭秘的微笑爬上她的臉。

整個廚房開始壓擠他。「妳……妳知道瑪塔的事？」

「才知道而已嗎，親愛的。我可是為此付了一大筆錢。」

李查往後退，彷彿挨了她一記耳光。她在說謊。一定是。

「喔，李查，你這個可笑的老笨蛋。瑪塔靠這個工作養活她在保加利亞的一大家子。她的年薪確保他們有東西吃。她的……加班費可以送她兩個弟弟上學，所以，如果她急著和你上床，那是因為她依小時計費。而我樂於付錢，因為她值得。」

聽到這個醜陋的真相後，李查感覺到自己漲紅了臉。今天稍早，瑪塔表現得很急切。

「妳這無情的婊子。」

妮娜沒理會他的侮辱，自顧自地轉向咖啡機。「我早就告訴過你，我不會讓任何醜聞連上我的名字，連暗示都不行。我非常努力工作才得到現在的生活，而因為你在大眾心目中的聲望，我不介意你帶著乘客同行。只要你安靜行事就好。」

李查強烈覺得自己的生命讓他作嘔。他對妻子的唯一用途，只有身為議員帶來的地位和聲望，這份事業讓她體面，為她不受歡迎的客戶層帶來平衡。

「別這麼驚訝，親愛的。這個安排運作得很好，應該繼續下去。」

知道這件事之後，再想到和瑪塔上床，他就覺得雞皮疙瘩爬滿身。有時，李查覺得他們有真心的關係，沒想到那不過是加薪的效果。

「可是妳為什麼挑瑪塔？」他問道，她的坦白依然讓他震驚。

「我的形象就是一切，我不會允許你玷污。你是男人，你有你的需要，但我絕對不會容忍你上街找帶病的妓女，讓我的孩子們暴露在危險當中。」

他看著妮娜掏出她的手機。「好了，現在像個好孩子那樣乖乖走開，我要繼續替你清理善後。」

李查面臨抉擇。他握拳的雙手垂在身邊。他可以轉身走開，離開這棟房子，離開妮娜的冷漠和控制。

他大可直接去警察局，放下內心的負擔。他可以逃脫這個女人的掌握和他的生活。

他想到自己擔任議員的微薄薪水：六萬五千英鎊。即使是再有創意的會計也沒辦法拉近他和六位數收入的巨大差距。他的月薪勉強夠支付水電費用。他妻子的薪水要支付房子貸款、幾輛車子和每個月第一天落到他帳戶裡的五千鎊零用錢。

李查緊握的拳頭落下來。他用九K金的拖盤盛著他的骨氣，轉身走進書房。

走進書房關上門之後，他才擦掉耳後的汗珠。他僅存的一絲驕傲讓他不至於在妻子面前這麼做。

泰瑞莎和湯姆遭人謀殺，亞瑟也快死了。李查想要相信他們的死亡是巧合。他必須這麼想……因為，不相信只代表一件事：他可能是下一個。

40

金趁布萊恩開車到麥當勞得來速點餐時打電話給史黛西。

「史黛西，我們馬上會需要從前住克里斯伍德那些女孩的地址，因為員工人數迅速下降中。」

「是啊，我們這裡也聽說了。伍瓦德已經下來找過妳。」

「伍瓦德在追殺我。」她低聲告訴布萊恩，史黛西則開始敲鍵盤。

布萊恩扮個鬼臉。

「好，名單上的第一個是，喔，其實是兩個。一對叫做貝瑟妮和妮可拉的雙胞胎。這個地址是妮可拉在伯明罕布林德利的住處。」

金讀出地址，布萊恩草草記下。

「好，妳能追蹤到妳之前提過的牧師嗎？他的名字再次出現了，所以我覺得他可能值得拜訪。女孩們可能會和他說話。」

「馬上辦，老闆。」

「謝了，史黛西。道森那邊有什麼消息嗎？」

「我沒聽說。」

金掛斷電話。

「在今天稍早的事情過後，我們真的該先回局裡一趟。」布萊恩說。

金很清楚，他們應該先向伍瓦德簡報肇逃事件，並且遵循隨著目擊任何「重大傷害事件」而來的程序，但這麼一來，他們永遠出不了警局。

「我稍晚會寫報告，也會去找伍瓦德，但我們時間不夠用了。到目前為止，在克里斯伍德關閉時的員工當中，我們已經損失四條人命。」

她咬了一口麥香雞。這東西吃起來像是兩片中密度纖維板夾著一塊瓦楞紙。她把麥香雞放到一旁，再次拿出手機。

道森立刻接聽。

「怎麼樣？」她問道。

「持續進行中。凱芮絲手拿工具蹲在土坑裡，所以我們離無論下頭是什麼東西都不遠了。」

金聽得出他聲音中的疲倦。「你去拜訪了威廉．沛恩嗎？」

「有，老闆。我打過電話給家居防盜系統公司，確認警鈴運作正常。我清理也測試了前後院的溫度感應器，感應器的有效範圍是十五呎。我請他搬開籬笆邊的幾盆植物，幫露西的緊急按鈕換電池以防萬一。

「喔，我還請每位巡邏員警把沛恩家列入巡邏清單裡。」

金微笑著，這就是道森在團隊裡的原因。有些時候，當道森的主管就像教育學步兒童的母親。有些時候他會挑戰她的耐心極限，但在其他日子，他則是把工作做得無懈可擊。

「順便讓妳知道一下，老闆。我從無線電裡聽到的，亞瑟．康諾普死了。」

金沒說話。她早知道他撐不過去。

「蒐證人員還是封鎖住道路。天曉得，說不定可以找到什麼證據。」

金結束這通電話。「康諾普。」她輕聲說。

「死了？」布萊恩問道。

金點點頭，嘆了一口氣。若要她誠實說，亞瑟的死實在難以衡量得失。他的妻子明顯對他的行蹤沒有興趣。他們訪談過的人當中，無論是過去或現在，沒有人對這個男人懷有任何感情。也許莫琳從每週啤酒和麵包銷售量下降的角度來看，對他的過世會有所感慨，但真心哀悼他的人不會太多。

金願意想像那個粗魯、可憎的男人也曾是個正直的人，後來才隨著年紀越來越刻薄，但他十年前公然忽視自己的職責，這摧毀了她虛假的希望。她懷疑莫琳說得沒錯，亞瑟一直是個自私惡毒的人——但她現在納悶的是，他有沒有可能比自私惡毒更惡劣。為了遮掩自己的形跡，他會做到什麼程度？

布萊恩拿紙巾擦嘴時，金瞥了儀表板的時鐘一眼。這時才剛過三點，局裡有一大堆文書工作要做。這天已經夠長夠辛苦的了，她明天隨時可以開始研究女孩們的清單。她的身體需要沖洗和休息。

「那麼妳要我開車到伯明罕嗎，老闆？」

她微笑著點頭。

41

布林德利是英國最大的多功能再開發區，佔地十七英畝。運河邊的幾座工場和一所維多利亞式建築的學校都已經翻新，建築風格各異。

整個計畫於一九九三年開始，現在有三個不同區域。

布林德利區有各色各樣樓層不高的建築物，分別是豪華辦公室空間、零售商店和藝廊。水岸區有酒吧、餐廳和咖啡館，交響區則是漫布的住宅。

「老闆，我們究竟哪裡做錯了？」布萊恩問道。他們站在愛德華國王碼頭這棟建築物的四樓。來應門的是個有運動員身材的苗條女郎，她穿著黑色緊身褲和一件緊身運動胸罩。她的臉色因為剛才勞動或運動而泛紅。

「請問是妮可拉．亞當森嗎？」

「兩位是？」

布萊恩掏出警官證，為兩人自我介紹。

她站到一旁，請他們進入開放式的頂樓公寓。

金踏上延伸到廚房區域的山毛櫸地板。

一套白色皮沙發斜放著，面對壁掛式大尺寸平面電視。電視下面有嵌壁式的各種電子設備，所有電線管路都沒有外露。

天花板安裝了聚光燈，圓石火爐上方配置了幾盞嵌燈。

柚木椅圍繞的玻璃餐桌象徵客廳到此結束，過了山毛櫸地板，再過去就是石地磚。

金估計這個起居空間應該在一千五百平方呎（約四十二坪）左右。

「請問要喝點茶或咖啡嗎？」

金點點頭。「咖啡，越濃越好。」

妮可拉．亞當森開朗地微笑。「今天不好過，是吧，督察？」

她走進由櫃子架構出來的廚房，白色亮面的櫃子上有棕色木條點綴。

金沒有回答，但繼續在這個空間走動。左邊的整片牆是玻璃材質，由幾根圓形石柱支撐。玻璃後方有個陽台，不必走出去，金就能看到布林德利環形運河。

稍遠，東方屏風半遮著牆邊的跑步機。嗯，她推想，如果想運動，這真的是理想的方式。對一名二十多歲、下午還留在家裡的女性來說，這個空間讓人佩服。

「妳做什麼的？」金直率地開口。

「抱歉？」

「妳這地方很好。我只是在想，不知道妳怎麼付錢。」

金的圓滑和委婉在早上十一點左右就用掉了。這天越來越漫長，妮可拉要嘛就回答，要嘛就不說。

「我不確定這關妳什麼事，但我可以告訴妳，我的工作沒有違法，我是個舞者，特殊舞者，而且我的舞正好跳得很棒。」

金猜想她應該是。她的動作自然優雅又輕盈。

她端著一個拖盤，上面放著兩個冒煙的馬克杯和一瓶水。「我在羅克斯伯俱樂部工作。」她說，彷彿這足以解釋一切，對金而言也確實奏效。這個俱樂部採會員制，提供專業人士成人娛樂。因為經營管理十分嚴格，因此甚少有警察來訪，和伯明罕市中心其他俱樂部不同。

「妳知道我們為什麼過來嗎？」布萊恩問道。他稍早犯了錯誤，一屁股坐在豪華沙發上，現在只能掙扎著往前挪動，免得被沙發吞噬。

「當然。我不確定我能幫上什麼忙，但請隨意，你們可以問我任何問題。」

「妳在克里斯伍德時幾歲？」

「那不是一段完整的時間，督察。我妹妹和我從兩歲起就經常進出兒童之家了。」

「照片裡的妳幾歲？」金問的是一張她身邊小桌上裱了銀框的照片。

照片上兩個女孩長得一模一樣，連衣服也是。兩人身上又白又挺的襯衫是從免費制服店領來的。金清楚記得這些衣服和隨之而來的免費奚落。

她們穿著相同的粉紅色開襟毛衣，左手邊都繡著花朵圖樣。除了頭髮外，兩個女孩沒有不同。一個蓬鬆的金色鬈髮飛揚，另一個則梳到腦後綁成一束像球一樣的馬尾。

妮可拉伸手拿照片，面帶微笑地說：「我對這兩件開襟毛衣的印象好深刻。小貝的掉了，想偷拿我的。這大概是我們從前唯一一次的爭吵。」

布萊恩想開口，但看到金的表情便立刻住嘴。妮可拉的表情變了，她不再看著照片，而是看穿了照片。

「那兩件毛衣看起來可能不怎麼樣，卻是我們的寶貝。瑪麗想找兩個女孩幫忙把油漆擦乾淨，小貝和我自願幫忙，因為瑪麗是個盡心盡力的好女人。那天工作結束後，她給我們幾鎊當作工資。」妮可拉終於抬起雙眼。她的表情既哀傷又留戀。

「你們跟本沒辦法想像我們當時的感覺。隔天早上，我們去布萊克希斯逛市場。我們花了一整天時間逛攤位，決定該買什麼，那兩件開襟毛衣不是什麼值錢的衣服，但卻是我們的，是全新的，不是年紀較大的女孩傳下來的，也不是慈善機構的二手衣。那兩件衣服是新的，是我們的。」

妮可拉的右眼流出一滴眼淚，她放回照片，擦擦臉頰。

「聽起來很傻，但你們不可能真正瞭解……」

「可以，我懂。」金說。

妮可拉迎視金的視線，過了幾秒，才點頭表示明白。

「現在回答妳的問題，照片裡的我們十四歲。」

布萊恩看著金，她打個手勢要他繼續問。「妳們接受照顧的時間都住在克里斯伍德嗎？」他問道。

妮可拉搖頭。「不是的，我們的母親海洛因上癮，我想說她盡力了，但是她沒有。在我們十二歲以前，我們分別待過幾個寄養家庭和兒童之家，我們的母親戒癮後會接我們回家。我其實記得不太清楚。」

金從她的雙眼看出回憶對她完全不困難。

「可是妳們有彼此。」金看著照片說。曾經有六年時間，她也有相同的感覺。

妮可拉點點頭。「是的，我們有彼此。」

「亞當森小姐，我們有理由相信在那片土地發現的屍體可能是住在克里斯伍德的女孩。」

「不，」她搖著頭說：「不會吧。」

「在克里斯伍德那段期間，妳記不記得任何能夠幫助我們的事？」

妮可拉的雙眼轉來轉去，像是忙著搜尋記憶。她和布萊恩都沒有說話。

慢慢地，妮可拉搖頭。「我真的想不出什麼事。小貝和我不和別人來往。我沒有什麼資訊可以提供。」

「妳妹妹呢？妳覺得她能幫忙嗎？」

妮可拉聳聳肩，這時金的手機響了。兩秒鐘後，布萊恩的手機也跟著響。他們兩個都找出手機掛斷電話。

「對不起，」布萊恩說：「妳剛才說什麼？」

「說不定小貝會記得什麼事。她現在和我住在一起。」妮可拉看看腕錶。「如果你們願意等，她應該再過半小時就會到家。」

金放在口袋裡的手機開始震動。「不，這樣就可以了。」說完話，她站起來。

布萊恩也跟著站起來，主動和妮可拉握手。「如果妳想起任何事，請打電話給我們。」

「當然。」她說，送他們走到門口。

金轉身，雖然希望不大，但她想大膽一試。「妳記不記得有哪個女孩特別喜歡圓珠？」

「圓珠？」

「或串珠手鍊？」

妮可拉想了想，接著用手緊緊捂住嘴巴。

「有，有，有個叫做梅蘭妮的女孩。她年紀比我大，所以我和她不熟。她是那群愛惹麻煩愛搗蛋的『酷女孩』其中一個。」

金屏住呼吸。

「對，現在我想起圓珠了。她分了幾顆給她最親密的朋友。她們像一個小團體。」

妮可拉開始點頭。「沒錯，她們總共有三個人，全都有圓珠。」

金覺得胃部一沉。她可以打賭，那三個女孩全跑了。

42

他們坐進車裡時，布萊恩說：「該死！」

金覺得反胃。「你想的和我一樣嗎？」

「如果妳想的，是可能還有一具屍體等我們去發現，那就是了。」

「把『可能』改成『大有可能』，我們的推斷應該正確。」金繫上安全帶，轉頭說：「你記下那幾個名字了，對吧？」

布萊恩點頭。她掏出手機，他也跟著做。

「兩通未接電話和一通語音訊息，都是道森。」她說。

「打電話給我的是伍瓦德。」

他們分別進入自己的語音信箱。金聽完道森激動的聲音後，刪除了訊息。

「道森要我直接回現場。」

布萊恩低聲地笑。「伍瓦德要我在和上次一樣的時間內把妳送回局裡，但據我所知，即便天才如妳，也還不能同時出現在兩個地方。」他轉頭問她：「所以，老闆，選項一還是選項二？」

金看著他，揚起一邊眉毛。

「對，我想妳就是要這麼說。」

43

布萊恩把車停到現場。他花了四十分鐘，開了八哩路，從伯明罕市中心趕回來。

金拉開車門。「去找道森，確定他沒事。」

「是的，老闆。」

她快步走向第三頂帳棚。這地方看起來開始像個嘉年華會場，而不是犯罪現場了。她在入口處停下腳步，轉頭看斜坡下方那排房子中央那棟和困在裡面的人，揮了揮手。以防萬一。

她走進帳棚時，凱芮絲轉頭看過來。

金低頭看土坑。「她上哪兒去了？」她問道，未加思考就斷定了屍體的性別。除了她的直覺，沒有任何方式可以確定第二具屍體的性別是女性，而對她而言，她的直覺通常可靠。

「丹尼爾把骸骨移到另一個帳棚去了。大約半小時前搬過去的。我們篩過土坑三分之一的土壤，我覺得妳可能會想知道我們找到更多……」

「圓珠。」金替她把話說完。

「妳怎麼會知道？」

金聳聳肩。「還有別的事嗎？」

凱芮絲重重嘆氣，慢慢點頭。「我們檢測過這塊地，發現了……」

「另一處土堆。」金再次打斷她。

凱芮絲把右手搭在臀上。「我是不是該回家去了？」

金微笑著。「抱歉，我只是累了。今天又是那種倒楣的日子。明天可以完成這第二區嗎？」

「明天早上的第一件事是開始挖掘第三區。我們還沒標注位置。我們不想讓那些禿鷹有搶先起步的優勢。」凱芮絲指的是媒體。「我們還不確定第三區的異常是另一具屍體。」

金心裡非常確定。

「媒體看著我們的一舉一動，所以我要他們完成檢測後，打包把設備帶走，把第三區清空，免得引起媒體懷疑。」

「如果妳沒有標注位置，妳怎麼知道該挖哪裡？」金問道。

「我從帳棚邊緣跨步測量過。相信我，我會知道的。」

金確實相信她。

「好消息是明天第一區可以關閉，開始回填了。只要一切停止，第一頂帳棚就可以移除。」

「有沒有其他值得注意的事？」

「幾片布；全都貼上標籤，裝袋送回實驗室了。對確認身分說不定有所幫助。」

和妮可拉見過面後，金猜想，那只會是三人小團體一名成員。

「還有嗎？」

凱芮絲搖搖頭，轉身離開。

金很欣賞凱芮絲的韌性。她承認，除了破案，她的動力還來自其他因素。無論她多麼努力說服自己這沒有什麼不同，但其實還是有。她知道這些女孩在過去受過什麼苦。她們當中，沒有任何一個是在某天醒來後，自主選擇已經安排好的未來。她們的表現無法追溯到特定的年、月、日和時間，那是一段漸進的旅程，有高峰有低谷，直到最後，環境還是扼殺了希望。

一向都不是什麼大事。金記得大人只曾稱呼她「孩子」。她們都是大人所謂的「孩子」，這麼一來，員工就不必費心記住她們的名字。

金心知肚明，她需要為這些被人遺忘的孩子尋找正義，這正是她自己的動機。除非她做到，否則她不會放慢步伐。

而她感謝所有試著追上她步伐的人。

「嘿，」凱芮絲走到門口時，金說：「謝了。」

凱芮絲微微一笑。

金走向放設備的帳棚。丹尼爾背對著她，但她看到他和另外兩個人忙著在塑膠袋上貼標籤。

「嘿，博士，你找了到什麼？」

「什麼——沒半句辱罵？」

「聽著，我很累了，但我相信我可以振作起來……」

「不必了，這樣就好。今天，沒有辱罵我也過得很好。」

金注意到貝特博士比平常消沉。在他密封起裝著頭骨的塑膠袋時，肩膀有些下垂。塑膠袋上的白色膠帶以黑色麥克筆寫下地點和袋裡的骨頭。

他的助手伸手想拿儲物盒的蓋子，但丹尼爾搖頭。「還沒有。」金覺得困惑。她從前看過鑑識人員收拾屍骨，把最重的骨頭放在最下面，然後把較輕的往上放，最脆弱的骨頭放在最上面。

一般來說，頭骨是最後放進盒子的骨頭。

她站到他身邊，這時他拿來一個三明治大小、裡頭已經墊了紙巾的盒子。一系列小骨頭排列在桌子遠端。他的手微微顫抖。

「是不是成人？」金問道。

「絕對不是成人。我現在還沒辦法告訴妳她是怎麼死的。初步檢查，她的身體沒有哪個部分受到創傷。」

他輕聲說話，語氣節制。

這下子金不懂了。「等等，博士。因為我們上個受害者未成年，所以我沒辦法脅迫你判定性別，但怎麼突然間，連骨頭都還沒帶回實驗室，你就說這名受害者是女性？」

他摘下眼鏡，揉揉眼睛。「沒錯。我可以毫不猶豫地判定二號受害者的性別，督察。」他又看著三明治盒子。

「因為這位年輕小姐懷孕了。」

44

「真是見鬼的一天。」布萊恩說。他把車子停到警局後方。離開現場後，這是他們之間的第一句話。「剛才在那裡，道森滿安靜的。」

「你驚訝嗎？」

一直到裝骨頭的三明治小盒子放進大一點盒裡，擺在母親的身邊後，道森才有辦法挪開視線。

「回家去吧，布萊恩。我會去找伍瓦德然後自己回家。」

時間剛過七點，他們連續工作六天，這時正進入第六天的第十三小時。布萊恩會一直陪在她身邊，但他有家庭，她沒有。

爬上三樓的階梯用掉她最後一絲精力。她敲敲門，在外面等待。

伍瓦德要她進去，他能把滿腔怒火控制在「進來」兩個字之間的能耐讓她非常詫異。她入座時，他已經把紓壓球握在手裡。

「你找我嗎，長官？」

「三小時前我打電話時，是的。」他咆哮道。

金看向他的右手，她敢發誓自己聽到了紓壓球懇求他饒命。

「現場有新的發展，我必須……」

「史東，妳才經歷了一場『重大傷害事件』。」

「布萊恩的開車技術沒那麼差。」她無力地嘲諷。這天太漫長。

「閉嘴。妳完全瞭解程序，而且妳必須回局裡報告並且進行身心健康檢查。」

「我沒事，問布萊恩就……」

「如果我選擇不把我的時間浪費在那上面，還請妳見諒。」他往後靠，把紓壓球換到左手。該死，警報還沒解除。

「我有義務，有照顧的責任，妳讓我幾乎無法執行這些工作。妳必須得到支援和輔導。」

金翻個白眼。「如果我需要某個人來告訴我，說我該有什麼感覺，我一定會告訴你。」

「妳的無感可能就是問題所在，史東。」

「那對我不是問題，長官。」

他往前靠，雙眼直視她。「在目前這個時間點上不是，但總有一天，所有負能量還是會影響妳和妳的工作能力。」

金很懷疑。她一直這麼處理事情，把壞事打包封箱。重點在絕對不要打開那些箱子，她只是不懂，為什麼沒更多人和她用同樣的方法。

俗話說，時間會治癒一切，而她操弄時間的技巧純熟。就時間上來看，才七小時前，她沒能搶救亞瑟．康諾普的性命，但這段時間擠進了太多事，讓她把記憶遠遠甩在後面。在她心裡，康諾普事件像是發生在上星期。因此，這件事比伍瓦德以為的發生在更久之前。

「長官，謝謝你的關心，可是我真的沒事。我接受自己無法拯救所有人的事實，我也不會因為有人死去而怪罪自己。」

伍瓦德舉起手。「史東，夠了。我已經做出決定。這件案子結束後，妳必須接受輔導，不然妳會面臨停職的處分。」

「可是……」

他搖頭。「否則，不健康的內心會毀了妳。」

她內心的東西與她無關，那些東西鎖住而且控制得宜。她唯一的恐懼是釋放。釋放必然是她毀滅的徵兆。

她重重嘆氣。那會是改天的戰爭了。

「這件事沒有討論餘地，但在妳離開之前，另外還有一件事。」

棒透了，她心想。

「我接到警司的電話，而他接到了總警司的電話，他們都希望把妳調離這個案子。」他往後坐。「所以，告訴我妳今天招惹了誰？」

騙他沒有意義。看來她真的惹火了某個人。

「長官，我可以開一張清單給你，但名單不可能完整。不管怎麼說，我想，會氣到那種地步的人應該是李查．克洛夫特，可是我無法想像他有那種影響力。」

兩人四目相接，瞬間都沒有說話。「他的妻子。」他們異口同聲地說。

「妳對他說了些什麼？」

她聳聳肩。「說了很多。」她回答，心想克洛夫特的妻子畢竟還是非常愛他。

「證人還是嫌犯？」

她扮個鬼臉。「兩者都有一點。」

「該死，史東。妳要什麼時候才知道這個層級的警務工作存在著政治因素？」

「不對，長官，警務工作中要考慮到政治因素的是你的層級。我的還是揭露事實。」

伍瓦德瞪視她。金想表達的並不完全像聽起來那樣。她仰賴的是他能瞭解，於是選擇閉嘴來改變態度。

她揚起下巴。「所以你打算遵照指示撤換我嗎？」

「史東，我不需要妳用激將法，也會充分展現骨氣。我已經讓他們知道妳會繼續帶頭調查這個案子。」

金微笑了，她早該知道的。

「那個議員顯然想隱瞞什麼事，要不然也不會放狗咬人。」

這麼多天以來，這是他首度對她露出類似微笑的表情。「所以我猜，我最好也放開我的。」

「是的，長官。」金微笑著說。

45

金先看著布萊恩，接著看向史黛西。「好，又是新的一天。道森會直接去現場，如果有進一步發展，他會打電話報告。」

「那麼，我們來總結一下。在找出身分的六名員工中，只有兩名存活，分別是李查・克洛夫特和威廉・沛恩。李查・克洛夫特不太喜歡我，所以我不覺得我們可以從他身上問出更多話。但他有事隱瞞。」

「老闆，針對教授計畫的異議當中，有兩件是由查維斯、鄧恩暨科恩法律事務所提出來的。」

「克洛夫特的妻子？」

史黛西點點頭。「她工作時用的是娘家姓氏：科恩。」

「這麼說，無論他想隱瞞什麼，她都知道。」

「值得去辦公室拜訪她嗎，老闆？」布萊恩問道。

金搖頭。「她已經試圖把我調離這個案子，我不會提供她更多子彈。」她聳聳肩。「我們得不到她的任何幫助。無論克洛夫特在隱瞞什麼，他的妻子都是同謀，而且會想盡辦法阻攔我們。」

「妳覺得她會做到什麼程度？」史黛西問道。

「要看潛在損害的程度。」金回答，她想到那棟有著鑄鐵柵門的房子、那些車子，更別提她的事業。

金站在劃分左右兩半的白板前面。板子右側的上半截又被分成四個區塊。泰瑞莎・懷厄特和湯姆・柯帝斯兩件案子的細節佔據了上面兩個區塊。下面兩個區塊分別是瑪麗・安德魯斯和亞瑟・康諾普。

「亞瑟的驗屍報告有沒有消息回來？」金問道。

「他的褲管上插著副駕座大燈的碎玻璃，沾到極少量白漆。他們正在比對。」

金瞪著白板的左半邊。她雖然無法證明瑪麗・安德魯斯和亞瑟・康諾普是遭人謀殺，但她知道他們的死，與發生在十年前的惡行有關。

你們做了什麼事？她無聲地問所有人。

白板的右半邊則是分成兩個區塊，代表已經被移走的受害人。金知道，到下班前，白板上會再次劃出更多區塊。

旁邊寫著三個名字。

梅蘭妮・哈瑞斯。

崔西・摩根。

路易絲・丹斯頓。

「身分辨認進行到哪裡？」史黛西的眼光跟著金的視線移動。

金沒有轉頭。「這三個女孩顯然自成一個小團體。我希望貝特博士能提供讓我們分辨三個受害者的線索。」

「妳覺得受害者不止三個嗎，老闆？」史黛西問道。

金搖搖頭。特定團體會被鎖定，一定有特殊理由。

「妳能在臉書上找到這三個女孩更多資料而不被人發現嗎？」

「那當然。當我問有沒有人記得我時，有個女孩問我是不是那個戴著厚眼鏡、講話結巴而且很害羞的黑人女孩。我說我是。」

金翻個白眼。「牧師呢，妳找到什麼？」

「我找到的人當中，唯一和克里斯伍德有關聯的是維多．威克斯牧師，就是辦過慈善活動的那個牧師。有幾則貼文上有他的名字，所有女孩都把他當成『父親』。他過去每個月會過去一趟，幫女孩們主持簡短的禮拜。」

「他的背景？」

「不好查。到目前為止，我只查到他在布里斯托待過幾年，在科芬特里留了兩年，曼徹斯特一年。我發了幾封電子郵件出去，看能不能有點收穫。」

「他現在在哪裡？」

「達德利。」

「什麼時候去的？」

史黛西敲敲鍵盤。「兩年前。」

「有地址嗎？」

史黛西遞了一張紙條給金，這時布萊恩正好掛斷電話。

「老闆，接待櫃檯打電話上來，妳有訪客。」

金皺起眉頭。她太忙，不可能為了一個不速之客放下一切。

「回個電，說——」

「這個不好推辭，老闆。妳的訪客是貝瑟妮．亞當森，而且她氣得要命。」

46

「我能提供什麼協助嗎？」金來到接待櫃檯前。

女人轉過身，金頓時嚇了一跳。讓她吃驚的不是這個女人有多像妮可拉，畢竟她們是同卵雙胞胎。讓金驚訝的是，這對姊妹相像之處竟然那麼少。

女人沒有要握手的意思。「我是貝瑟妮．亞當森，我要找妳說話。」

金走回走廊，示意要貝瑟妮．亞當森跟上。

金走向二號偵訊室時，身後傳來規律的嗒嗒聲。金輸入密碼，為女人拉開門，後者右手拄著枴杖穿過她面前走進去。

金注意到貝瑟妮穿著實用的及膝平底靴，搭配的黑色牛仔褲膝臀部分寬鬆，上身的厚重冬季外套差點將比姊姊瘦弱許多的她淹沒。

「我時間不多，亞當森小姐。」

「我要說的話不會用到妳太多時間，督察。」

她明顯的黑鄉口音讓金很詫異。

金點頭要她繼續說，自己默默打量這個女人的外貌。如果不是已經知道，她會以為貝瑟妮是妮可拉的姊姊，而且年紀大上許多。

她金髮往後緊緊梳成一條馬尾辮，油膩的髮根一看就知道多日沒洗。至於臉孔，雖然和妮可拉一模一樣，但顯得瘦些也嚴厲些。

活力和魅力的分派，絕對沒有偏袒這對雙胞胎的妹妹。

金發現女人似乎把全身重量都放在楞杖上。她指著椅子，但貝瑟妮搖頭。

金也跟著站著。她們隔著金屬偵訊桌面對面站著。

「妳昨天找我姊姊說過話。」

在這個女人臉上看到的嚴厲表情讓金覺得訝異。貝瑟妮的雙唇很薄，皺起的雙眉顯得更近。

金點點頭。「我們在調查案件時看到妳們兩人的名字。」

「我們沒有什麼可以告訴妳的。」

金好奇地問：「妳怎麼知道？」

貝瑟妮．亞當森搜尋金的目光，兩人互相凝視對方。她的眼光冷淡且不帶情緒，甚至連憤怒或熱情都沒有。當中有的，只有死寂和頑固。如果說，臉孔是由五官組合而成，那麼這個女人一生中從來沒有經歷過喜悅的一刻。

「我就是知道。」

金交抱起雙臂。「妳姊姊比較樂於幫忙。」

「嗯，她不懂，對吧？」

「懂什麼？」

小貝重重嘆氣。「我們小時候過得很辛苦。某個有毒癮的妓女生下我們，把我們在照護機構間送進送出，好像在圖書館借書。我們長大後，任何生活的可能性也跟著消失，因為我們沒人要。我們只有彼此。」

「我懂，亞當森小姐，可是——」

「我們在克里斯伍德那幾年不是最快樂的時光，我們的母親只是為了領取生育補助金才生下我們，妳不可能瞭解那種感覺。」

女人直視金，不讓她挪開雙眼。

金遠比自己願意承認的更瞭解。女人的舉止雖然不友善，但金有種衝動想要嘗試，想伸手相助。她知道這種防衛心從何而來，但是她身邊的屍體有新有舊，越來越多。

「那地方出了什麼事，小貝？」她靜靜地問。

「請叫我亞當森小姐，至於那地方出了什麼事，那是妳的職責，督察，但是別把我或我姊姊扯進去。這對我們沒有好處。」

「即使能幫我們找到殺人兇手也一樣嗎？」

她死板的臉上沒有顯露出任何情緒。「一樣。我姊姊太客氣，但我不同。所以，不要來煩我們。」

「如果調查過程讓我不得不再找妳們其中一人說話……」

「如果我是妳，我不會那麼做。如果妳不放我們清靜，我保證妳會後悔。」

蹤。

貝瑟妮．亞當森以不可思議的速度走到門口，在金明白自己剛剛遭到威脅時，她已經沒了行蹤。

女人這番話非但沒有讓金退卻，還帶來完全相反的結果。

現在，金的心裡出現了另一個問題。

妮可拉和貝瑟妮經歷了一模一樣的童年，但兩人卻像一年中相對的季節。所以了，究竟什麼事讓貝瑟妮．亞當森變成一個充滿敵意和恨意的人？

47

冬青樹住宅區位於比爾里丘和渥茲里之間。這個建於七〇年代的早期地方地方政府開發案佔地兩哩見方，如今是至少三個登錄有案的性侵犯居住地。

進入住宅區，總是會讓金想到但丁筆下的層層地獄。最外圈由灰色組合屋構成，這些屋子的窗戶不是破了，就是釘上木板和木條。分隔住宅的籬笆早就不見蹤影。空屋的花園成了當地社區的垃圾棄置場。路上凌亂停放著拼裝舊車。

內層是連棟住宅，每排十二戶。建築物的外牆像是粗話塗鴉競賽場，提供的內容比學校課程基本性知識更詳盡。地方政府爭來這個開發案，也失掉了這場戰爭。金不必下車，也知道走廊上散發出惡臭，這地方賣的藥比藥妝店還多。

住宅區的中心是三棟俯視、監看其他住宅的高樓。儘管地方政府反對，這裡仍住著被其他地方住宅區逐出來的家庭，這些人坐牢服刑的時間加起來，久到足以帶人回到冰河時代。

「妳知道嗎，老闆，如果托爾金[11]真的是以黑鄉來為黑暗魔君索倫的領地魔多命名，他一定是往這裡看。」

---

[11] 一八九二—一九七三，英國作家、詩人，著有經典奇幻小說《魔戒》。

金沒有反對。這個地方遭到希望遺忘。她知道——因為冬青樹曾經是她生命中前六年的家。

布萊恩把車子停在一排建築前面，這裡曾經是社區商店。最後一家停止營業的是書報亭，原因是遭到兩名十二歲男孩持刀搶劫。

從前曾經是薯條店的中央建築現在一星期開一次門，是社區的社會服務中心。七個十五歲左右的女孩在入口處逗留，以身體和態度塞滿門框。布萊恩看看她，金微笑以對。

「出手別太重啊，老闆？」

「當然不會。」

金站到帶頭女孩的面前時，布萊恩往後站。女孩的頭髮染了三種深淺不同的紫色，臉上稚嫩的皮膚上打了各式金屬釘環。

她伸出右手。「入場費。」

金迎向她的視線，努力忍住笑容。「多少？」

「一百鎊？」

金搖頭。「不行，太多了。最近經濟不景氣，妳知道的。」

女孩嘻嘻笑，交抱雙臂。「所以我才會採高價策略。」

其他幾個女孩低聲竊笑，用手肘互相輕推。

「那好，妳回答我一個簡單的問題，我們就成交。」

「我才不回答問題，因為妳進不去，賤貨。」

金聳聳肩，準備回頭。「隨便妳，我這就走，但至少依我的方式妳還有機會。」

猶豫只持續了一秒。「那好吧。」

「說說看，如果我要妳打八五折，我該給妳多少錢？」

困惑爬上女孩的五官。「媽的，我不知道……」

「看吧，如果妳去上學，看看妳能多勒索多少錢。」金靠上前去，兩人的臉只距離一吋。「現在，在我扯住妳的鼻環前，閃到一邊去。」

金的聲音仍然低沉，讓自己的目光發揮功效。

女孩回瞪了整整一分鐘，金沒有眨眼。

「大家走吧，這賤貨不值得我們費功夫。」她說。她往左邊站，其他人也跟著移動。

入口清空後，金轉頭說：「嘿，小姐們，給妳們十鎊幫忙看著車子。」

帶頭的女孩猶豫著，但第二個女孩從後面推推她。「成交。」她怒聲說。

布萊恩跟著她走進空殼建築。所有有價值的東西都搬走了，包括天花板磁磚。黑牆上，一道七呎長的裂縫從右側角落延伸到中央。

對面的角落裡站著三個男人。他們轉身看。其中兩人立刻露出驚慌的表情，經過他們面前走向門口。職業罪犯像是獵犬，相隔一個郡都能聞到警察的味道。

「是我們說了什麼嗎，孩子們？」布萊恩問道。

其中一個男孩咬牙吸口氣無禮挑釁，金搖了搖頭。這種感覺是雙方面的。

金認出留下來的男人。在追逐瑪麗．安德魯斯遺體時，他們在焚化場見過他。

「威克斯牧師，你穿上衣服我都認不出你了。」布萊恩嘲笑他。

維多．威克斯露出微笑，沒怎麼隱藏他的容忍，他一定常聽到這個評語，但老實說，布萊恩的說法也沒錯到哪裡去。

穿上牧師袍的威克斯有著威望、敬重和和藹的形象。在這裡，在一般的環境中，他看起來就是個平凡的一般人。在火葬場時，她估計牧師年近六十，但少了制服，他的年齡立刻下降十歲。淺色牛仔褲搭配藍色厚恤衫的便服強調出他肌肉發達而非肥胖的體格。

「我可以請你們喝點東西嗎？」他指著一個銀色茶壺問道。

金注意到他右手的無名指和小指。這兩根指頭像鉤子一樣彎曲著。她從前在不戴手套的空手拳賽拳手手上看過這種傷害。加上他比一般人高，她猜測他應該有一段拳擊手人生。

金看著茶壺，用手肘輕推布萊恩，後者回答：「不必了，謝謝呃……牧師……」

「請叫我維多。」

「你怎麼會在這裡？」金問。沒有任何神智健全的人，會自願單獨走進這個地方。

他微笑回答：「來提供希望，督察。這個地區名列全國最貧困的地區。我想讓他們知道人生還有其他道路。批判很容易，但每個人都有優點，只要去尋找就看得到。」

哈，這就對了，她想。他的聲音切換到說教模式。

「你的成功率多大？」金惱火地問：「你拯救了幾條靈魂？」

「我不計算數字，親愛的督察。」

「幸好是這樣。」她在室內走來走去。

布萊恩開口提起調查：「我們知道你曾經定期去克里斯伍德和女孩們說話，主持簡單的禮拜。」

「沒錯。」

「我們也知道威廉．沛恩曠職時，你偶爾會替他掩飾。」

「這也沒錯。我們所有人偶爾都會替他掩飾。我相信你們會同意，沒有人會羨慕他的情況。他對女兒的關照讓人敬佩。露西來到世上讓他心存感激，而且他堅持不懈地照顧她。所有員工都盡全力支持他。」他想了想，又補充說：「嗯，大部分員工。」

金在室內繞了一圈，回到布萊恩身邊。「說到員工，你能不能說說，你在克里斯伍德服務的那段期間，那地方有哪幾個員工？」

維多走到茶壺邊，金忍不住要驚訝，這件金屬製品竟然還沒被偷去賣。

他丟了個茶包到塑膠杯裡。「李查．克洛夫特剛派任經理。他的角色似乎主要是行政工作。我想，他的目標是縮減預算和提升效率。他和女孩們的接觸不多，這是他希望的方式。我老是覺得他不太和大家交際，他忙著完成工作，達成目標然後繼續前進。」

「泰瑞莎．懷厄特呢？」

「當然了，這兩人之間有些摩擦。他們沒有讓泰瑞莎升任經理，她因此討厭李查佔了那個位置。」

威克斯晃動茶包，試著讓茶葉出味。「泰瑞莎不是特別溫暖的女人，她和李查立刻起衝突。他們彼此憎恨，大家也都曉得。」

真有趣，金心想，但這無法解釋那塊地上為什麼會有兩具或三具女孩的屍體。

「我們相信泰瑞莎脾氣不小。」

維多聳聳肩，沒有說話。

「你有沒有看到什麼證據。」

「我個人沒有。」

「但是有別人看到？」金追問。

他猶豫了一下，接著雙手一攤。「我看不出這會造成什麼傷害。泰瑞莎告訴過我，說有人投訴她，但案子懸置當中。我聽說泰瑞莎脾氣失控時偶爾會掌摑或推女孩，但這次不同。她出手用力打女孩的肚子，打到孩子咳血。」

金感覺到自己開始抖腳，於是把手放在膝蓋上止住動作。

「這是投訴的內容？」

他搖頭。「相較之下，泰瑞莎關心投訴者的暗示勝過事件本身。」

「什麼暗示？」

「泰瑞莎・懷厄特因為女孩拒絕和她發生性關係才打人。」

「她是嗎？」

維多顯得不太確定。「我不覺得。關於打人的事，泰瑞莎對我老實承認，但發誓那與性無關。她知道這樣的指控會毀了她。這樣的毀謗會像水蛭一樣，一輩子和她的名字連在一起。」

金閉上眼睛，搖搖頭。秘密不斷浮現。

「投訴者是誰？」金問道。她敢拿她的重機、房子和工作打賭，投訴者一定是三人小團體的其中一人。

「她沒說，督察。那段對話是為了她自己好，她想說出來，好釐清自己的想法。」

那當然，金想。上帝會阻止泰瑞莎．懷厄特任何說出事實的想法。

「湯姆．柯帝斯呢？」布萊恩問道。

維多想了一下才說：「你是說廚房的廚師？他比較安靜，沒和任何人起衝突。我猜你會說他有些害羞。有人說過他幾次，說他和那些女孩太親近。」

「真的是這樣嗎？」金問道。

「當年他才二十五歲左右，是員工當中最年輕的一個，所以比較能和她們產生認同感。有些人覺得也許太有同感──但那只是謠言，所以我不希望繼續評論這件事。」

「但你一定有自己的看法。」

維多臉色嚴肅地抬起右手。「沒有確切的證據，我不會損及死者的名聲。」

「這表示其他人這麼做了？」金繼續追問。

「這由不得我說，而且我不會臆測。」

「瞭解了，維多。」布萊恩安撫他。「請繼續。」

「瑪麗．安德魯斯是那種正直的女人，可能把大部分的注意力都放在女孩們身上。她很堅定，但是慈愛又有空陪伴。對瑪麗來說，那不只是工作。」

「亞瑟呢？」

維多笑了出來。「喔，亞瑟．康諾普，我幾乎忘了他。我老是覺得他是個不幸的人。我總是想，他的人生一定發生了什麼事，才會讓他那麼刻薄又充滿敵意。奇怪的小男人，他誰都不喜歡。」

「尤其是威廉．沛恩？」布萊恩問道。

維多皺鼻。「我不覺得那不是針對他個人。很難有人不喜歡威廉。我想，亞瑟討厭的，是其他員工不時會幫助威廉。他不喜歡別人得到他得不到的東西。」

「他和女孩們的互動情況怎麼樣？」

「誰？亞瑟嗎？完全沒有互動。他討厭她們每一個人。因為天性的關係，他很容易成為被攻擊的目標。她們會整他，比方說把他的工具藏起來那類的事。」

「她們會整威廉嗎？」

維多想了一會兒，臉上短暫浮現某個表情，但他搖頭。

「不會，因為威廉值夜班，所以他極少和她們接觸。」

金往前坐。他有話沒告訴他們。

「關於住在克里斯伍德的女孩們，你有什麼可以告訴我們的嗎？」

他往後靠。「她們不壞。其中有些女孩只是因為家庭狀況短期住在那裡。有些是因為家長被指控虐待兒童才進入照護系統。其他女孩在等家族成員出面認領，少數幾個則是根本沒有家人。」

「你記得那對雙胞胎，妮可拉和貝瑟妮嗎？」

笑意浮上他的眼角。「喔，記得，她們是漂亮的女孩。如果我記得沒錯，妮可拉是雙胞胎中比較外向的一個。貝瑟妮常常躲在姊姊背後，讓她負責說話。

「她們不太和其他女孩來往，我猜，那是因為她們已經有了彼此。」

「這麼說，克里斯伍德沒有問題兒童？」金問。這和她待過的所有兒童之家都不一樣。

「當然有比較棘手的女孩，無法溝通的年輕小姐。特別是三個女孩……很抱歉，我不記得她們的名字。她們分開就已經夠糟的了，聚在一起更是成了緊密的小團體。她們彼此學習，造成各種問題，比方偷竊、抽菸和男孩們。」他轉過頭。「還有其他事。」

「其他什麼事？」布萊恩問道。

「真的不該由我來說。」

「她們有沒有傷害別人？」金插嘴問。

維多站起來，走到窗邊站定。「不是什麼身體上的傷害，督察。」

「那是什麼？」她問道，眼睛看向布萊恩。

維多重重嘆氣。「她們比其他人殘酷，特別是湊在一起的時候。」

「她們做了什麼事？」金追問。

維多仍然站在窗邊。「她們當中有個女孩是本地人，所以知道露西的事。一天，她們三個提議去陪露西玩，讓威廉出去辦事。

「威廉信任每個人，於是趁機去超級市場。大約一個小時後他回到家，非但沒看到那三個女孩，也沒看到露西。

「他上上下下找遍全家。」

維多轉過身，朝他們走回來。「你們知道他在哪裡找到露西嗎？」

金感覺到自己咬緊了牙關。

「她們把她脫個精光，把她瘦小的身子硬塞進垃圾桶。露西沒有肌力，爬不出來。」他吞了吞口水。「她在垃圾桶裡卡了超過一個小時，全身上下不是垃圾、食物就是她自己的髒尿布。那可憐的小女孩當年才三歲大。」

金覺得一陣反胃。無論他們怎麼攤開這個案子的結構，線索總是立刻彈回威廉和露西．沛恩的門口。

該是再次造訪的時候了。

48

「搞什麼，這裡出了什麼事？」車子停到沛恩家門口時，金脫口大喊。屋外停著一輛急救人員的車子和一輛救護車。救護車的後門大大敞開。

她繞過兩輛車子，看到兩名急救醫護人員抬著擔架從屋裡走出來。

露西脆弱的小身軀幾乎沒辦法填滿這張代用的床。他們抬著她，好像她是個嬰兒。離開椅子後，她萎縮的四肢更明顯了。她的小臉上罩著一個氧氣罩，可是金看得見她眼睛以及目光透露出來的恐懼。

金輕碰她的手臂，但醫護人員急著把她送進救護車的後車廂。

威廉．沛恩衝出家門，臉上沒有一點血色，害怕地睜大雙眼。

「出了什麼事？」金問道。

「昨晚她呼吸困難，但金天早上似乎好多了。我上樓去換床單時，她一定又發作但沒辦法出聲。她沒辦法讓我知道。」

他們兩人站在救護車後方，醫護人員固定好擔架。

威廉紅著雙眼，努力忍住眼淚。「她成功按下連接線上的按鈕後，我才聽到遠處的救護車鳴笛。等我下樓後，她已經全身發紫了。」他搖頭，眼淚流了下來。他嚇壞了，聲音沙啞。「只因為我聽不到她求救，她可能會死。」

金開口想安撫他，但一名醫護人員從車上跳下來。

「先生，我們必須……」

「我得走了，請妳見諒……」

金將他輕推向等待的救護車後車廂。

他一上車後門就關上，救護車呼嘯著鳴笛閃燈離開。

金看著救護車離開，喉嚨一陣疼痛。

「看起來不樂觀，老闆？」

金搖搖頭，過馬路到挖掘現場。

她走進二號受害者的帳棚。凱芮絲跪在土坑裡，回頭對她露出微笑。

金朝她伸出手，凱芮絲脫掉乳膠手套，抓著金的手踏出土坑。

凱芮絲的手溫暖又柔軟，沾到了手套內側的滑石粉。

她走到土坑前端。「我聽到救護車鳴笛，一切還好嗎？」

金聳聳肩。說明露西的狀況沒什麼意義。調查的這個部分與凱芮絲無關，而金對小女孩的情緒反應連她自己也不懂，更別說試圖向別人解釋。

「一號地點完成了？」金問道。第一處墳墓已經填平，上面鋪了一些草，看起來像是失敗的植髮手術。同樣的，帳棚也已經移開，但另一頂帳棚搭了起來。

「那頭有什麼發現？」

「接近了。讀數顯示異常物在不到兩呎之下。」

凱芮絲是個科學家，在看到骨頭之前不會假設那是屍體，但金不一樣，她憑直覺就知道那是第三個女孩。現在的問題是那名受害者是哪個女孩。

「這個點稍晚會結束，下午就填平。」

「有沒有更進一步的發現？」

「我們找到圓珠。」她邊說邊走向一張折起來的擱板桌。「總共十一顆。還有這個。」凱芮絲拿起一個塑膠袋。

金接過來，試探布料的厚薄。

「我猜是法藍絨。」凱芮絲提出自己的想法。

「睡衣？」

「可能，但是只有上衣。」

「沒有下半身？」

凱芮絲搖頭。

金什麼也沒說。她腦中出現一個少了下半身衣服的畫面，讓她咬緊牙關。

「有可能是不同的布料，不成套的睡衣，布料可能已經分解。」

金點頭。她可以抱著希望。

「沒別的了？」

凱芮絲遞給她一個保鮮盒，裡頭裝滿結了泥巴的碎片。

「小片金屬，但我覺得與她的謀殺案無關。」

「接下來呢？」

凱芮絲用牛仔褲擦手。「準備去第三號現場。一起來嗎？」

金跟著她走到最新搭起的帳棚。

「來得正好，老闆。」她走進帳棚時，道森這麼說。

她低頭看，深色土壤下，清出一個不可能錯認的腳掌。

帳棚裡的七個人都低下頭瞪著淺淺的墳墓。這是不是他們多數人的預料並不重要。每具屍體都該有受到敬重的時刻，這是無聲的團結宣言，所有參與的人員都會盡全力將加害者繩之以法。

凱芮絲回頭面對她。金迎視她的目光。她的目光充滿煩惱但十分堅定。

她低沉地說出在場每個人的想法。

「金，妳得找出犯案的混蛋。」

金點頭，離開帳棚。她早就打算這麼做了。

49

「老闆，有個口信。」他們走出帳棚時，布萊恩說：「貝特博士想讓我們看個東西。」

金沒說什麼，直接走下山坡。布萊恩發動車子，往羅素霍爾醫院去。他知道什麼時候不該吵她。

她體內的怒意高漲。無論這些女孩做了什麼事，都不至於該死。讓她覺得反胃的，是某個人覺得可以隨意拋棄她們的性命。她也曾經是那些女孩其中一個，而她們都該有努力奮鬥爭取成功的機會。

人生中，坎坷的起步不能決定未來的成敗。金就是這個事實的證明。她的童年本來會帶給她一個充滿犯罪與毒品，企圖自殺或更糟糕的人生。每個路標都引導她走向毀滅，不是毀滅她自己就是毀滅他人的生命，然而她蔑視這個預先決定的人生。她手上的三個受害者沒道理不會有相同的成就。

布萊恩把車子停在醫院主要入口。

她下車邁步就走，布萊恩在電梯前面追上她。

「天哪，慢一點，老闆。我可以應付橄欖球賽，但要跟上妳又是另一回事。」

她搖頭。「加油，老爺爺，加快速度。」

金走進停屍間，看到二號受害者的骨頭擺放在一號受害者旁邊的桌台上。

金不由自主地為一號受害者鬆了一口氣，她雖然死了，但不再孤伶伶地躺在光禿冰冷的實驗室裡。如果她們生前是朋友，那麼現在兩人又相聚了。

但任何放鬆的心情都只是短暫的情緒，因為她看到二號受害者身邊的小骨架。

「那是嬰兒？」她問道。

丹尼爾點頭。

他們既沒有開玩笑也沒有打招呼。

金靠近看。這些骨頭小到還沒完全成形，這讓金更難過。

檢驗這些骨頭來尋找證據是丹尼爾的工作，同樣的，他必須假裝這些不是嬰兒的骨架。他們都必須保持客觀的科學角度，在整個過程中，他們必須將情緒抽離，而他得在未曾出生的小生命身上分析出線索。這不是她辦得到的事。

今天不會有鬥嘴的場面。

「多大？」她問道。

「骨頭在第十三週起開始發育，新生兒大約有三百塊骨頭。我估計這可憐的孩子應該在二十到二十五週之間。」

已經是條人命了，金想，在倫理學上和法律層面都是。除非有重大危險危及母親的性命，否則，通常懷孕十二週後就不能墮胎。

「那就是一屍兩命了，老闆，要算母親和孩子？」

金點頭。她伸手靠向這些骨頭。為了她自己也不知道的某種原因，她想遮住骨頭。

丹尼爾繞過桌子，站到兩個女孩之間。「我不知道這是不是幫得上忙，但我找出了一號受害者更多背景資料。她大概一六三公分高，飲食很差，我會說她營養不良。」

布萊恩拿出筆記簿。

「她的牙齒疏於照顧，下門牙長歪了。左手兩根指頭在某個時候曾經折斷，右脛骨有裂傷。這些傷勢不是死前不久出現的。」

「童年遭到虐待？」

「大有可能。」他說完話便轉過頭，但金還是看到了他吞下口水。

他看向二號受害者。「對於我們的二號受害者，我還沒找到同樣的細節，但我覺得有件事你們必須知道。」

他走到桌首，輕輕挪動受害者一號的下顎。「仔細看看她的牙齒。」

金彎腰靠上前去。她看得出丹尼爾剛才說的下門牙長歪，但除了沒有牙齦或皮肉相連，這些牙齒看起來相對正常。

「現在看二號受害者。」

金轉身，彎腰看第二個女孩的頭顱。她的牙齒長得還算直，看來沒有明顯傷痕，但整個琺瑯質的顏色有些不同。

「你清理過一號受害者？」她問道。

丹尼爾搖頭。「兩個都沒有清理。」

金對猜謎遊戲的耐心很快就蒸發。「直接告訴我，博士。」

「一號受害者牙齒間的土，是血肉分解後才進入口腔，可能是死亡五到六年後。二號受害者牙齒間的泥土從她被埋葬的那天就在裡面了。」

金很快就讀出丹尼爾的言外之意。土壤能這麼快進入口腔牙齒間只有一種可能。

這女孩遭人活埋。

50

崔西是第一個「逃跑」的女孩，有時候，我還真希望她沒有。我怎麼也想不出如何形容事後深深的悔恨和陌生感。

除非計畫出錯，否則精神病患者不會回顧，這不是天經地義的事——而這種回顧思考純粹是分析，與情感無關。

我把這個入侵者摔到地上時，世界略略傾斜了些。在她臣服後，我才明白悔恨並非來自我做的事，而是因為我再也不能見到她，再也沒辦法看著她在室內走動時擺動臀部的風姿。

悔恨，只與我失去的一切有關。

世界自己回到原來的角度。

儘管如此，我還是知道崔西的不同。有些女性甚至在小女孩時期就很突出。她們走進室內，大家會轉頭行注目禮。這和美貌無關，而是內在核心；一種無法破壞的精神，一種確保這些女孩會實踐她們所想的決心。

這非但吸引人，還會激發情慾。

我知道在崔西九歲時，她母親迪娜就以三十五鎊的價格賣了她的肉體。過了一星期，在迪娜得知市場行情後，崔西年輕肉體的售價提高了不少。兩個月後，迪娜從這個行業永遠退休。

崔西十四歲生日的兩天後，社服單位帶走了她。她被送進克里斯伍德，和其他遭受虐待——被毆打、被強暴或被忽略——的女孩安置在一起。

她並不感激。

她不是受害者，而且她想留在原來的地方。

崔西受過教訓，知道不能相信任何人，於是她瞞著迪娜藏起賺來的錢，為期有兩年之久。她沒有抱怨生命帶來的挑戰，而是把挑戰轉變成自己的優勢。

她把兒時的故事全告訴了我。這讓我想起真實故事的有聲書。也許在敘述時她一度結巴，但她很快就恢復正常，繼續說下去。

我邊聽邊點頭，給予她支持。

然後我們做愛。更正一下……是我享受性交而她掙扎不停。強暴是醜陋的字眼，而且無法定義發生在我們之間的事。

事後，她站起來直視我的雙眼。她的目光冰冷、充滿算計，和那麼稚嫩的臉孔一點也不搭配。

「你會付出慘痛的代價。」她說。

我一點也不擔心崔西會把我們之間的事告訴任何人。除了自己，她不相信別人。如果情況對她有利，她會找出方法利用這件事對付我。

我欣賞她年輕的樂觀態度，當她在幾個月後陷我於困境時，我一點也不驚訝。

「我懷孕了，孩子是你的。」她得意洋洋地說。

我雖然懷疑她這句話中的兩個重點，但仍然覺得好玩。我喜歡崔西的諸多原因當中，有一點，是她可以將任何情況扭轉成對自己有利的局面。

「所以呢？」我問道。我們都知道協商之門已經打開。

「我要錢。」她說。

我微笑了。她當然要錢。真正的問題是：她要多少。過去買賣的經驗在我的腦海裡寫下一個數字。她要的金額會是墮胎費加上一點額外津貼。這是做生意的正常價格。

我保持安靜，用的是最有效的協商工具。

她歪著頭等待。她也知道。

「多少？」我寵溺地問她。這女孩有意思。

「足夠的錢。」

我點點頭。我當然會給她足夠的錢。

「五百……」

「差得遠了。」她瞇著眼睛說。

低價開標的策略值得一試。誰知道呢，我這個方法成功過，而且是兩次……

「妳想要多少？」

「五千，否則我會說出去。」

我大聲笑出來。這比「額外津貼」多太多。「墮胎手術不必——」

「去你的，我才不墮胎。想都別想。我要錢離開這裡。」她拍拍肚皮。「去重新開始。」

這他媽的不可能發生。我是個理性的人。我知道如果她現在提出指控，不會有人相信她；但有個比對成功的行走DNA存在，我不可能自由。孩子的出生會是永遠的威脅。

這孩子絕對不能生下來。

我點頭表示瞭解。我需要時間思考，需要時間準備。

那夜稍晚，我準備妥當了。

「我們該喝一杯再分開。」我說，在一點可樂裡加入大量伏特加。

「你把我的錢帶來了嗎？」她舉杯問道。

我點頭，拍拍胸前的口袋。「妳打算怎麼做？」

「我要去倫敦，找間公寓和工作，然後回學校拿幾張證書。」

她繼續說，而我繼續為她倒酒。二十分鐘後，她的眼皮下垂，講話開始口齒不清。

「和我來，我想讓妳看個東西。」我伸出手。她沒理會，站起來又往後跌。她花了好一會兒才再次嘗試。這一次，她忽左忽右地走向門口，像隻想通過敏捷測驗的狗。我越過她，拉開了後門。一陣冷風突然迎面襲來，吹得她倒向我來。我穩住她的身子，但她雙腿絆住了，跌向地上。

她笑著，試著推地讓自己站起來。我和她一起笑，然後抓住她的胳膊帶她穿越草地。往西北走了二十五步後，我放開她。她仰著跌進土坑裡。她又咯咯地笑，我也跟著笑。

我走進土坑跪在她身邊，雙手掐住她的喉嚨。手掌接觸她皮膚的感覺激起我的性慾——就算她想拍掉我的手也一樣。她閉上雙眼，半暈半醒地在我手下扭動身體。她搖擺的臀部和波動的乳房很催眠。而且讓人無法忽視。我扯下她薄薄的短褲，一下子就進入她體內。

她的身體在我手下十分馴服，一會兒清醒一會兒又失去意識。她的扭動方式像是在作夢，沒有第一次那種掙扎。

我站起來時，她的雙眼已經往後翻。在狹窄的空間裡，我蹲在她身邊，伸手去拿扯下來的短褲。那條短褲是我的，我要保存一輩子。這條短褲可以幫我記住。

我再次把雙手放到她的脖子上，拇指停留在她喉頭上方但沒有往下壓。她雖然神志不清，但漂亮的臉蛋仍然掛著微笑。

我沮喪地跳到土坑外。第一鏟土落在她的軀幹上，但她依舊沒有張開眼睛。

我瘋狂地鏟土，土坑在幾分鐘內就填平了。這種棄置方式對我來說是新的體驗。

我踩平土堆，把草鋪回去。

我在她身邊陪了半小時，我不想放她孤單一個人。

我坐在她的墳邊，詛咒她害我做出這種事。如果她沒那麼貪婪就好了。如果她收下墮胎的費用，什麼事都不會發生。

但那孩子絕對不能生下來。

51

布萊恩重重嘆口氣，丟了一顆薄荷糖到嘴裡。這是離開禁菸環境的立即反應。

「妳能想像比被人活埋更慘的事嗎？」他們走到車邊，布萊恩問道。

「可以啊，和你一起被活埋。」她說，試圖緩和自己的情緒。

「多謝了，老闆，可是我是說，妳能想像嗎？」

她搖頭。那是一種恐怖到無法理解的死法。她猜，大多數人都希望在睡眠中安靜死去。她則是偏愛槍殺。

二號受害者躺在洞裡的當下，一定是失去意識或沒有行動能力。她清醒過來後，會發現黑暗的泥土包圍在自己四周。她看不到，聽不到，肌肉癱瘓。她可能試圖喊叫，這是極度恐懼的自然反應。她嘴裡塞滿泥土，每次掙扎著呼吸，只會有更多泥土塞進她的鼻子和喉嚨。除了泥土，她喘著氣的嘴巴什麼也吸不到。

金閉上雙眼，試著去想像那種恐懼；這個只穿著上半身衣服的十五歲少女一定驚慌到無法動彈。那是金無法瞭解的黑暗。

「一個人心中怎麼會生出這麼邪惡的念頭；我是說，這一切是怎麼開始的？」

金聳聳肩。「埃德蒙．伯克⓬說得沒錯，『邪惡橫行的唯一條件，是善良的人袖手旁觀。』」

「妳這話是什麼意思，老闆？」

「我的意思是，這幾個受害者一定不是兇手的第一批受害者。邪惡心靈的前兆很少是冷血謀殺。更早時，一定有些徵兆不是被原諒就是被忽視。」

布萊恩點點頭，轉頭看她。「妳覺得她拖了多久才死？」

「不會太久。」金說，但她在心裡加上一句：不會太久，卻和一輩子一樣長。

「謝天謝地。」

「你知道嗎，布萊恩。我不能這樣繼續下去了。」她搖著頭說。

「怎麼樣，老闆？」

「我沒辦法用編號稱呼這些受害者，一號受害者、二號受害者。她們活著的時候已經受夠這種待遇了。我們有三具屍體和三個名字，我必須幫她們配對。」

金看向窗外，突然想起一件事。她十五歲生日那天，正好是她從五號寄養家庭轉到六號寄養家庭的日子。

她生日的兩天前，有個員工來找她。

「明天是金的生日，我們在收集禮物。妳想送她個禮物嗎？」他問她。

⓬ Edmund Burke，一七二九－一七九七，英國政治家、哲學家。

她久久地盯著他，想看他是否會發現他問她要不要送自己禮物。然而他臉上仍是一片茫然。

「現在要去哪裡，老闆？」布萊恩問道，車子已經接近醫院的出口了。

有了丹尼爾・貝特提供的資訊後，金知道現在只有一個人幫得上忙——儘管她今天稍早才受到這個人威脅。

「應該是布林德利，布萊恩。該是去拜訪雙胞胎的時候了。」

她把注意力放在面前的馬路上。「我必須知道她們的名字。」

52

穿著緞面睡衣的妮可拉・亞當森在他們敲第二下時打開門。她頂著一頭亂髮，以大大的哈欠表示歡迎。

「如果我們把妳吵醒就太抱歉了。」布萊恩說。

這個「如果」不存在，雖說這時已經過了午餐時間。

她又打個哈欠，接著揉揉眼睛。「昨天在俱樂部待到很晚。回家時已經是昨晚，呃，今天早上五點了。」

妮可拉關上門，直接走向廚房。金自己雖然才三十四歲，但她不知道自己是否曾經在起床時看起來這麼迷人。

「我很樂意配合，兩位，但請讓我先喝點咖啡。」

金移開一個皮包，坐到沙發上。「妳妹妹今天早上到局裡找過我。」

妮可拉猛地回頭。「她做了什麼？」

「她對妳提供協助這件事不是太熱中。」

妮可拉搖搖頭，視線落到一旁，把即溶咖啡罐重重放回櫃子裡。

金有種感覺，這不是小貝第一次干涉妮可拉的事。

「她跟妳說什麼？」

「她指示我不要來煩妳們，不要揭開舊傷口。」

妮可拉點個頭，緊繃的身體似乎放鬆了。

「我想，她是幫我留意。我知道她只是過度保護。」她坐下來，聳個肩。「雙胞胎就是這樣。」

是啊，沒錯，金想。

「但我已經長大了，而且我提議要幫忙，所以如果你們有話想問就問。」她微笑著說：「何況我現在喝了咖啡。」

「妳妹妹的腿是最近受的傷嗎？」金問道，心想也許這與小貝的尖酸刻薄有關。

「不是，是小時候受的傷。我們八歲時她從蘋果樹上慘摔下來，膝蓋骨破碎。醫生最後治好了這個問題，但天冷時舊傷會痛。好了，有什麼我幫得上忙的地方？」

布萊恩拿出筆記簿。「我們取得受害者更多資料，也許妳能協助我們辨識身分。」

「當然，如果我可以的話。」

「我們的第一個受害者可能是最高的一個，而且她應該很瘦，下門牙長歪……」

「梅蘭妮．哈瑞斯。」妮可拉很篤定。

「妳確定？」

妮可拉點頭。「喔，是的。那些牙齒害她吃了不少苦頭，學校的女同學經常欺負她，直到她加入另外兩個人後才停止。之後就沒有人霸凌她了。在其他兩個女孩身邊，她總顯得有點突兀，因為她個子高，所以像個保鏢。」妮可拉認真地說：「我們聽說她跑了。」

金和布萊恩沒說話。

妮可拉搖著頭說：「會有誰想傷害梅蘭妮？」

「我們就是要查清楚這一點。」

「還有第二個受害者，妮可拉。」金靜靜地說：「而這個女孩懷孕了。」

妮可拉傾身越過桌面，伸手去拿金移開的皮包。她拿出一包香菸和一個拋棄型打火機。前一天來訪時，金沒看到顯示她有抽菸習慣的證據。

她把香菸含到嘴裡，但拇指笨拙地轉動打火機，在第三次嘗試時才點著火。

「崔西．摩根。」妮可拉輕聲說。

金看向布萊恩，後者揚起一邊眉毛。

「妳確定？」

「是的，我確定。這點不太值得驕傲，但我小時候很愛打探八卦。我的學校報告上總有一行字：『如果妮可拉對自己的事和對其他人的一樣關心，她的表現會很傑出。』」

布萊恩低聲笑了起來。「沒錯，我家裡也有一個這樣的孩子。」

妮可拉聳聳肩。「嗯，我經常偷偷摸摸地去門口偷聽。我記得崔西告訴另外兩個女孩，說她『有了』。」

「知不知道她和誰約會？」金問道。這可能是另一條線索。

「我聽說她要找父親談，但是我沒逗留太久，免得她們發現。」

妮可拉抽了一口菸，突然頓悟。「還有第三個，對嗎？」

他們沒說話，把時間留給她消化這個新聞。

「妳有沒有什麼能告訴我們的……」

「路易絲是第三個。我不記得她姓什麼，但她是小團體裡帶頭的女孩，最潑辣的一個。沒有人敢惹路易絲。就算其他兩個女孩跑了——抱歉，在另外兩個女孩離開後，還是沒有人趕招惹她。」她停了一下。「知道嗎，現在想想，她當時堅持她的好姊妹不可能逃跑。」

「路易絲有沒有什麼能讓我們確認身分的特徵？」

妮可拉在玻璃菸灰缸裡熄掉香菸。「喔，有的。路易絲有假牙。她和他校的女學生打架，掉了三顆牙齒。她恨透了自己沒戴假牙的樣子。有一晚，克里斯伍德有個女孩把假牙藏起來嘲笑她，結果被她打斷鼻梁。」

「威廉・沛恩女兒那件事妳知道嗎？」

妮可拉皺起眉頭。「妳是指那個值夜班的傢伙？」她搖頭。「我們不常看到他。我從來沒聽說有什麼特別的事，但是我記得她們三個因為某件事被關了一個月禁閉。可是她們老是想要惡作劇。但不管怎麼說……她們不該遇到這種事。」

布萊恩翻到筆記簿的某一頁。「妳對湯姆・柯帝斯有什麼印象？」

妮可拉瞇起眼睛。「他比其他員工年輕多了。他好像有點害羞，不少女孩迷戀他。」妮可拉用手掩住嘴巴。「哦，不，妳不會以為他是父親……」她沒把話說完，彷彿無法結束這個想法。

金想過這件事，但她選擇不回應。

金不覺得妮可拉在這時候還能提供更多資訊。

她站起來。「謝謝妳花時間幫忙，妮可拉。在受害者的身分正式確認前，請不要與任何人分享這些資訊。」

「沒問題。」

金走向門口，接著回頭問：「她們哪個先走？」

「抱歉？」

「哪個最先消失，梅蘭妮還是崔西？」金問道。妮可拉剛才已經說過，路易絲是最後離開的一個。

妮可拉皺著臉回想。「崔西最早離開，因為梅蘭妮和路易絲以為她是因為懷孕才離開。」

金點頭，人已經要走出門。

「督察……」

金轉過身。

「不管我妹妹跟妳說了什麼，我很樂意而且會盡可能提供協助。」

金點頭表達謝意，離開妮可拉的公寓。

「現在去哪裡，老闆？」布萊恩問道。

金看看腕錶，這時已經三點多。「回局裡。」

她拿出手機打電話給道森。

「嗨，老闆。」他接起電話。

「現場的狀況如何，凱文？」

「第二個墳墓已經填平了，至於第三具屍體，凱芮絲已經挖出一半。貝特博士正要趕過來。因為她埋得不深，他們希望晚上前把她挖出來。」

金知道自己讓團隊工作得多辛苦。「博士一到，你就可以下班了。沒什麼不能等到明天一早的事。」

「老闆，如果方便，我寧願留下來。」

這是道森第一次在金要他下班時拒絕。

「凱文，你還好嗎？」

她聽出他的聲音突然變得沙啞。

「老闆，到目前為止，我親眼看著兩個少女從這個現場被移出去，如果妳同意，我寧可看到事情結束。」

有時候，他還真讓她吃驚。

「好，凱文。我稍晚打電話給你。」

她掛斷電話，搖了搖頭。

「妳真的那麼驚訝嗎？」布萊恩問道。

「沒有。他是個好孩子，只是有時候缺少判斷力。」

「而我希望他天天都在我的團隊裡。」布萊恩下了結論。

他們倆不見得經常同曲同調，但若有必要，布萊恩還是可以保持客觀立場。

金下車後，布萊恩鎖上車門。

「去找史黛西，把這些名字寫到白板上。」

她希望盡快找出她們的真實姓名。「然後你就可以回家去了。」

金朝自己的重機走去，在解開安全帽時突然停下來。

妮可拉有些不對勁。有件事困擾著她的直覺，一件她早該注意到的事。

她的眼睛似乎看到什麼她腦袋沒注意到的事。

53

這是金在一天內第二次看到羅素霍爾醫院的入口。她冒著可能被開單的風險，把重機停到人行道。

她走進醫院，穿過一群在「禁止吸菸」標誌下吞雲吐霧的人，當中有病患也有訪客。

金走向左邊的接待桌，名牌上寫著「布蘭達」的女人抬頭對她微笑。

「露西・沛恩，今天稍早住進來的？」

「妳是親戚嗎？」

金點頭。「表親。」

布蘭達敲打電腦鍵盤。「她在內科病房，床號C五。」

金路過咖啡廳去查看樓層圖。她搭電梯到三樓走向西側病房，途中讓路給一床剛從手術室推出來的病患。

金走進這張床後面的病房區。這裡有機器的嗡鳴聲和壓低的說話聲。藥車在六人房之間穿梭。

金看得出自己來得正好，這時已經接近訪客探病的結束時間。安靜坐著的親戚們早已說完所有想得出來的話題，只等時間到。

她走向護理站。「請問露西・沛恩在哪個病房？」

「側邊病房，右邊第二扇門。」

金經過第一道門，門裡是個小小的廚房。來到第二扇門口，她抬手準備敲門，但在碰到門板前又放下手。

露西平靜地睡在一張大床上，用五個枕頭支撐著她的頭，右手食指上夾著監測器，身邊一台機器規律地發出嗶聲。

高高的櫃子上放著一張「早日康復」的卡片和一隻泰迪熊填充玩具。

金走進病房，從角落邊坐在安樂椅上的威廉·沛恩面前走過，後者正輕輕地打呼。

她站在床邊，低頭看沉睡的女孩。露西看起來比十五歲的實際年齡小。

然而她受了那麼多苦。這女孩不曾要求得到這個慢慢偷走她力氣和活動能力的殘忍疾病，也不曾要求一個會拋棄她的母親。她更不曾要求被三個愚蠢的女孩塞進垃圾桶。

今天，露西差點喪命。她試圖喊叫，但只能無聲的吶喊。

儘管過著這樣的生活，這個勇敢堅定的女孩仍然決定反擊。她從死亡邊緣爬回來，原因很簡單，因為她想活下去。成功按下連接線上的緊急按鈕就是個證明。

金也一樣，當年，在她被人從冬青樹住宅大樓的公寓抱下來時，也沒有人看好她的存活機會。一路陪伴她到醫院的人不是安靜搖頭就是重重嘆息，院方為她接上點滴注射，但沒有人真心期待這麼做會成功。她六歲大的身體還不滿十公斤，頭髮一把一把地掉，而且沒辦法說話。但是到第三天，她坐了起來。

金抽了一張紙巾，擦掉露西下巴上的一絲口水。

雖然金認識這女孩才沒幾天，但她終於瞭解了自己和女孩間的相像之處。露西是個鬥士，不願屈服於命運發給她的牌，即使困難重重，仍然奮力活下去。

今天稍早，露西可以選擇不按緊急按鈕。她可以選擇讓疾病帶她走向最後的平靜，但是她沒有，能阻止她的只有一件事：希望。

金十分懷疑這女孩日後是否能得到比現在有品質的生活。她的人生可能更安全，更愉快嗎？金一點概念也沒有，但她能確定的是，這個瘦小的女孩擁有讓她不得不欽佩的力量和決心。

金把紙巾放在床邊的櫃子上，聽到身後的變化——輕輕的打呼聲停了。

她沒回頭。「你知道我們必須談談吧？」她柔聲問。

「是的，督察，我知道。」威廉用沙啞的聲音回答。

金點個頭，離開病房。該回家了。

還有工作等著她。

54

小貝翻閱一本雜誌。她不知道這是哪方面的雜誌，但她決心端起架子。

她可以感覺到妮可拉的焦慮。小貝回來後，她們一直沒有交談。她瞭解她的姊姊。妮可拉想問她有哪裡不對，但又害怕聽到答案。真相是，她沒辦法應付答案。

妮可拉一向討厭別人生她的氣。她喜歡取悅人，想要每個人都高興。而她為這種個性付出了代價。她們兩人都付出了代價。

她想討人開心的特性會再次讓她們付出代價。

小貝氣到沒辦法抬起雙眼。她低頭瞪著雜誌頁面看。妮可拉很快就會忍不住了。小貝滿不在乎地翻頁。

「麥菈昨天告訴我，」妮可拉說：「她說妳對她很沒禮貌。」

「我確實是。」小貝說。如果她姊姊選擇聊些無關緊要的小事而不直接說出她們之間的問題，她可以接受。妮可拉終究會說出口的。

「妳為什麼要這麼刻薄？那女人又沒對妳做什麼事。」

小貝聳聳肩。「她是一隻愛管閒事的長舌老烏鴉。妳幹嘛在乎她怎麼想？」

「因為她是我的鄰居，而我必須住在這裡。」妮可拉停了一下，又說：「妳有沒有告訴她，說我要把妳的名字加到租約上？」

小貝對自己微笑。這個小道消息一定讓那個老女人好幾個小時睡不著覺。

「是啊，就是我說的。」

「妳打算在妳住這裡的時候把我的人生搞得天翻地覆嗎？」

「知道嗎，小妮。我要求妳做事的時候妳沒理我，妳要我對那個老太婆好一點，我懶得理妳。這有什麼不一樣？」

「拜託，小貝，我知道妳在生我的氣，妳可以直接把原因告訴我嗎？」

小貝的內心在微笑。她太瞭解她姊姊了，一直都是。

她又翻了一頁。「妳想聽哪個理由？」

「妳給我的任何理由。任何可以停止冷戰的理由。妳知道我討厭妳生我的氣。」

喔，沒錯，小貝清楚得很。

「我跟妳說過，要妳別和她說話。」

「誰？」妮可拉問道。她強迫自己開口問。妮可拉知道小貝指的是誰。

小貝繼續翻頁，她知道這個動作會讓她姊姊覺得更挫敗。妮可拉要的是她百分之百的注意力。她不喜歡小貝坐在這裡把注意力放在其他方面，而不是完全投入她們兩人間的氣氛。就和她一樣。

「妳是說那個督察？」妮可拉問道。

「嗯。」

「天哪，小貝，妳怎麼可以那麼冷漠？他們在我們從前住的地方挖出屍體。」

「所以呢？」

「我們認得這些女孩。我們和她們說過話，一起吃過東西。妳怎麼這麼不在乎？」

「因為她們對我一點也不重要。我甚至不喜歡她們，所以我現在何必管？」

「因為她們死了，無論她們做錯了什麼事，都不該遭遇這種事。有個殘忍的人先把她們埋了，然後忘了她們。我必須盡力幫忙。」

「比起對我，妳對他們更費心。」

「妳在說什麼？」

這次她是真的不懂。這就是了。在妮可拉承認自己做了什麼事以前，她們絕對不可能進入下一個階段。

「妳知道她們對我做了什麼事，但是妳置之不理。」

「小貝，我不知道誰對妳做了什麼事。告訴我。」

她又翻了一頁雜誌，然後搖頭。「去問那個督察，也許她會說出妳做了什麼事，因為妳決心讓自己牽扯進去。」

「那是因為我知道這和我們多少有關。」

小貝的手停在半空中。那頁雜誌從她手中掉落。她姊姊能建立起這個連結已經算是進步了。

她要妮可拉想起來，她要一個道歉。她要聽到她等了十年的那句話。

但現在還不是時候。

「告訴妳，小妮，別插手。」

「可是我想公開一切。」小貝聽出她姊姊聲音裡的情緒波動。她沒有看。她沒辦法看。

「小貝，我希望我知道自己做了什麼傷害妳的事，我哪裡辜負了妳。妳是我妹妹。我們之間有太多秘密。我愛妳，我只想知道真相。」

小貝把雜誌丟到一旁，站起身來。

「小妮，許願要小心……因為妳的願望可能成真。」

55

金召開的簡報會議時間比較晚。這件案子的震撼性影響到所有人。她能做的，是起碼要給團隊成員多一兩個小時的睡眠時間。

待她把最新發展向伍瓦德報告完畢時，布萊恩、史黛西和道森已經坐在辦公桌前了。

「各位早安，我相信你們都知道媒體越來越關注我們這件案子。豎立起第三頂帳棚這件事引發一陣瘋狂討論，現在成了每家報紙的頭條新聞，昨天晚上天空新聞台還邀請名嘴評論。」

「是啊，我看到了，老闆。」布萊恩咕噥地說。

「我想我不必再提醒各位，無論媒體記者怎麼說，都不要和他們交談。這件案子太具爆炸性，不能因為記者錯誤引用我們的說法而出差錯。」

講這段話時，金把自己也包括進去。她知道自己受媒體刺激時的極限在哪裡，因此她一直聰明地避開記者。

「如果你們當中有人需要提醒自己我們做得多糟，請隨時到伍瓦德的辦公室去讀所有報導。」

「真的嗎，老闆？」道森問道。

金點點頭。他們最好是知道自己備受攻擊。「拜託，凱文，你知道這種事怎麼運作。到了第三天，一切都是我們的錯，我們能撐到發現第一具骸骨的第五天，我會說我們的表現相當好了。」

金感覺到負面情緒像陣風似地吹進辦公室。

她嘆口氣。「如果媒體的關注對你們有那麼重要，你們早該選擇進入演藝界。我們是警察。沒有人喜歡我們。」

「但這還是很耗神，老闆。工作熱情有點受到打擊。」史黛西說。

金這才瞭解精神喊話不是她的強項。

「你們三個，看向那面牆，認真看。」

如今女孩們有了名字，她眼中的白板看起來順眼多了。白板分成三欄：

一號受害者——梅蘭妮・哈瑞斯

年齡——十五

比一般身材高，營養不良，牙齒缺陷，蝴蝶圖案襪子

斬首

二號受害者——崔西・摩根

年齡——十五

懷孕，缺下半身睡衣

活埋

三號受害者——路易絲・丹斯頓

年齡——十五

上排牙齒三顆假牙

「殘暴的兇手奪走了這三個女孩的性命。兇手強暴、毆打過她們，讓她們窒息，然後掩埋屍體。對她們而言，這不是報紙上的新聞。這是她們的生命，她們的現實。大家每天起床時，都會發現兇手仍然自以為能躲過法律的制裁。

「幾天前，我們還不知道這幾個女孩的名字，她們被遺忘，沒有聲音。但現在不一樣了。因為有我們，梅蘭妮、崔西和路易絲有機會發聲。而且不要搞錯，我們會抓到下這種毒手的混蛋。」她停了一下，環顧四周。「如果你們需要比這更強的動機，那你們就入錯行了。」

「謝了，老闆。」布萊恩點個頭說。

「我報到。」史黛西帶著微笑說。

「我也是。」道森唱和。

她坐在老位置——那張沒有人用的辦公桌桌邊。「好，凱文，現場進度怎麼樣？」

「今天早上兩點左右，貝特博士移出了骸骨。凱芮絲初步檢查過墳墓，他們今天早上會篩土。」

「博士有沒有提到假牙？」

「他沒說什麼。他是個怪人，老闆。」

「去告訴凱芮絲。她可能還在墓地。」

「史黛西這邊呢？」

「我拿到了湯姆．柯帝斯的手機。在他死前，他有超過五十通未接電話。」

金往前靠。「繼續說。」

「全來自克洛夫特的手機。」

「老天爺。」金激動地說。「還有別的事嗎？」

「安養院的錄影帶沒有用，所以我們沒辦法證明瑪麗．安德魯斯和這案子有牽連。」

「亞瑟．康諾普車禍的蒐證人員有沒有收穫？」

「他們分析了烤漆碎片，車子是奧迪TT掀背跑車，車牌上有五和九兩個數字。」

「還有嗎？」

「有。地方政府有關克里斯伍德的紀錄全派不上用場。我繼續非正式地監看臉書，正式打電話給從前住在那裡的女孩。有些註記逃跑的女孩其實在火災當夜還住在克里斯伍德，反而是有些在名單上的女孩在幾星期前就已經離開。」

嗯……金心想。若不是地方政府嚴重缺乏效率，就是有人刻意想搞混最後名單。在這個時間點來看，兩者都有可能。

金雖然有些介意，但史黛西在臉書群組上活動取得的資料，似乎比正式紀錄來得多。

「史黛西，問問湯姆．柯帝斯的事。查清他和女孩們有多親近。我想知道有沒有人聽到任何行為不檢的傳言。」

「好的，老闆。」

「凱文，回現場去，布萊恩，我覺得你和我應該再次拜訪克洛夫特議員。」

「呃……老闆，還有一件事。」史黛西說。

「說吧。」金邊說邊伸手拿外套。

「我有這三個女孩的最後地址。」

金和布萊恩互看了一眼。這是所有警察最不喜歡的工作。無論她們在哪種情況下被送進照護系統，金相信她們的死訊一定會大大影響尚存的家人。

經過史黛西辦公桌前時，布萊恩收下寫著地址的紙。

他們會先去看活著的人，再去為死人工作。

56

金朝停在鑄鐵柵門外的巡邏車點頭打招呼。西米德蘭警察廳雖然沒有授權派員二十四小時監視李查・克洛夫特，他們還是讓經過這個區域的警車定時透過對講機查對。

布萊恩按下對講機按鈕，等待柵門打開。等了十秒後，他又按了一次。

他們四目相接。他們上一次來訪時，幾乎立刻就有回應。

「繼續按。」金走到車外。

她走向巡邏車，車裡的警員降下車窗。

「你們上次查對是多久之前？」

「大概二十分鐘。他說他今天早上要居家辦公，晚點再去辦公室。幾分鐘後有輛車開出來，應該是那個保母。」

金朝布萊恩小跑過去。李查・克洛夫特單獨在房子裡至少有二十分鐘了。「怎麼樣？」

他搖頭。

「那好，我們進去。」

她站了一秒鐘，盤算該怎麼爬過柵門。這道鑄鐵柵門裝飾著鑄鐵打造的花朵、葉片和攀藤植物圖樣。她看出左手牆邊有條可行的路線。她用雙手搖晃柵門，發現這門很穩固。

金回想起基慈告訴過她，幾年前，一個本地鐵工用單輪推車推著廢鐵要倒進熔爐時不幸被卡住，結果整個人跟著跌進去。當地牧師被請來對倒進模具的熔漿禱告。她記得自己希望鐵工能被做成漂亮的東西。

抱歉了，老兄，她心想著，一邊往上爬，然後抬起右腳跨過鑄鐵門頂上一呎高的尖柱。

「不可能的。」布萊恩站在下面說。

「上來啦，你這個小女生。」金說。

「如果我想有樣學樣，絕對會變成女生。」

金爬下八呎高的鑄鐵柵門來到另一側，心想，最好李查．克羅夫特是在離對講機太遠的地方聽音樂，才沒聽到對講機響。又或者高科技遙控系統壞了，他正順著車道走向門口來為他們開門。她寧可他稍微有不快而不是死了。

她沿著車道跑，雙腿注意到開車時並不明顯的弧度。接近主屋時，她沒發現任何動靜。

金又是拍門又按電鈴。她往後退，看是否有監視鏡頭，看到一個對準柵門口，另一個則是對準幾輛車子。

「繼續敲門。」她告訴追上她而且毫髮無傷的布萊恩。

她跑著繞過房子，踢到一把靠在牆邊的鏟子。

還沒看到破掉的窗玻璃，她先感覺到腳底踩到了碎片。

她拉高嗓門喊布萊恩，他從另一頭出現。

通往橙園那扇和屋子等長的門被砸破了。

她差點就要踏進屋裡，但即時收腳。

「跟我來。」她跑回主屋的前門，途中抓起剛才絆到她的鏟子。

她把鏟子遞給布萊恩。「打破那扇窗戶。在蒐證人員抵達之前，我不想弄髒後門。」

布萊恩先盡可能往後站才揮動鏟子，打破窗玻璃。

她拿起一塊磚頭砸碎尖銳的玻璃，確認能安全地進出窗口。

她站在紅土花盆上，以布萊恩的肩膀當作支撐點，接著一腳踩到窗戶下的堅固物體。進屋後，她才發現那東西是張古董寫字桌，她是從書房進入房子的。

雙腳落地後，她伸手穩住跟著她爬進來的布萊恩。打開書房厚重的橡樹門後，他們進入玄關，她向左轉，布萊恩朝樓上去。她走進了上次來訪時李查接待他們的會客室，很快地檢查一次。

「會客室安全。」她喊著，接著再次走到玄關。她聽到布萊恩的喊聲，主臥室也安全。

她走進圖書室後突然停下腳步。

李查．克洛夫特俯趴在地毯中央，背上插著一把八吋長的廚房刀。

金先喊布萊恩，接著跪下來，小心地不碰到任何東西。血水已經浸透了他左右兩側的地毯。

布萊恩來到她身邊。「見鬼了。」

金用兩根指頭壓住他的脖子。「他還活著。」

布萊恩掏出手機叫救護車。

金找了一下，看到對講機就在大型 SMEG 冰箱旁邊。

她按下開門鈕，看著螢幕上的鑄鐵柵門緩緩挪動。

她發現房子的保全沒有設定。讓金訝異的是，人們外出時會用警報器來保護財產，但在老同事以不正常的速度死去時卻沒用來保護自己的性命。

她搖頭，跑到前門口開門。

醫護人員現在可以直接進到主屋了。

她小跑繞過房子，停在入侵點的六呎外，接著又轉身搜查後花園。初步審視後，她沒看出任何明顯遭外人侵入的點。房子後面沒有圍牆，而是一道六呎高的籬笆。裝飾用的花架為這道籬笆增加了一呎高度。籬笆的木板完全沒有遭到破壞。

「好，你這個混蛋，如果你不是爬越籬笆過來的，那一定是穿過籬笆。」

金從左向右走，從上到下推每一片橫排木板。籬笆間的柱子雖然是木料但很堅固，左下方的木板前面整齊地種了灌木叢。灌木叢邊是一排低矮的香草類植物。如果有人想穿過側邊的籬笆進來，在屋子後方的人一定會立刻看見。

金研究圍住房子最遠處的一排籬笆，這裡，每隔十呎就有一棵十五呎高的柏樹矗立在每格木板的中央位置，唯一的例外是第四棵樹。

第四棵樹三呎寬的樹幹遮住後面的木板和柱子。她走了一百呎到花園尾端，用食指輕推木板。她一碰到，木板就動了，金看到這塊木板已經沒有固定在柱子上。

金聽到有人從房子側面跑過來的腳步聲。

「女士？」一名警員喊她。

她從柏樹後面走出來，指出這個巧妙的進出點和可能的藏匿處。

「我能做什麼，女士？」

「守住後門，不要讓任何人靠近。」

她點點頭，面朝外地站在門前。

金回到柏樹後面再次推動木板。木板輕易地被她移開，露出可以從容鑽過身子的缺口。

「該死的。」她說。這個混蛋很聰明。她離開缺口處回到花園，已確定自己沒有進一步做出任何妨礙證據蒐集的舉動。

她爬上鞦韆，聽到車道方向傳來快速接近的嗚笛聲，接著，救護車就停在前門口。

金眺望籬笆的另一邊，看到籬笆外是通往商業區後方的險降坡，再過去是佈滿了街道、水溝和死巷的住宅區。

有點像這件該死的案子，金想，雙腳踩回地上。

金盡量保持直線前進，慢慢從籬笆缺口走到後門口時一邊左看右看。

她在距離一名警員四呎遠的地方停下腳步。

「妳今天好嗎，女士？」

金開口問對方他該死的以為她今天好嗎，這時，她認出這名警員是前幾天和布萊恩說話的同事。而他做的正是布萊恩要他做的：找她說話。

金翻個白眼，搖搖頭，走向屋子的前門。布萊恩站在前面，看著救護車關上後門。

「怎麼樣？」

「還在呼吸，老闆。刀子還插在他身上。醫護人員在確認刀子刺中哪個部位之前不想拔出來。這未免太違背常理了，兇器可能是保住他性命的東西。」

「諷刺啊。」她說，坐在石階上。

「管家回來了。」布萊恩說。一輛佛賀汽車在碎石車道上煞車。一個女人——他們知道她叫瑪塔——走下車。她的臉上血色盡失。

「什麼……什麼……」

金依然坐著，布萊恩走向這個年輕女郎。

「克洛夫特先生受了重傷。妳必須聯絡他的妻子，建議她盡快趕到醫院。」

她點點頭，踩著不穩的腳步走進屋裡。

這時兩輛警車開上了碎石車道，後面跟著蒐證人員的廂型車。

「真不懂。」金站起來，布萊恩說：「警察和巴士要來，要嘛一個也沒有，下一分鐘……」

「我是鐸德警長。」說話的是一個體格魁梧，雙手插在防彈背心裡面的男人。布萊恩把他帶到一旁說明現場狀況，而金則是一把拉住第一個走出廂型車的蒐證人員。

「跟我來。」她沒有自我介紹。她繞過房子側面，把這名金髮男性帶到花園尾端。她指著柏樹後面。

「壞掉的籬笆木板是侵入點。」她指著後門。「然後從那裡進入屋裡。」

「知道了，女士。」

她走回屋子前門口，瑪塔拿著手機迎了出來。

「克洛夫特太太想找妳說話。」

金接過電話。「妳好。」

「督察，我從瑪塔口中聽說我家遭受相當程度的破壞。」

「不比妳丈夫嚴重。」

「我希望聽到妳進一步解釋妳為什麼會到我家。何況我特別要求將妳調離——」

「羅素霍爾醫院，假如妳想知道。」金說完話便切斷電話。

她把手機還給瑪塔時，布萊恩也從房子裡走了出來。

「準備好了嗎？」他問道。

她點個頭，他們一起走向停在車道最前端的車子。

「妳在和克洛夫特太太建立友誼的橋梁啊，老闆？」

「喔，這陣子我們越來越親近了。」金悶悶不樂地說。

「現在去哪裡，老闆？」

「冬青樹住宅區。」金靜靜地說。她不能繼續躲避這個差事了。「沒事好端端的，我們要去摧毀一個家庭。」

57

布萊恩開車在迷宮般的巷子裡鑽來鑽去，最後才來到中央區高樓之間的三角地帶。這片住宅區總共容納五百四十戶人家，以及負責將必要程度的恐懼帶給住戶的兩個主要幫派。

「達爾塔」是一群向達德利區致意的年輕人。「蜜蜂男孩」則來自兩條街外，也就是桑德威爾區的起點。

布萊恩把車子停在兒童遊戲場旁邊。這裡雖然有一座鞦韆、一個蹺蹺板和幾張長椅，但這個場地有幾十年沒見過小孩了。大家稱這裡為「交易場」，是兩個幫派代表見面和協調「業務」的地方。據金所知，過去兩年間，人們在「交易場」發現過三具屍體，而沒有任何一樁案件有目擊者。

金估計約莫有七十戶人家可以直接看到這個遊戲場，但仍然沒有人看到任何事。

他們進入燕子廣場時沒有受阻。警察——雖然多餘——並不受限制。這個社區和外面的世界隔離，發生在這塊領地的犯罪事件就在領地裡解決。幫派頭子很安全，因為他們知道任何平凡公民都不會公然對警察開口。

「好噁。」布萊恩說，用一隻手蓋住鼻子。金在走進中庭前就先深吸了一口氣。這門廳很暗，瀰漫著一股尿臊味。小小的門廳沒有窗戶，兩個燒壞的燈泡沒更換，唯一的光線來源，是一片保護著泛黃長燈管的方形天花板。

「幾樓？」金問道。

「七樓。走樓梯？」

金點點頭，走向樓梯間。這幾座大樓的電梯以故障聞名，如果他們卡在樓層間，應該不會有人來幫忙。

是要爬樓梯爬到筋疲力盡，還是要被關在電梯裡等死？這不難選。

才到三樓，布萊恩就看到了七支針頭、三個破啤酒瓶和兩個用過的保險套。

「怎麼，是誰說羅曼史已死的？」他問道。他們走進八樓的門廊。「這裡，老闆。」布萊恩指著二十八C號公寓說。

這扇門中央有個明顯的拳頭痕跡，來開門的，是一個金猜大概三或四歲的女孩。小女孩沒笑也沒說話，光是吸著裝在奶瓶裡的果汁。

「蕾安娜，離他媽的那扇門遠一點。」有個女人的聲音傳出來。

布萊恩往前走，將孩子挪到旁邊。金繞過孩子身邊，隨手關上門。

「請問，」他們站在陰暗的走廊上，布萊恩問道：「我們是警察……可以——」

「搞什麼……」一陣騷動中，他們聽到有人咒罵。

「已經聞到了。」金大聲說，越過布萊恩走進客廳。窗簾雖然拉上了，但兩片間仍有道縫繫。

一個帶著圈圈耳環、臉色蒼白的年輕女人站起來，揮動雙手想驅散氣味。屋裡充滿濃濃的大麻𠲎。

「媽的，你們來這裡幹什麼？你們沒有權利……」

「蕾安娜邀我們進來的。」金說，差點被躺著一個新生兒的搖籃絆倒。「我們來找布利安．哈瑞斯。」

「那是我爸。他還在睡覺。」

已經過十一點半了。

「這麼說，妳是梅蘭妮的妹妹？」布萊恩問道。

「那是誰？」她輕蔑地回答。

金聽到走廊深處有一扇門打了開來。一個衣衫不整的男人暴怒地走向他們。「去他媽的，你們在搞什麼？」

「哈瑞斯先生。」布萊恩站在金前面，友善地說話。他拿出警官證，為他們兩人自我介紹。「我們是為了梅蘭妮的事來拜訪你的。」

他突然停下來，皺起眉頭。

金開始想，也許他們走錯了公寓。但梅蘭妮顯然繼承了她父親的身高，他的身高超過六呎，肋骨清晰可見，牛仔褲的腰帶卡在骨瘦嶙峋的臀部上方，細瘦的雙臂上佈滿了自己刺的刺青。

「那個小婊子現在又幹了什麼好事？」他看向沙發椅背的後面。金隨著他的視線看過去。一隻深棕色斯塔福郡鬥牛㹴躺在本該是給約克夏㹴住的小籠子裡喘氣。牠呈紅色的乳頭膨脹。籠子旁邊的紙箱裡有四隻幼犬縮在一起。金看不出小狗的眼睛睜開了沒有，但牠們一定是因為某種原因才會被人從母狗的身邊帶開。

太早離開母狗身邊的幼犬日後會有行為上的問題，這類問題可能被用來當作達爾塔幫的地位象徵。

金看著母狗，牠在最短的時間內會再次生育。

她又看向布萊恩，後者的目光也落在那幾隻狗身上。他們對看了一眼。

「無論那女孩做什麼都他媽的與我無關。我幾年前就把她送走了。」

躺在他們腳邊搖籃裡的嬰兒開始哭。

年輕女人坐下來，把右腳放在搖籃的後面。拿出iPhone用單手打簡訊。

布利安·哈瑞斯坐在他女兒身邊，用力用手肘推撞她。

「去煮水，蒂娜。」

「你自己去，你這懶惰的混蛋。」

「去，要不就去打包把妳的孩子們帶走。」

蒂娜厭惡地看了他一眼，但還是走向廚房。蕾安娜緊緊跟在她身後。

哈瑞斯往前靠，點了根菸抽，吐出來的煙霧籠罩在搖籃裡的嬰兒頭上。

布萊恩在對面的沙發上坐下，強迫自己鎮定說話。金仍然站著。

「你能告訴我們你上次是什麼時候看到你女兒的嗎，哈瑞斯先生？」

他聳個肩。「說不準，她那時候還小。」

「你在梅蘭妮幾歲時送走她？」金問道。

布利安．哈瑞斯對金的挖苦沒有反應。「不記得，有一陣子了。」

「她是個麻煩的孩子嗎？」

「不會，只是她吃太多。帶種的小母牛。」他說，為自以為是的幽默微笑。

布萊恩和她都沒說話。

「嘿，她們的老媽離開時我有兩個孩子要養，我已經盡力了。」

他聳肩的樣子彷彿「年度最佳父親」的獎章就放在角落。

「這麼說，她碰巧只是倒楣的那個？」金問道。

他皺起臉笑，露出一排黃牙。「她的樣子很可笑，腿太長，身上又沒長肉。她不是什麼油畫名作。」

布萊恩往前坐。「送她進兒童之家後，你有沒有去看過她？」

他搖頭。「那只會讓她更難過。要斷就斷清楚。我連他們把她塞到哪裡都不知道。說不定是那個正在開挖的地方。」他說，又抽了口菸。

「你沒想到要聯絡警方，確認克里斯伍德的受害者不是你女兒？」金惱怒地問。如果他表露一點情緒，就能重建她對人性的信心。

他往前坐。「梅蘭妮是那些死掉的女孩其中一個嗎？」

終於，金想，在拋棄女兒十五年後，他總算對女兒的安康有那麼一丁點興趣。

他的表情一變，皺起眉頭。「不會要我出錢吧？」

金把緊握的雙手放進口袋深處。有時候，為了自己好，她真希望能把雙拳鎖在口袋裡。

蒂娜回到起居室，遞了一杯冒煙的飲料給她父親。就她臉上的表情來看，金不會信任馬克杯裡的任何東西。

「哈瑞斯先生，很遺憾，我們要通知你，雖然身分有待確定，但我們懷疑梅蘭妮是最近挖出來的女孩其中之一。」

布利安．哈瑞斯努力裝出肅穆的表情，但藏不住他眼裡的自私。「我幾年前就把她送走了，所以那真的和我沒關係。」

金看著蕾安娜繞過沙發走向狗籠。她的手指穿過籠子拉扯大狗的臉頰，大狗連躲都沒地方躲。金往旁邊一站，用右腳把孩子擠開。蕾安娜繼續走向裝幼犬的紙箱，但有人救了金，省得她繼續演戲。

「蒂娜，把她帶開。」

蒂娜氣呼呼地站起來，伸手牽住女兒，把她帶進臥室。孩子離開後，金再也忍不住了。她不能用拳頭，但她有其他工具。

「哈瑞斯先生，離開前，我想先在你腦海裡留下一個畫面。算是最後記憶也可以。你十五歲的女兒遭人以恐怖的手法謀殺。她腳掌骨頭被打斷，所以，當某個變態混蛋砍斷她的頭時，她沒辦法逃跑。在兇手砍她時，她掙扎哭喊，很可能叫著找妳。」金俯身對著這個所謂父親令人作嘔的臉孔。「而這個資訊不要你半毛錢。」

她看向布萊恩。「結束了。」

她從他身邊經過，走向門口。布萊恩跟在後面，但在回頭關門前猶豫了一下。「在這裡等我，我再問他一件事。」

在外面等待時，金意識到自己沒有完全照章行事地通知痛失摯愛的家人。但是，如果她察覺到絲毫的愛或情感——就算是悔恨也行——她會按規定做。她決定讓其他人去通知另外兩個家庭。若是再面對這種冷漠的家庭，她不相信自己還能保持冷靜。

公寓門再次打開，金吃驚地看著她的同事走出來。

「布萊恩，真的，你一定是在開我玩笑。」

58

「來，妳帶小狗，我來牽狗媽媽。」

布萊恩用力把紙箱推到她懷裡。四隻幼犬動了起來，金可以看到牠們的眼睛已經張開。才剛張開不久。

「你是怎麼……」

「我告訴他，如果他把這幾隻狗給我，我這次可以不計較在他家裡的犯罪行為。」布萊恩跟在她身後下樓梯。「可是我沒提到任何有關社福的事。」

金快步走下最後幾階樓梯，來到車邊。「呃……現在該怎麼辦，杜立德醫師⑬？」

他把母狗放在車後座，再把紙箱放在牠旁邊。「妳開車。」

「去哪裡？」她問，坐進駕駛座。

「拜託，老闆，妳知道我住哪裡。」

「天哪。」她大聲嚷嚷，推動排檔桿。她順利離開住宅區，接著成功地快速往後看一眼。母狗俯視著紙箱，其中一隻幼犬使勁想碰牠的鼻子。

「以後你別說我做事衝動了，布萊恩。你老婆看到會怎麼說？」

他聳聳肩。「說說看我還有什麼選擇。」

金沒說話。他們雖然想，但自己也知道不可能拯救全世界——可是有時候，你必須處理眼前的事。

金在紅綠燈下停車。

「老闆，妳看。」布萊恩說。

金又回頭看了一眼。母狗正在舔牠碰得到的幼犬，其他幾隻費力地想爬到紙箱邊上。

五分鐘後，她把車停在他位於朗斯利的附車庫住宅。

他下車，說：「好，如果妳抱著——」

「想都別想。」金說：「自己做事自己擔。」

「膽小鬼。」他說。

「你說對了。」

布萊恩抓住母狗的拉繩，牠自動自發跳出來站好。布萊恩用左手抱住紙箱，朝自家前門走去。

今默默為他祈禱。她看過布萊恩妻子發脾氣的樣子，她現在擔心的是以後再也見不到這個同事。她準備給他十分鐘，然後直接走人。

她掏出手機，打電話給社福單位，說了幾分鐘就掛斷電話。一通來自警官的「高風險」電話會帶來立即反應，專案人員會在一小時內就去敲門。金猜想蒂娜大概已經無法挽救，但蕾安娜和

⓭兒童讀本中的人物，擁有與動物交談的能力。

小嬰兒還有機會。

布萊恩家的前門開了，出來的是他本人。她不敢百分之百確定，但他的四肢看似無缺。

「還是已婚男人嗎？」她問道，挪到副駕駛的座位。

「狗媽媽和小狗在廚房暖氣旁邊的地毯上再次相聚。爐子上有雞肉有米，我家夫人正上網查怎麼照顧小狗。」

「你要把牠們留下來？」

他點頭。「暫時是，等牠們夠大再說。」

「你是怎麼處理的？」

他聳聳肩。「實話實說，老闆。」他簡短地說。

金開始想像那群狗在他家備受寵溺的景象。

她絕望地搖頭。「夠了。現在送我到局裡，你再去醫院。但如果有機會，我們兩個當中必須有一個去詢問克洛夫特。」

「妳不來嗎？」

金搖頭。「這主意恐怕不好。我可能只會偏執症發作，而且克洛夫特太太應該沒那麼喜歡我。」

59

「忍者」轟隆隆的引擎聲在金把車停到泥土小路上時停下來。她脫掉安全帽，掛在右邊的手把上。

她從坡頂審視現場。一號現場和二號現場已經回歸原本的地景，放設備的帳棚也已經移走。移動式鐵絲柵欄不再圈住這塊空地，媒體也散去。警方的站崗人員已經離開，少許裝備堆放在坡頂的角落裡。這塊土地回復成地方政府的閒置財產，每年會舉辦一次流動嘉年華來娛樂本地居民。

山坡下還有幾隻泰迪熊布偶和飽經天氣蹂躪的花，從這些東西，勉強看得出過去幾天的諸多活動。

調查的這個部分已經結束。有了死者帶來的線索，如今，將一切拼湊在一起，是她和她團隊的責任。

總有一天，這三個女孩的名字會貼在維基百科的頁面上，成為描述黑鄉歷史貼文中的連結。三人謀殺案會永遠是他們文化遺產中的污點。

讀者會跳過描寫尼瑟頓鎮鍊條鍛造的成就——鐵達尼號的錨和鍊條就是這些小鎮鍛造廠製作的，以及二十匹役用夏爾馬如何拉動一百噸重物穿過小鎮。

轟動社會的頭條新聞，將會讓人遺忘歷史可追溯到十六世紀的鍛造業。

而且不會是這地區較為美好的紀錄。

「我就想應該是妳，老闆。」道森從帳棚裡走出來。他的雙眼圍著黑眼圈。他的牛仔褲骯髒，圓領針織衫皺巴巴的，但他在現場花的時間以及對這個案子的投入為他贏得略顯憔悴的權利。

金想讚美他出色的表現，但話就是卡在喉嚨出不來。通常在她拍他背表示肯定的隔天，他就會找出某個新方法來激怒她。

「道森，我不得不說，你真讓我喪氣。你是個傑出的警官，但有時候表現得像個三歲小孩。」她停了下來。這番話不完全是她的本意。「嘿，我知道你這星期有多辛苦，儘管如此，你還是像個明星。」

道森仰頭大笑。「謝了，老闆，這話出自妳口中真的意義非凡。」

「我是說真的，凱文。」

他們目光相遇。他知道。

「聽著，明天放假吧。我們都已經連續工作八天了。星期六早上我們花幾個小時喝咖啡吃馬芬蛋糕——輪到布萊恩請客，分析手上的線索，擬定下星期的行動計畫。」

「都已經一星期了，老闆，妳還在氣我？」

她搖頭。「沒有，我想布萊恩比較合適。」

她走進僅存的帳棚，看見凱芮絲單獨站在墳墓旁的折疊桌前。

「所有朋友都不見了，凱芮絲？」金問道。

凱芮絲轉頭對她微笑。「我的團隊在旅館打包準備上路。忙了整整一星期。」

金點頭表示同意。「妳呢？」

凱芮絲重重嘆氣。「還沒有。這處墳墓要再過幾個小時才能完成。我不覺得會有疏漏。我們的三號受害者埋得沒有其他人深，但是我想做徹底一點。」

「這麼說，妳稍晚會離開？」金問道。

凱芮絲搖頭。「不，我還有書面工作，會做到很晚。」她伸手拿保鮮盒。「又是圓珠，但妳當然早就知道了。骨骸上還有些衣服殘留的碎片，丹尼爾拿回去了。布料太脆弱，沒辦法在現場拿開。」

「還有別的事嗎？」

凱芮絲指著土坑一處一呎見方的角落。她拉長著臉，顯得很疲倦。「除非那裡有什麼特別有趣的東西，否則恐怕沒有。」

「妳有沒有找到一副假牙？」

凱芮絲皺眉頭。「沒有，我該要找到嗎？」

「那是能夠確認身分的證據，我想找出來。」

「如果骨骸真的戴假牙，絕對沒有脫落。」

該死的，沒有最後的證據，她不能確定妮可拉證詞的正確性。

金點頭表示瞭解，走出帳棚。她突然停下腳步，又回到裡面。

「凱芮絲，妳沒事吧？」

凱芮絲回頭看，不知是被問題還是被開口問候的人嚇了一跳。她雖然報以微笑，但這個笑容勉強又沒有溫度。

「妳知道嗎，金，我真的不曉得。我的體內充滿擺脫不掉的怒氣。我不在乎這些女孩生前做了或沒做什麼事，我只知道她們遭受了非人的待遇，受到虐待，埋進土裡，放任她們腐爛，而她們不過是孩子而已。妳抓到下毒手的混蛋時，我要在場。我要他得到相同的待遇，讓我擔心的是，我覺得自己能夠把同樣殘忍的手法施加在他身上。」

金看著凱芮絲彷彿洩了氣的身體。她有時會忘了凱芮絲沒有太多在犯罪現場工作經驗，這麼駭人的現場是個地獄般的開端。

凱芮絲看著她，搖了搖頭。「妳是怎麼辦到的，金？妳怎麼能每天醒來面對這種事而不發瘋？」

這個問題讓金思考了一下。「我造東西，用一堆生鏽的零件架構出美麗的東西。我的工作有醜陋的一面，我創造出可以平衡這種醜陋的東西。這麼做很有幫助。但妳知道真正造成差別的是什麼嗎？」

「是什麼？」

「知道我能逮到他。」

「妳這麼想？」

金微笑了。「喔，是的，因為我想逮捕他的盛怒遠遠超過他躲避我所需的精力，在他為了他所作所為而受到懲罰前，我不會收手。妳在這裡做的每件事，妳發現的所有線索和妳移出的每一塊骨頭，都會幫助我做到。這很辛苦，凱芮絲，但絕對值得。」

凱芮絲點頭，微笑著說：「我知道，而且我相信妳。妳會找到他的。」

「我會。當我找到他時，我會代妳向他致意。」

兩人沉默了好一會兒。金沒別的話要告訴這個付出體力和情感，堅持不懈地工作了好幾天的女人。

金靠過去伸出手。她手掌某些部位長了繭，但握起手來溫柔又溫暖。

「謝謝妳所做的一切，凱芮絲，祝妳旅程平安。希望我們能夠再見。」

凱芮絲微笑。「我也是，督察。」

金點個頭，離開帳棚。

她得去找假牙。

60

她走進實驗室，看到丹尼爾和基慈靠在桌上的擔架邊。

基慈轉頭看時，丹尼爾走到一邊。「喔，督察，見到妳真好。」

金怒眼瞪視他。

「不，我說真的。對我來說，妳的不在場絕對會讓我的心變得更柔軟。我發現，我那敏感纖細的天性幾乎可以容忍妳的尖酸刻薄。」

「沒錯，你這星期過得很輕鬆，對吧？」她揚起眉毛問道。

「確實沒錯，督察。」他用手指頭計數。「達德利有兩個刀傷受害者，一名老翁在他八十五歲的生日派對上猝死，還有兩個不確定是因為什麼健康因素的死者。喔，對了，還有妳路過後留下來的一串屍體。」

「能填滿你的時間是我的榮幸，但你到底有沒有查出任何稍微有用的線索？」

他想了一下才搖搖頭。「不，我改變主意了。我現在才明白我一點也不想念妳。」

「基慈。」她開始咆哮。

「我今天早上把驗屍報告送到妳辦公室了。泰瑞莎．懷厄特被壓入水中，這妳已經知道了。受害者當時已經浸在水裡，所以沒有太過掙扎。我在屍體身上沒發現任何遭受性侵的痕跡。以她的年紀而言，健康狀況相當良好。

「湯姆．柯帝斯的死法應該沒有任何爭議，但我可以告訴妳，那瓶威士忌可能也會殺了他。他的心臟狀況糟到害他沒辦法活到四十五歲。還有，他最後一餐吃的是沙拉和牛排。我想是牛小臀。」

金翻個白眼。

「至於瑪麗．安德魯斯，妳來不及趕赴教堂，而要合理推論死因，我通常需要屍體。」

「亞瑟．康諾普因為車輛衝撞而死於嚴重內傷。他的肝臟苟延殘喘，但以他這個年紀的男人來說，其他主要器官還相當好。」

基慈舉起雙手，好像在說，就這些了。

「沒有留下證據，沒有留下痕跡，什麼都沒有？」

「沒有，督察，因為妳不是在製作電視節目。如果我們做的是一小時無關緊要的娛樂節目，我可能會突然發現泰瑞莎．懷厄特吞下一根和妳嫌犯家中地毯相符的纖維。我甚至可能在湯姆．柯帝斯的屍體上找到一根兇手神奇落下的頭髮，而且還帶著髮根。但我又不是在拍電視的迷你影集。」

金呻吟著。她的牙膿腫都好過基慈的長篇大論。從他皺著眉頭的表情來看，他還沒說完。

她往後靠向不鏽鋼桌台，交抱起雙臂。

「約克夏開膛手殺了幾個女人？」基慈問道。

「十三個。」丹尼爾回答。

「他是怎麼被捕的？」

「開掛假車牌的車被兩名員警逮捕。」她回答。

「所以，出現了十三具屍體後，他仍然沒有因為掉落的頭髮和地毯纖維被逮捕。因此，我只能傳達屍體告訴我的訊息。任何型態的法醫證據都不能取代美好的傳統警察工作：推斷、直覺、智慧和務實的想法。這倒是提醒我了，布萊恩在哪裡？」

金看了他一眼，他轉身回到工作台邊。金看到他白色外袍的領標翻了出來，她伸手用食指把領標塞回去。

基慈回頭看，她揚起一道眉毛。他微笑著把頭轉回去。

金轉向丹尼爾。「博士，有沒有發現一副假牙？」

他迎視她，他眼底的疲憊讓金嚇了一跳。她知道他在現場留到很晚才把三號受害者的骸骨移回來。換成她，她也會那麼做。

「怎麼，不先辱罵、諷刺或挖苦？」

她感覺到他和自己一樣。一旦有人提出問題，他在得到答案之前不會停手。處理這樣的案子沒有輪班，沒有打卡上下班。有的只是求知的需要。她懂。

她歪頭微笑。「沒有，博士，今天沒有。」

他凝視她的雙眼，還以微笑。

基慈的注意力回到工作台上，他翻閱著一本設備目錄。

「沒有假牙。」丹尼爾向她確認。

「該死。」

「但原來應該要有。她前排牙齒缺了三顆。」

金重重地嘆氣。如今她有三個女孩的名字了。無庸置疑，這具一定是路易絲的骸骨。

「妳問過凱芮絲嗎？」他問道。

「不在現場。」

「我找到了。」基慈靜靜地說。

丹尼爾走到工作台邊，看著基慈食指指的地方。

丹尼爾緩緩點頭。

「什麼？」金問道。

基慈轉身面對她，說不出話來。金開始不安。這個男人看過屍體腐爛的最糟狀態。他面對駭人的犯罪現場、腐敗的屍體和繼之而來的生命型態時，都能處之泰然。她看過他初步檢查屍體時把整群蛆稱為「小傢伙」。現在究竟有什麼事能讓他如此震驚？

「看這裡。」丹尼爾指著恥骨要她看。

金看到恥骨中央有一道裂口。

她抬起頭。「骨盆斷裂？」

「靠近一點看。」

金盡可能俯下身子，這才看到骨頭邊緣的裂口。她數出七道裂口。最中央的裂口比其他幾道來得深。裂口兩側的骨頭有明顯的之字形痕跡。金看到鋸齒痕跡延伸了大約一吋才碰到中央裂口。

金驚恐地往後退，左右來回看著丹尼爾和基慈，無法瞭解眼前看到的是什麼。

「沒錯，督察。」基慈的聲音沙啞。「那混蛋想把她鋸成兩半。」

沉默籠罩著實驗室裡的三個人，他們全低頭凝視這具曾經是少女的骸骨。她不是天使也不是沒犯過錯，但到底是個年輕女孩。

金走到一旁，差點跌撞到丹尼爾身上。

他用雙臂穩住她。「妳還好嗎？」

她點點頭，離開他手臂的碰觸。在這陣暈眩過去之前，她不相信自己會說出什麼好話。

她的手機鈴聲把大家都嚇了一跳。鈴聲讓實驗室恢復生氣，彷彿按下的暫停鍵跳了起來。來電的是布萊恩，他就在這棟建築的某處。

她口乾舌燥地接聽手機。

「老闆，我在這裡是浪費時間。」

「他還在手術中嗎？」她看著手錶問。如果真是如此，李查．克洛夫特的情況恐怕不妙。

「沒有，他一小時前被推回病房了。刀子拔出來了，我已經裝入證物袋。他一下醒來一下又昏迷，問題是克洛夫特太太不讓我接近他。」

「我來了。」她說，掛斷電話。

「妳現在要去哪裡？」基慈問道。

她瞄了三號受害者的骸骨一眼，深吸了一口氣。「我要去開戰。」

61

我察覺到路易絲盯上我了。她和其他兩個不同。梅蘭妮害羞又需要關懷，渴望關愛和肯定。崔西世故又性感，但路易絲心底有一抹殘忍，像鉛一樣傳遍她全身。

路易絲和另外兩個女孩不一樣。她沒受到虐待，不是遭到家人拋棄或忽視。她只是不喜歡繼父帶來的新規矩和新弟弟。

路易絲喜歡帶頭，她第一天就決定了自己要睡哪張床，當時我就看出來了。原本睡那張床的女孩竟然敢拒絕，最後因為自己惹來的麻煩折斷一隻手腕。

不難想像，她對七個月大弟弟施加暴力的程度，是導致她被送出家門的原因。

她和崔西的差別在於她沒有平和的時候，她光是殘酷，沒有性衝動，沒有幽默，光是看到她，我就受不了。

沒有人敢惹路易絲。她體內的憤怒渴望自由，在傷害和憎惡間蠢蠢欲動。

但她有件事只有我知道。

路易絲殘忍、暴力。路易絲還會尿床。

每天凌晨四點，靠手錶的震動提醒，路易絲會離開溫暖的床鋪去上廁所，在膀胱排乾淨後才會回房。

「嗨，路易絲。」一天凌晨她走出廁所時，我和她打招呼。

「你想做什麼？」她掩著嘴說。

「我覺得我們應該小聊一下。妳最近好像有點心神不寧。」

「你覺得嗎？」她把手放到後臀。「我的密友像蒼蠅落下一樣，不見了。」

我聳聳肩。「顯然她們沒那麼喜歡妳，所以才沒留下來。」

她噘著嘴，瞇起眼睛，五官彷彿向臉孔中央集中。「對啦，也許她們沒有發表意見的餘地。」

啊，我得了滿分。只有精神病患才能辨識出另一個。

我沒理由和路易絲玩遊戲。她的命運已經底定。但是我還是花了時間讓自己小小開心一下。

「怎麼說？」我問道。

「我知道你牽涉在內。你假裝對我們好，但你不對勁。」

我默默恭喜路易絲的感知能力。

「妳沒立場說。誰會蓄意傷害還是嬰兒的弟弟？妳個性卑鄙，大家都不想和妳在一起。我敢說，妳兩個密友會離開是因為她們再也受不了妳。即使妳自己的家人現在也討厭妳。」

她勾起下巴。「我才不在乎。」

「那妳為什麼還會尿床？」

她撲上來朝我揮拳，但我早有準備。我抓住她的手腕，扭過她的身子，讓她背對著我。我的前臂緊緊勒住她的喉嚨。她用力甩頭，但我用下巴抵住她的頭頂，在她想尖叫時用左手蓋住她的嘴巴。

我押著她往前走時，她嘗試咬我的指頭。她揮動雙臂，但沒能傷到我。

在我押她走到外面後，她的求生意志沒那麼強烈了。我右手壓住她的肩膀，收緊手臂。

我像甩動玩偶那樣甩掉她最後一口氣。她身體靠著我，癱軟得像是被吸出骨頭的人，這時我感覺到她已經走到生命的盡頭。

我把壓住她肩膀的右手抬到她的頸側確認。

我指頭下的皮膚沒有跳動。

我把她甩上我的肩膀，扛她到外頭那個等待她的土坑。

對待其他兩個女孩時我不是這樣的，當我把她丟到地上時，我對那具軀體一點感覺也沒有。

梅蘭妮對關愛的需要讓我反胃，她奉承的臉孔讓我起雞皮疙瘩。

崔西則是引發我的慾望。帶她走向盡頭的，是她自己的貪婪。

但我對路易絲沒有任何感覺。她是達到目的的手段。

她是安全保證。

她的死法會誤導他人。

於是我拉開她的雙腿，伸手拿鋸子。

62

這幾天來，金第二次踏上羅素霍爾醫院的走廊。因為過了訪客探視時間，於是她透過對講機表明自己的警官身分。

醫療人員的首要優先是照顧病患，但他們盡可能配合警方辦案。

金穿過病房區前面的小等候室，布萊恩一看到她就站起來。她打個手勢，要他坐回去。

她在護理站停下腳步。「李查・克洛夫特？」

穿著深藍色制服的女性護理師身材矮胖，把一條鬆緊腰帶扣在制服中段試圖找出腰線，但不幸慘敗。

「督察，我覺得他還沒辦法讓妳問話。」

金點頭表示瞭解，但她也想得到對方的理解。她往前靠，快速地說：「妹妹，這星期我有超過六具屍體，他們都需要答案。李查・克洛夫特差點是第七個，他也許能幫忙。」

護理師眉間的皺紋更深了。

金舉起雙手。「我保證我不會做任何危及他的事。」

這不是謊言，因為金根本不打算做任何事。

護理師妹妹朝病房區旁邊第三扇敞開的門點個頭。「只能幾分鐘，好嗎？」

金點個頭同意，靜靜沿著走廊前進。

來到門口，她看的不是病床上了無生氣的人，而是坐在安樂椅上、目前專注在電話內容上的克洛夫特太太。

金靠在門框上，閃亮黑髮的主人抬起頭。是妮娜。

克洛夫特太太一貫的表情是禮貌地容忍。顯然，這個表情是為她員工保留的。當她的眼睛落到金的身上，任何殘存的容忍或禮貌都煙消雲散。

看到這張如此吸引人的臉孔竟會受到內在毒液的侵蝕，金短暫地感覺到驚訝。突然間，美貌消失，取而代之的是瞇起的雙眼和抿起的、殘忍的薄唇。

「妳來這裡做什麼？」

「克洛夫特太太，我們必須問妳丈夫一些問題。」

「現在不行，史東督察，尤其妳更不行。」

妮娜．克洛夫特站起來。這正合金的意。

李查．克洛夫特躺在床上呻吟。金朝他走了一步，妮娜立刻擋住她的去路。

「出去。」妮娜厲聲說。

金試圖繞過她，但妮娜粗暴地抓住她的手，將她拉向門口。如果不是因為她身為警察，金會賞這女人一個巴掌。不見得每次犧牲都有價值。

「離開這間病房，現在就離我丈夫遠遠的。」

妮娜拉著她走向病房區入口，經過等候室時，金往裡頭看，和布萊恩四目相接。她朝沒人看守的病房點個頭。

一離開病房區，妮娜便甩開金的手臂，彷彿她手臂上佈滿了痲瘋病患的疤痕。

「我不喜歡妳的方式，督察，而且我不喜歡妳。」

「相信我，這不會害我晚上睡不著覺。」

女人轉身就要回病房。

「還有，妳不喜歡的其實不是方式，對吧，克洛夫特太太？」

妮娜轉身走回來。很好。

「妳不笨，在打那通要求把我調離這個案子之前，妳一定先調查過我。妳討厭的是我的成功率。」

妮娜站得更近了。「不，我討厭的是妳讓我丈夫覺得像個嫌犯這件事，這讓我判斷妳不夠資格主導這次調查。妳顯然無能——」

「妳明知道無論花多久時間我都會解決這個案子，為什麼還要調開我？」

妮娜．克洛夫特繼續怒視她。

「尤其是妳知道自己的丈夫會有危險。任何正常的妻子都希望兇手盡快落網，讓摯愛脫離險境。」

「跟我說話要非常小心，史東督察。」

「妳在怕什麼，克洛夫特太太？妳為什麼這麼擔心我找出答案？還有，妳丈夫當年到底做了什麼事？」

妮娜往後退一步，交抱起雙臂。「妳永遠無法證明他做了任何不恰當的事。」

「有趣，妳沒說他做錯事——妳只說我沒辦法證明。」

「妳在玩文字遊戲，督察。」

「妳丈夫知道十年前發生在克里斯伍德的某件事，在他試圖保命的現在，有好幾個人沒那麼幸運。」

妮娜看來不為所動。金不記得自己見過比妮娜．克洛夫特更缺乏憐憫心的人。

金不可置信地搖頭。「妳處處阻礙這件調查。妳試著把我調開但沒有成功。妳利用法律上的影響力對挖掘案提出抗議……」

金沒把話說完，因為真相漸露端倪。「是妳殺了教授的狗！當抗議失敗後，妳決定不擇手段阻止挖掘計畫。天哪，妳到底哪裡有病？」

妮娜聳聳肩。「請便，逮捕我不當使用釘書針好了。」

妮娜．克洛夫特身後有動靜，金知道布萊恩離開了病房。

金往前走，正對著妮娜的臉。「妳是個殘忍、冷漠、可悲的女人典型。妳對任何事、任何人都不在乎。我想，妳知道當年發生了什麼事，妳唯一想保護的人只有妳自己。

「我向妳保證，有朝一日我會再次拜訪妳，到時候會是以妨礙司法公正的罪名來公開逮捕妳。」

看到布萊恩穿過第一道雙推門時，金停了下來。

「現在妳有理由提出真的指控了。所以，請盡妳的全力吧。」

布萊恩出來站在她身邊。

「問到你想要的答案了嗎？」她問道。

布萊恩點點頭，轉頭對妮娜說：「妳丈夫在找妳。」

妮娜來回看著他們兩個人，意識到自己上當。她漲紅了臉。妮娜．克洛夫特不喜歡輸。

「妳這個狡猾的小賤人……」

金轉身就走。

「剛才是鍛鍊心臟和意志嗎，老闆？」

「我們現在是永遠的閨密了。你問到什麼？」

「真是個混蛋東西。」

金停下腳步。「你在開玩笑嗎？」

布萊恩搖頭。「不是。」

「我們有個存活下來的受害者。兇手至少殺了兩人，他是唯一的倖存者，然後克洛夫特什麼都說不出來？」

「老闆，他最多也只能說兩個字，我用是非題的方式成功問出當刀子刺入他的背時，他人站著，但臉沒對著門口。他往前趴，接著立刻失去意識。」

金吁口氣。「就幾分鐘，布萊恩。那麼該死的幾分鐘就讓我們錯過他。無論下手的是誰，都知道瑪塔出去買東西時有個短短的空檔，也知道能在無人發現的情況下進出的唯一方法。」

他們走出醫院建築時，天已經黑了。

「我已經告訴凱文，要他明天放假。星期六我們再努力拼湊一切。這星期夠累的了。」

就這麼一次，布萊恩沒有爭辯。

金繞到醫院側面她停重機的地方，拐個彎後走進黑暗當中。

就在她伸手要拿鎖在輪胎上的安全帽時，手機響了。

63

她按下接聽鍵。電池指示燈亮起紅燈。

「什麼事，史黛西？」

「老闆，我一直在回顧臉書上的舊貼文，剛好看到一篇我覺得應該讓妳知道的貼文。」

「說。」

「大概在八個月前，有個女孩看見湯姆．柯帝斯帶家人到達德利動物園。她在貼文上評論他的體重，說不知道她們從前是看上他哪一點。

「接下來她們開了些幼稚的玩笑，像是他把他的熱狗放進某人麵包裡之類的垃圾留言，但接著她們開始討論我們那三個女孩。」

金閉上雙眼，背靠著牆，她知道接下來會聽到什麼。

「他顯然和她們其中一個有性關係，老闆。」

金想到那個懷孕的十五歲女孩。「她們有沒有提到崔西的名字？」

「沒有，老闆，重點就在這裡。和湯姆．柯帝斯上床的是路易絲。」

金搖頭，體內的怒氣逐漸高漲。

「妳還好嗎，老闆？」

「我很好，史黛西。做得好，現在下班去……」

她沒辦法把話說完，因為手機沒電了。

她把手機放進口袋裡，用腳踢牆壁。

「該死，該死，該死。」金怒吼著。

撕扯她血管的怒氣無處可去。這些混蛋傢伙受託照顧這些女孩，而他們大大辜負了她們。看來，他們每個人都找到某種方式更進一步傷害這些孩子。

兒童虐待分成四個主要範圍，身體虐待、性虐待、情緒虐待和疏忽。依金看，克里斯伍德的員工差不多四項全犯。諷刺的是，大多數女孩之所以安置在克里斯伍德，是為了讓她們離開受虐的環境。

克里斯伍德的女孩沒有任何一個是自願進去的。從自身經驗，她知道兒童之家就像棄置場、公益設施或垃圾掩埋場；是收容多餘和破碎個人的地方，孩子失去人性或被剝奪身分還算好，最糟的是他們遭到更進一步的虐待。

金親眼看過。惡劣待遇成了理所當然的期待。慢慢地，就像用槌子將樹樁搥進土裡一樣，你的頭只能在地面上停留那麼短的時間。

金繞著重機走，試圖排除血管中的熱氣。她握緊拳頭又鬆開，藉此排解越來越大的壓力。

每個到克里斯伍德的女孩都有不同的原因，而且沒有任何正面原因。

梅蘭妮的父親輕輕鬆鬆就拋棄她，把她當禮物送給國家，好讓自己的餐桌上少一張嘴。他的選擇標準是：她長得比較不漂亮。梅蘭妮怎麼可能不知道這件事？她該怎麼和這件事和解？被一個應該照顧她的男人拋棄，只因為她長得醜。

這孩子乞求一點關照，一點證明她值得人愛的肯定。她甚至想買友誼來尋找自己的定位，只要一窩幼仔能接納她，她可以當其中最弱小的一個。

這是梅蘭妮的故事。但故事不止一個，所有在照護系統下的孩子都有故事。金自己就有故事，但她故事的開端還有別人。

米奇的影像浮上她的眼簾。這不是她想要、卻是她永遠看到的影像。情緒擠向喉頭時，她退回陰暗的角落。

金和米奇是提早三個星期出生的早產兒，身體狀態虛弱。金的健康情況迅速好轉，體重增加，骨骼也更強壯。但米奇沒有。

雙胞胎六個星期大時，他們的母親佩蒂將兒女帶回位在冬青住宅區高樓的公寓。

金的第一個記憶，是她四歲生日過後的第三天，當時她看到母親拿著枕頭緊緊悶住她雙胞胎弟弟的臉。他短短的雙腿在床單上亂踢，肺部想爭取空氣。金試著拉開母親，但母親緊緊壓住枕頭。

金趴到地上，像隻得了狂犬病的小狗，張嘴重重咬住母親的小腿。她用盡全身力量，不肯鬆開牙齒。母親轉身之際枕頭掉到地上，但金仍然緊咬不放。她母親搖搖晃晃地在家裡瘋狂走動，尖叫著想踢開女兒，但一直到她們和床鋪有段安全距離後，金才鬆口。

她記得自己跑到床邊搖醒米奇。他噴濺唾沫，一邊咳嗽一邊大口呼吸。金將他擋在身後，抬頭瞪視母親。

她母親走近了些。「妳這愚蠢的小賤人。妳不知道他是魔鬼嗎？他必須死，聲音才會停下來。妳該死的是哪裡不懂？」

金搖頭。不，她不懂。他不是魔鬼，他是她的弟弟。

「我會抓到他的，我向妳保證，我一定會抓到他。」

從那一刻起，金隨時早母親一步。隔年佩蒂又試了幾次，但金一直不曾離米奇太遠。白天她會在口袋裡放個徽章用來刺自己的前臂，好保持警覺。夜裡，她抓起罐子裡一把把咖啡直接丟進嘴裡，讓苦澀的顆粒在舌尖融化。

只有在聽到母親規律的呼吸聲後，她才會容許自己休息。

社福人員偶爾會過來探訪。一個工作過量的人帶著紙夾來進行十分鐘的草率檢測，而她總是能成功找出方法通過。

金納悶地想過許多次，不知分數到底要多低，才能讓他們留在母親的看管之下。

沒有吸食古柯鹼的證據——查核無誤。

家長沒有跌跌撞撞也沒有酒醉——查核無誤。

孩子身上沒有明顯的疤痕——查核無誤。

他們六歲生日的一個星期後，金從廁所出來，發現弟弟被手銬銬在暖氣上。

金驚懼地看著母親，困惑了幾秒鐘。她母親需要的就是這段時間。金感覺到她母親從後面一把抓住她的頭髮，把她拉到暖氣邊，和她弟弟銬在一起。

「如果我得逮到妳才能抓到他，我就會那麼做。」

這是她從母親那裡聽到的最後一句話。

那天晚上，金成功地扭動右腳從床下勾出一包五片裝的餅乾和半瓶可樂。

有兩天時間，她一直相信母親會回來。她會處於少有的清醒時刻，會放開他們。

到了第三天，她終於明白他們的母親不可能回家，而且會讓他們自生自滅。看到餅乾剩下兩片，可樂只剩幾口，金開始什麼也不吃。她把最後兩片餅乾對半再對半掰開，掰成八小塊留給米奇。

到了第五天晚上，餅乾吃完了。可樂瓶裡剩下一口液體。

米奇轉頭面對她；那孩子如此瘦小蒼白。「金，我又尿尿了。」他低聲說。

她看著他的眼睛，他們身下的穢物堆又多了一灘尿讓她煩躁。但他嚴肅的語氣逗她大笑出聲。她一開始笑就無法自已，米奇雖然不知所以然，但也加了進來，兩個孩子笑著笑著就哭了。

眼淚流乾後，她抱住米奇。因為她已經知道了。她對著他的耳朵說媽咪去買吃的正在路上，要他撐住。她親吻他的頭側，告訴他她愛他。

兩小時候，他死在她懷裡。

「睡個好覺，心肝米奇。」在最後一口氣離開他憔悴纖弱的身子時，她輕輕地說。

不知過了幾小時——或幾天，她聽到巨響，跟著是人。很多個人。太多了。他們想帶走米奇，而她太虛弱，沒辦法趕開這些人。她不得不放手讓他走。再次放手。

住院的前十四天一切模模糊糊的，不是管子，就是針頭和白袍。好多個日子融成一天。第十五天就清楚多了。她從醫院被帶到兒童之家，分配到第十九號床。

「抱歉，小姐，妳還好嗎？」她頭上傳來一個聲音。

金嚇了一跳，這才發現自己靠著牆滑坐到地上。

她擦乾眼淚，跳起來站好。「我很好，謝謝你，我很好。」

救護車駕駛猶豫了一下，但還是點點頭邁步離開。

金站著，藉由深呼吸來驅散難以抵擋的哀傷，同時把記憶收回盒子裡。她絕對不會忘記自己無能保護弟弟。

她解開鎖在輪子上的安全帽。她的身體現在充滿了戰鬥力和決心。

不，她不會接受。金不會辜負這些女孩，因為，該死的，有人在乎她們。她偏偏就是在乎她們。

64

史黛西往後靠向椅背，伸個懶腰。她後頸的肌肉灼熱。她左右轉動腦袋，右肩胛骨某處發出喀嗒聲響。

老闆說了要她回家，她正打算這麼做。

她關掉臉書頁面和下方的電子郵件。信箱收件匣最上方還有幾封標示粗體字的未讀郵件，但她星期六才會看。她現在渴望的是泡個又久又熱的泡沫浴，然後外帶披薩、看一集「家庭主婦」實境秀。哪一集都沒關係。

電腦的嗡鳴聲突然停止，辦公室沉浸在一片寧靜當中。

她的腳滑進擱在辦公桌下的鞋子裡，穿上外套走到門口。

史黛西正要關掉電燈的左手猶豫了一下，下意識覺得不對。她看到了某件事，只是還沒研究出其中的意義。

她怒罵著走回辦公桌前。現在嗡鳴聲更響了，彷彿受到脅迫。史黛西猜想那是她自己的心理投射。

她看都不必看便敲打鍵盤，然後直接進入電子郵件信箱。讓她心跳加速的是第二封未讀郵件。她從頭讀起，睜大了雙眼。

她看完整封郵件後嘴巴都乾了。

史黛西用顫抖的指頭摸索電話。

65

金把重機停在圍住的建築物側面，下車走到圍籬邊。

這時才八點，但感覺像更晚。夜晚的冷空氣已經降到零下，家家戶戶鎖上門，拉下窗簾，躲進床鋪，享受眼前閃爍的橘色爐火和夜間影片。

金在家短暫休息時萌生了這個想法，上星期她幾乎沒看到自己家，但她知道自己不能休息。答案逐漸從霧中浮現，然而缺失的那一小塊拼圖仍然困擾著她。

挖掘現場如今已經清空，所有活動的痕跡都已經抹除。看著他們關閉這塊土地，她覺得有些怪異。白色帳棚送回到倉庫，等待下一個被害人。機器設備也移開了，隔天就會送走。一起離開的還有凱芮絲。

在黑暗中以肉眼觀看，這塊地和一星期前沒有兩樣。連少數的花束和泰迪熊都消失了。

但是，金知道她能走到三個墳墓，而且是確切的位置。而這件事，在地景的傷疤痊癒的許久之後，還會繼續存在。

金忍不住要想，倘若不是教授堅持挖掘埋藏的錢幣，這些女孩還得消失多久。

然而因為他的堅持，躺在這片不起眼土地上的三名少女終於能得到恰當的葬禮。金每場都會參加。

她知道這件案子影響了他們每一個人。凱芮絲從土坑裡移出骨骸，丹尼爾負責檢驗以判斷她們的死法，現在輪到她把一切拼湊在一起。

她看向對面位於中央的房子。裡頭有人在活動。露西和威廉已經從醫院回家，這對父女綁在一起的生命會如常繼續下去。至少目前如此。

金收回落在亮燈窗口的視線。該是她和威廉．沛恩來場艱難對話的時候了；但他哪兒也去不了，而她必須先找到失落的那塊拼圖。

假牙在這裡的某處，她說不出所以然，但這件事很重要。既然假牙不在骨骸上也不在墳墓裡，那麼就應該還在房子裡。放置的地點會揭露一切。而這一次，金有備而來。

她從馬鞍包裡拿出一支鐵鎚。她推測，只要移開圍籬上兩片木板，她就可以從缺口爬進去。

金脫下黑色皮手套，用嘴含住迷你手電筒。她用鎚爪撬起將木板釘在柱子上的釘子。

輕鬆取下前兩根釘子後，她試著將木板從柱子上拔開，但另一端的兩根釘子抓得很牢。上面的釘子不難拿，但下面的不肯讓步。她只能將仍然有一根頑固釘子的木板轉向，讓如今垂直的木板和柱子平行。

顯然地，地方政府十年前花在合理做工的錢，比花在材料上的來得多。

她用相同手法轉動第二片木板，這個缺口正好讓她能爬過去。進到圍籬裡，她把雙手合攏在嘴邊。刺骨寒風吹得她指尖發麻。

她故意不把自己的計畫告訴布萊恩和團隊裡的另外兩人。她沒有進入這棟建築物的合法權力，而申請搜索狀太耗時。

伍瓦德對於她團隊忠誠度的訊息，她清楚收到。

少了日光的幫忙，她必須回想建築物後側的格局。她把手電筒的光線照在地上，這側的地上長滿了草，到處都是破瓦殘礫。

接著，金把光束照向她前一次進到屋裡的窗口。她想從A點直接走到B點，但中途被煤渣塊絆倒。她低聲咒罵，但繼續往前走。

來到窗邊，她想起自己上次用來攀越籬笆的垃圾桶。於是走回去——小心地避開煤渣塊——取來垃圾桶，放在破窗下。

她先拿手電筒照亮破窗外緣，確認哪裡有玻璃碎片，接著含起手電筒，用雙手將自己撐過破窗。

是的，她進去了。

66

第一次見到她，我就知道自己是對的。她的勤快和毅力對她很有幫助。或許太有幫助了。因為這讓她回到我這裡。

我本來以為我們不會見面，但情況不同了。

我的安全保證和我的誤導設計不夠縝密。對某些人來說，這樣就足夠。但對她不行。

她在夜裡單獨來到這裡，進入廢棄建築尋找答案。在揭開秘密之前，她不會休息。

他們都一樣。

遲早，她講究方法的推論會把她帶到我這裡。我不能冒那個險。

如果她不是那麼聰明，我會允許她活下去。人必須為自己的作為負責。

我記得十二歲時，我在學校餐廳吃午餐。羅比有個雞肉三明治，看起來比我的火腿起司三明治好吃得多。我請他和我交換，他當我的面嘲笑我。

在他斷了一根肋骨、得到兩個黑眼圈和兩隻指頭斷裂之後，我拿到他的三明治。果然美味。

看吧，事情本來不必如此。如果他願意交換，他會毫髮無傷。我試圖解釋給老師聽，但他們就是不懂。他們全為了我沒感到懊悔而找藉口。

我不苦惱，沒有尋找關注，不是因為我祖母過世而調皮搗蛋。

我只是想要那個三明治。

雖然可惜，但那個督察必須死。我會想念她敏銳的心思和魄力，但這是她自找的。

不是我的過失。

我唯一的過失，是多年前犯下的錯誤，但自此我不曾再犯。

然而話說回來，即使是最偉大的心靈偶爾也會失誤。

我看著她爬進圍籬裡，心知這個督察剛犯下她最後一個錯誤。

67

金踩在美耐板流理台上，腳下的碎玻璃像碎石一樣發出聲音。在黑暗的寂靜中，這個噪音彷彿震耳欲聾。

她慢慢下到地上，拿手電筒照了廚房一圈。從她上次闖入到現在的幾天之間，一切都沒有改變，但這裡不是她在意的區域。

儘管如此，她還是停留了一會兒，想像女孩們趁沒人在時溜進廚房偷一包脆片或一瓶飲料。在被人粗暴斬首前，梅蘭妮進出過這裡幾次？

金往前走，穿過廚房，這時有個東西黏到她臉上，讓她嚇了一大跳。她抬起手抓臉，抹掉柔軟的纖維，舉起燈光照向門口破了一個人頭形狀的蜘蛛網。一絲蜘蛛網搔著她的耳朵。

踏進走廊時，一陣風呼嘯著穿過破窗從上方吹進屋裡。她頭上有根橫樑嘎吱作響。

有那麼一會兒，金質疑自己選擇單獨在夜裡進入這棟建築是否明智，但昆蟲和風嚇不走她。

她獨自走在走廊上，在經過面街房間的敞開門口時，小心翼翼地關掉手電筒。

整棟建築雖然有圍籬圍住，她仍然不想冒險，讓路上或對面的房屋看到光線。

她的左手邊是洗衣間，右手邊是公用休息室。她想像路易絲在被某個混蛋意圖將她鋸成兩半前，在休息室裡以小團體領袖的身分召集她的人馬。

接著她走向走廊最裡面的空間，也就是起火點——經理辦公室。一進辦公室她就關掉手電筒。巴士站旁的街燈將陰影投射到裡面。

妳曾否站在這裡請求他幫忙？金無聲地問崔西。在遭到活埋之前，妳有沒有來找過李查・克洛夫特，尋求他的建議？金猜應該是沒有。

金搖頭甩開這些想法，環顧整個辦公室。敞開的門後有兩座檔案夾，她一個個打開抽屜。街燈的光線沒照進辦公室裡深處這個位置。她用手翻看檔案夾。

沒有。

她走向門口另一側的書架。木頭結構的書架很重，只差六吋就碰到天花板。她伸手撫摸空無一物的每層隔板，站上第二層隔板上檢查書架頂端。雖然雙手沾滿了黑色煤灰，但她仍然毫無所獲。她吹掉黑色粉屑，剩下的則在牛仔褲上擦掉。

她來到離窗戶最近的辦公桌前，打開每個抽屜，在最下面的抽屜發現一個小小的金屬保險箱。她拿起來輕輕搖晃，裡頭沒有東西。

金站起來審視辦公室。假牙在這裡，她感覺得到。兇手會把假牙放在哪裡，確保那東西會被摧毀？

她的目光又飄回離門最近的書架。起火點是辦公室外面的走廊，也就是距離那些女孩臥室最遠的地方。不知怎麼著，大火自己選擇了方向，朝走廊燒過去，克洛夫特的辦公室因此沒有受到損傷。

她把手電筒收進口袋，站到書架前面。這次，她仔細檢查每一層隔板，包括頂上和下端，連側面的木板都沒有放過，甚至跪下來尋找下方隔板下有沒有缺口。

什麼都沒有。

她碰過的隔板表面揚起了灰塵和煤灰，害她打了一個噴嚏。

她站到書架前面張開雙臂，估計自己最多只能抱住整座書架，於是她先挪一側再挪另一側，讓書架慢慢以一吋的距離移動。挪了幾次後，書架和牆壁之間出現了大約八吋的空隙。不寬，但足以讓她走到書架後面。

金伸長手越過書架的夾板背板，左右摸索。伸手摸最遠端時，她的臉直接貼在側邊的木板上。突然，她的指尖滑過和粗糙夾板不同的光滑表面。她繃緊肩膀，盡可能伸長手。她又摸了一次。膠帶。她的指尖摸到一段透明膠帶。她用盡全力一推，把自己擠進角落。

這讓她立刻想到三號寄養家庭，他們家有個「冷靜角落」作為懲罰之用。她估計自己住在三號寄養家庭的五個月之間，約莫有三分之一的時間花在那個角落。不見得每次都是她的錯，有時是別人刻意讓事情看起來是她的問題。

當金摸到不可能錯認的牙齒時，她整個人僵住了。

「懲罰」這兩個字在她的腦海裡盤旋，她閉上雙眼，難以置信地搖頭。她到底為什麼沒早點看出來？白板上的這兩個字一直盯著她看。斬首、活埋、鋸死；這些是死刑的各種形式。

她收回貼在書架背板上的手臂。假牙可以等。這東西已經沒有稍早時來得重要。

她得呼叫支援。如今她終於找出破案的最後一塊拼圖。最後一次的再訪過後，她的女孩們就可以寧靜地長眠。

太遲了，金看到街燈在走廊上投下一個影子。

接下來她什麼都看不見。

68

金張開眼睛，發現嘴巴裡塞了布條，布條在腦袋後面打了個結。

她側躺著，雙手和雙腳被綁在一起，膝蓋抵到了下巴。

但她全身上下的疼痛遠遠比不上頭部的陣陣抽痛。抽痛來自頭頂，像觸角般延伸到兩側太陽穴、耳朵和下顎。

水泥地板的冰冷浸透她的衣服，滲入她的骨頭。

金一時記不得自己身在何處，又是為了什麼。慢慢地，這天的片段逐漸浮現，但像幅拼貼畫。她看到李查．克洛夫特面朝下倒在地上的血泊中。她依稀記得簡報會議，但不確定那是不是前一天的事。她感覺——甚至於記得——自己曾經回到現場和凱芮絲說話。

在這些點滴開始以時間先後順序排列時，金終於回想起自己剛回到克里斯伍德尋找假牙。

模糊中，她記得自己找到假牙後，整片黑暗跟著降臨。

至於自己昏過去多久，她完全沒概念，但她知道這裡是經理辦公室。灰塵和煤灰凝結在她的皮膚上。

她的視力越來越清晰，眼睛適應了光線。辦公室還是一樣，外頭的街燈投射朦朧的光線進來。

一片寧靜中，只聽到遠處的滴水聲。這個持續的聲音節奏規律，讓人毛骨聳然。

金拉扯捆住手腳的繩索，繩索很緊，陷入她的肌膚。她不顧疼痛再試了一次，但繩索只是陷得更深。

她在記憶中搜尋，想找到辦公室裡任何可能有用的東西。她想不出來，但她知道自己不能躺在這裡等待。

不知什麼東西掠過她的頭頂，這促使她開始行動。她試圖前進，像被燒著的蟲子那樣扭動。這番掙扎讓她的頭又開始痛，膽汁在喉頭沸騰。她祈禱著，希望自己不要因嘔吐而嗆到。

突然間，她聽到一個聲音，於是她停止扭動，全身感官敏銳地警戒起來。

她拉長脖子看向門口。一個人影出現了。這個輪廓很熟悉。

攻擊她的人走進照亮辦公室的一小片光影中，這時她在黑暗中眨眼睛。

她的目光從對方的雙腳、雙腿、身軀、肩膀——往上看到威廉・沛恩的雙眼。

69

威廉．沛恩緩緩走向她。他的雙眼沒顯露出任何表情，而金開始不由自主地左右搖頭。眼前這一幕讓她覺得一陣反胃。這不是她預料中的人。

他在她身邊屈身為她解開將她綁得像牲畜的繩子。他動作很快但很笨拙。

她想說話，但嘴裡的布條讓她把問題說得含糊不清。

他搖頭。「我們沒有太多時間。」他低聲說。

他張嘴想說更多，但走廊上方傳來低低的口哨聲。

威廉豎起指頭壓住嘴唇，往後退到辦公室的陰影當中。她嘴裡塞了布條不能出聲，她猜想，他應該想告訴她不要洩漏他躲藏的位置。

對方繼續吹口哨，而且聲音越來越大。這個人走路的方式和威廉．沛恩不同，腳步聲自信又果斷。

門口再次出現一個人影，但這次，金不必等待人影的主人走進光線中。

這才是她預料中的人。

70

「布萊恩，你得找到老闆。」史黛西對著話筒大喊。「是那個牧師。是威克斯。他殺了那幾個女孩，但是我電話聯絡不到老闆。」

「慢點，史黛西。」布萊恩說。電視的聲音變小了。她猜他應該是把電話拿到另一個房間。

「妳在說什麼？」

「我發送那幾封電子郵件只是想賭一賭。十二年前在布里斯托有個事件。有個家庭在親戚的骨灰中發現鋼釘，他們指控火葬場把幾場葬禮混在一起，但事件過後，威克斯匆忙離開布里斯托。」

「史黛西，我無意冒犯，但這不表示他有罪……」

史黛西忍住自己挫折。她沒多少時間。「我查過檔案，事件的兩星期前，有個叫做蕾貝卡・蕭的女孩從克里夫頓兒童之家逃跑……」

「這件事為什麼會上報？」布萊恩問道。

「因為之前她出車禍就已經上報了。她的膝蓋受了重傷……」

「需要打鋼釘。」布萊恩把話說完。

史黛西彷彿聽到拼圖就位的聲音。

「那是他從前處理她們的方法。」史黛西說：「但他不能再冒險。」

她聽到布萊恩重重嘆氣。「天哪，史黛西，我們手上有多少──」

「布萊恩，你得找到老闆。我稍早和她通電話時，她的手機沒電了，而且她聽起來不太對勁。」

「妳是指哪方面？」

「不知道，她有點煩，有點焦慮。我覺得她應該不會回家。我擔心──」

「史黛西，把她失蹤的消息傳送出去。如果她安然無恙，我樂得挨一頓訓斥。」

「好，但是布萊恩……」

「怎麼樣？」

「找到她。」

兩人都沒提到「活著」這兩個字。

「我會的，史黛西，我保證。」

史黛西放回話筒。她相信他。布萊恩會找到金。

她只希望他不會太遲。

71

他走進辦公室，把鏟子靠在牆邊。

金看著他的雙腳越走越近。她雖然極度渴望拉長脖子看，但是她辦不到。她想直視這個邪惡混蛋的眼睛——他竟然試圖把一個女孩鋸成兩半。

他的聲音低沉又愉快，彷彿在討論該到哪裡用晚餐。「妳同事真熱心，幫我挖了幾個坑。最後一個很容易再挖開。我覺得妳在那裡應該會很快樂。」

金用力拉扯自己的束縛，試著把塞嘴布吐出來。

她感覺到右手腕的繩子鬆開了些，但是還不夠。

維多・威克斯大聲笑了出來。「這對妳來說一定很新鮮，督察。通常，妳是掌握全局的人，但再也不是了。」

金覺得內心的挫敗感越來越重。如果是一對一，她絕對可以拿下他，會狠狠揍他一頓。他控制她的唯一方法，是將她像火雞一樣捆起來。

他跪在她身邊，她終於可以看到他的雙眼。他的眼眸閃爍著得意。

「我讀了不少對妳的報導，督察。我瞭解妳的熱情，瞭解妳的幹勁。我甚至可以瞭解妳對妳那些年輕受害者的認同感。」

他的音調優美，彷彿在為剛過世的死者主持禮拜。「妳曾經也是那些女孩其中一個，對吧，我親愛的督察……但和她們不同的，是妳讓自己成了一個得體、正派的人。」

金繼續拉扯繩子。她太想扭住威克斯的脖子，揮拳揍掉他臉上得意洋洋的表情。

他往後退一步，笑著說：「喔，金。我早就知道妳是個鬥士。我第一次見到妳就感覺到妳的特質了。」

金咬著塞嘴布發出含糊的聲音。

他歪著頭，讀出她眼中的憤怒。「妳覺得我這次逃不掉嗎？」

金點頭，又發出聲音。

「哦，但是我可以的，親愛的督察。妳曉得嗎，再也不會有人來碰這塊地。在我有生之年絕對不會有。」他咯咯笑。「更別說在妳的有生之年。

「三個年輕女孩遭人謀殺，這塊地是原本的埋藏地。沒有人會再來打擾。好，現在再提醒我一次，有誰知道妳在這裡？」

金朝他的方向扭去。她看得見威廉・沛恩的影子，他就站在那扇敞開的門後面。她必須轉移牧師的眼光，他才不會注意到光影有異。

這個動作只讓維多換隻腳支撐身體重心。他仍然站在門口邊。

「而且妳忘了一個極其重要的細節，我親愛的督察。我從前做過這種事。至少三次——所以我認為妳應該覺得我相當熟練……」

他話還沒說完，就看到他左側的影子走出陰影之外。

金察覺到空氣的流動，呻吟了一聲。她知道威廉太早採取行動。他得跨三步才能打到維多．威克斯，但這段時間足以讓牧師站定腳步。

威廉揮出的第一拳輕輕鬆鬆就被格開。威廉雖然比較年輕也比較高，但維多．威克斯的龐大體型下藏著不容置疑的力量。

維多利用威廉的衝力往後退，接著立刻壓制住他。他揮拳打向威廉的頭側，打得威廉的頭跟著左甩右擺。

維多最後給威廉一記左勾拳，威廉的頭撇向另一個方向。牧師的姿勢讓金確定自己對他曾經是拳擊手的猜測沒有錯。威廉一點機會也沒有。

她努力往前扭到辦公室中央，希望把自己當作阻礙好絆倒維多．威克斯，讓威廉佔上風。

金這輩子從來沒有這麼沒有用的感覺。

「你應該要感激我做的事，你這個悲哀的廢物。」威廉抵著牆壁往下滑，維多說：「在那些小賤貨對你女兒做過那種事之後，你他媽的應感謝我才對。」

威廉幾乎要滑到地上，但他往前撲，用手抓向維多的生殖器。

這動作讓維多退了一步，威廉連碰都沒碰到他。維多右腳踢到金的頭，害她眼冒金星。

金花了幾秒鐘才眨開眼前的星星，但她看到維多抓住威廉的喉嚨將他拉起來站好。維多左手抓著威廉的脖子，把他固定在牆上。她驚恐地看著威廉眼睛往上翻。

維多對準威廉的腦袋揮出最後一拳，然後放掉他。

威廉．沛恩手抓胸口跌到地上，金大聲叫了出來。

72

威廉挨了威克斯的重拳倒下後，臉孔離金的臉只有幾吋遠。金恨快地檢查他的生命跡象，但光線昏暗，她看不出來。

維多．威克斯往前靠到他們兩人中間，把動也不動的威廉從她身邊拖開，好像把他當成一袋馬鈴薯。

她看著他伸出兩根指頭壓向威廉的脖子。「他還活著。目前還是。」

金深吸了一口氣，放下一顆心。

維多過來跪在她身邊，從口袋裡掏出一把刀，用刀刃抵住她的喉嚨。

「我相信妳最後的願望是和我說話，督察。我會成全妳，但如果妳叫，我會割斷他的喉嚨。這樣清楚了嗎？」

金沒有動作，只是繼續瞪著他沒有靈魂的雙眼看。他不再是和藹的牧師，對一群尋求慰藉的悼念者柔聲說話。他原本沾沾自喜的神情已經消失，讓位給兇手的黑暗之心。

威克斯拉掉塞住她嘴巴的布條。布條掉在她的脖子上。

「你要為你做的事付出代價，混蛋東西。」她輕蔑地說。從她喉嚨吐出來的字句沙啞，塞嘴布條讓她喉嚨裡乾得像砂紙。

她連吞三次口水，潤潤乾燥的喉嚨。

他跪在威廉旁邊，刀刃放在他的頸動脈上。

「啊，我不這麼想，我親愛的督察。能懂得要懷疑我的只有妳一個人。那天我就在妳臉上看出來了，這連妳自己都不知道吧。我當時就知道妳不必花多久時間就可以拼湊出真相。」

「你謀殺了三個無辜的女孩？」

「我不會說她們是無辜的女孩。」

金知道自己必須拖延，而且越久越好。沒有人知道她在這裡。他說得沒錯，沒有人會過來幫她。她唯一逃脫的機會如今失去意識地躺在六呎開外。

她必須讓維多繼續說話，在他說話時好好呼吸。

金咒罵自己沒有早一點想通。妮可拉說的某件事不太真實。崔西．摩根不可能說她要去向孩子的父親要錢。她不會用「孩子的父親」或是那個男人的名字。她說的，是她要去找「父親」要錢。

「崔西的孩子是你的？」

「當然是我的。那個愚蠢小賤貨以為她可以勒索我。她從來不想留住小孩或去開始新生活。」

「你強暴她嗎？」

「這麼說吧，她把姿態擺得很高。」

她全身的每一個細胞都渴望拿起那把刀子戳進他雙眼之間。

「你這個邪惡的混蛋東西，你怎麼能做出那種事？」

「因為她什麼都不是，督察。就像其他許多女孩一樣，她沒有家人，她的人生沒有目的。」

「她為什麼沒有舉發你？」

金在這問題說出口前就已經知道答案了。

「因為她覺得那是她應得的。她內心深處也知道自己什麼都不是。她的人生——或沒有人生——不會影響任何人；她的存在不會改變任何事。沒有人哭，沒有人哀悼。她一點價值也沒有。」

金心底的怒意開始成形。她懂那個感覺——知道出現在妳人生當中的人只是收錢來逐漸毀滅妳；一旦理解自己一文不值，這種感覺永遠不會消失。而發生在每一日的事只會加強這個信念。

「這麼說，崔西是第一個。她的小團體若不是那麼堅持也不會有事。她們堅持崔西沒有逃跑。」

「可是你活埋了她。」金不可置信地說。

威克斯聳聳肩，但金看到他的雙眼閃過一抹情緒。

「你下不了手？」她驚訝地問道。「你不是故意要活埋她。你本來打算殺她但又下不了手。喔，天哪，你真的對那女孩產生了感情。」

「別荒唐了。」他吼道。「我對她一點感覺也沒有。我只是給她喝伏特加，所以才比較好處理。我做事的程序早就決定了。」

金覺得自己的膽汁湧向喉頭。崔西．摩根的影像浮現在她眼前，喝醉的、順從的崔西。這證明這邪惡的混蛋無法抗拒誘惑。

「你又強暴她一次，對不對？」

她看到他的笑容。「看吧，督察。我果然沒看錯妳。妳真的知道怎麼用妳的腦袋。」

「可是你是牧師？」

「然而比任何人都瞭解我的上帝提供我這些機會。如果祂覺得我哪裡做錯，祂會阻止我。

「另外兩個女孩不相信她跑了，但其他人都相信。傳言是她懷孕了，所以大家認為她如果不是和孩子的父親跑了，就是到什麼地方去處理孩子。」

「可是她的朋友不那麼想？」

「對，她們堅持那小婊子不可能獨自離開。」

「你刻意誣陷威廉．沛恩？」

「崔西那次沒有。我只希望她離開。但我後來知道給我製造麻煩的這三個女孩同時也對他的女兒做了惡劣的事，所以我決定給自己設個安全保障。」

金明白。在那個時候，維多做出一個聰明的決定，不但在威廉值夜班時去探訪他，還提議讓他和女兒多點相處時間。如果員工知道，因為露西的病，他們也會裝作沒看見。維多知道這麼做，威廉．沛恩會成為第一個被指出來的嫌疑犯。

「是誰找到假牙的？」金問道。

「泰瑞莎・懷厄特。她知道路易絲沒戴上假牙不會自願到任何地方。路易絲只有在睡覺時才會拿下來。所以，她把二加上二，得到我預期中的數字。她檢查夜班的班表，發現三個女孩都是在威廉值班時失蹤的。當然了，他們都曉得露西受到欺負的事。他們很快就相信威廉犯了罪。」

「所以他們替他掩護？」

維多低聲笑。「喔，沒錯，督察，他們當然那麼做了。」

「為了保護威廉？」

「完全不是。喔，表面上他們都很同情他。他的人生不值得羨慕。他看著自己的孩子一天比一天衰弱卻無計可施。沒了他，露西什麼人都沒有。但是，他們是為了自己。」

金不喜歡他以過去式提及威廉，好像當他死了一樣。她不知道土坑挖得夠不夠大，能不能躺進兩個人。

「我相信妳已經知道他們的秘密了。任何官方調查都會毀了他們。李查侵佔公款的事會被揭發開來。泰瑞莎必須面對梅蘭妮提出企圖傷害及性侵的控訴。湯姆和路易絲上床的事會曝光，到時候有誰會相信那是雙方合意性交？而亞瑟對這三個女孩抱著深深的恨意，因為她們害他過著悲慘的人生。女孩死都死了，舉報威廉對誰都沒有好處。」

金聽到遠方尖銳的鳴笛聲，但她知道救護車不是為她而來。她懷疑自己是否能找到方法保命。她強迫自己回到主題。

「誰是主謀？」

「他們共同做出決定，報警沒有好處。剩下來的女孩必須盡快分散安置，與犯罪有關的紀錄必須銷毀。」

「所以有了那場火？」

「沒錯，女孩們的混亂情況和支出安排會成為主管單位的夢魘。」

「沒有人告訴威廉？」

「他們不必說。針對他的心理狀態和對那三個女孩的怒氣，我說了幾句話，事情就了結了。」

「這麼說，那場火不是意外，是有人縱火？」

「對。但沒對女孩們造成危險。起火點是離寢室最遠的地方。警鈴立刻會響，亞瑟．康諾普也準備就緒，隨時可以把女孩們帶到戶外。」

「所以，死了三個女孩。威廉沒了工作，幾個員工可說是失去了理智。然後你就當沒事離開？」

「我剛才說過了，祂站在我身邊。」

「所以你在曼徹斯特、布里斯托和任何你去過的地方時，祂都在你身邊？」

「祂一直在我身邊。」維多露出微笑。

「你確定嗎？」

當嗚笛聲越來越近時，金看到他臉上閃過一絲懷疑。她知道自己不會再有另一個求生機會。很快地，他會把那把刀轉過來，殺了她，然後把她埋在他從前某個受害者的土坑裡。

她必須激他做蠢事。

嗚笛聲更響了。金突然有個主意。

「可是你忘了一件重要的事，維多。」她咧嘴笑。「那會是你失敗的原因。」

嗚笛聲太響，維多傾身靠近她想聽個清楚，這時威廉呻吟一聲，身體轉成躺姿。

金看到他脖子上掛著露西的緊急按鈕。原來他剛剛抓的不是胸口。

嗚笛越來越響。她的雙手雙腳還捆在一起。

「我究竟忘了什麼事，督察？」

維多的臉就在她旁邊。他深信救護車不是為了他們而來，他迫切想知道他留下了什麼該掩飾的線索。

儘管被捆住，金還是知道自己佔了上風。

金把頭往後仰，接著往前撞，撞得很用力。她的前額撞到他的鼻梁。她頭昏眼花，有那麼一下子，她不確定骨頭斷裂的聲音是來自自己還是維多。

威克斯痛得大叫，這表示斷骨的聲音來自他。

他的雙手本能地伸向臉孔，刀子掉在離她被綁住雙手只有半呎。他搖搖晃晃站起來，她則是朝刀子的方向扭動身體。

「妳他媽的瘋婆子。」他叫道，蹣跚地在辦公室裡走動。

就在她被綁住的雙手抓住刀柄時，維多這才意識到刀子不在自己手上。

他仍然捂著臉，但他朝門口的鏟子走過去。

撞斷他的鼻梁為她爭取到一分鐘，但是以她四肢被捆住的狀況，他只要朝她的頭一鏟，她就會送命。

嗚笛聲已經震耳欲聾了。

她把刀鋒轉向自己，割向威廉稍早成功幫她鬆開一點的繩子。繩子是斷了沒錯，但她的四肢沒有任何一肢鬆開，只讓她多了一兩吋活動空間。

金飛快地思考。他跨兩步就到她身邊了。

威廉的右手忽然伸出來抓住維多的腳踝。維多絆了一跤，但迅速站好腳步。

金用中指把一條繩子扯緊。這一扯，她的四肢就捆得更緊。這是將她的手腳固定在一起的繩子。

她更用力地割，呼吸變得急促，她忍著痛，使出每一絲精力使勁割那條固定繩。

維多站著，眼神憤怒，鼻子一邊在滴血。在街燈的光線下，血水在他臉上畫出八字鬍和一把鬍鬚。

他把鏟子舉到空中，然後往下鏟。她向左邊一滾，鏟子落在離她腦袋一吋的地上，造成的聲音幾乎震聾她的耳朵。

她可以感覺到緊繃的繩子在刀刃的壓力下逐漸鬆開，她想像繩索磨損的畫面。

但磨損得不夠快。

他再次將鏟子高舉過頭，威克斯眼中的怒火足以殺人。

她知道他下一鏟不會失手。

嗚笛聲停了，突如其來的安靜顯得十分不祥。

維多調整握住鏟子的手，眼神閃爍著得意。

金看著鏟子前端朝著她的頭落下。

她沒時間了。她丟開刀子，祈禱自己已經把繩子割得夠脆弱，接著，她用盡全力扯開雙手。她的雙手和雙腳分開來，她撲向他的膝蓋，但往下落的鏟子不可能停住。鏟子狠狠地敲到她的下背。

她痛得叫出來，沒忘記從下方掃倒他。他往後倒在地上時，右肘撞到牆壁。

金不顧自己的背痛。她知道自己必須好好掌握這個機會。她讓他受的傷不會壓制他太久。她朝他的雙腿撲過去，爬到他身上。他想坐起來，但金的動作太快，立刻起身跨坐在他身上。他在她身下翻滾扭動，可是金用雙膝固定住他的肋骨。

金聽到廚房傳來踩到碎玻璃的聲音。

「在這裡。」她大聲喊。

金凝視那雙只看得到為自己恐懼的眼睛。她低頭對著他微笑。「看來祂也受夠了你的罪行。」

威克斯又一次滾動身體，想把她甩下來。

她握起拳頭，瞄準他鼻子被撞傷的同一個位置揮拳。

他痛得慘叫。

「她們還只是孩子，你這個混蛋。」

她再揮一拳。「這是代凱芮絲送你的。」

手電筒眩目的光線直接落在她身上。一名男性急救醫護人員拿著手電筒環照室內。

「呃……警察馬上就到。」他說。他沒往前走，顯然不確定這裡發生過什麼事。

「謝天謝地。」她說，伸手掏警官證。

他瞥了一眼。「好，這裡究竟……」

她指著躺在她身邊呻吟的威廉。「先照顧他，頭部兩側受傷。」

「妳需要……」

「我很好。去照顧他。」

維多在她身下扭動。「拜託，安靜。」她說完話，把右膝更往下壓他的肋骨。這時第二名醫護人員衝了進來。

「警察馬上到。」他說，疑惑地看著她。

他們兩個為什麼這麼快就給她貼上壞人的標籤？

「她就是警察，米克。」第一名醫護人員說話時帶著一絲懷疑。

米克聳聳肩，跪在威廉頭部前面。她認出第二名醫護人員，之前露西發病時，也是他趕來救援。她忍不住要想，他們因為那可憐的孩子出動過多少次。

「露西。」威廉努力發出聲音。

「她很好。她成功地告訴我們你在哪裡。」米克說。

太棒的女孩，金心想。

「妳……永遠……證明不了……」維多低聲說。

「閉嘴。」金又用膝蓋抵他。

金聽到遠處傳來更多警笛聲。他們的速度很快。

警笛停下後沒幾秒鐘，走廊上就傳來隆隆的腳步聲。

布萊恩和道森衝進辦公室後，突然停下腳步。

她微笑著說：「晚安，孩子們。感謝你們過來，但如果早個十分鐘會更好。」

布萊恩伸手要拉她站起來，道森把維多的雙臂拉到頭部上方。

她沒理會布萊恩伸出來的手，雙手推地把自己撐起來。她沒辦法確切指出身體有哪個部分沒有傳送疼痛的訊息，但下背的痛楚應該勝出。她伸展身體時扮了個鬼臉。

「你們怎麼知道的？」她問道。

「史黛西收到布里斯托牧師發給她的電子郵件。我稍晚會告訴妳細節，但老闆，還有更多受害者。埋葬不是他慣用的手法。之前他用燒的。」

金不驚訝。她閉上雙眼，默默為那些永遠不會被找到的孩子祈禱。

她深吸了一口氣。「拉他起來，凱文。」

道森和布萊恩一人抓住他一隻手臂，將他架起來。

維多瞪視著她，眼神充滿的強烈敵意幾乎要燒穿她的皮膚。如果他覺得這樣就可以嚇倒她，那麼他必須三思。他顯然沒看過伍瓦德心情惡劣的時候。不過那是後話了。

「維多．威克斯，我以謀殺崔西．摩根和她未出世的孩子，以及梅蘭妮．哈瑞斯和路易絲．丹斯頓的罪名逮捕你。你不必說任何話，但你說出來的每句話都會拿來當作呈堂證供，你這個邪惡的混蛋。」

她很享受他滿眼恨意看著她的樣子。「把他帶走，我不要看到他。」

布萊恩猶豫了。「老闆……」

她舉起一隻手。「我很好，你們把他安全地送進局裡就好。我隨後就到。」

她看得出同事眼中的關切。如果讓他在這裡逗留太久，他會押她去醫院。而她現在沒有時間。

金彎腰看向威廉，痛得齜牙咧嘴。

離她最近的醫護人員轉頭問：「小姐，妳的傷勢必須——」

金沒理他，只朝威廉點個頭。「他怎麼樣？」

「嚴重腦震盪。他以為我一隻手有八根指頭，他得送醫院。」

「露西。」威廉又說了一次。

金輕輕碰他的手。「我會去確認她好好的。」

她向兩個醫護人員道謝，朝外面走去。她身上的每一塊骨頭都在對她尖叫。走到外面，她正好看到維多．威克斯被載走。

金很想知道他奪取了多少條性命，凌虐過多少個脆弱、受傷的女孩——但是他們永遠不會知道。

「再也沒有了，維多。」看著車子消失在眼前，她說：「再也不會有了。」

73

金衝過馬路，轉動門把。門是開的。

進屋後她關上門，走進起居室。

「喔，該死，不！」金驚叫著快步走進去。

露西四肢攤開，面朝下趴在輪椅前方的地板上。

金彎腰靠近她，下背一陣劇痛。

「露西，沒事了。」她摸著女孩的頭髮說。

她站起來，迅速評量用什麼方法可以最快的速度扶起女孩。

金跪下來，輕輕為露西翻身，讓她躺在地上。女孩的眼中充滿驚慌。

「沒事了，甜心。妳能給我一個『是』的信號嗎？」

露西眨了兩次眼睛。

「我要用手臂把妳抬起來，可以嗎？」

眼睛眨兩次。

露西靠上前去，把一隻手伸到露西的頸子下，抬起她上半身，扶著她坐直。她知道露西的肌肉無法承擔自己的體重，所以金將孩子拉過來靠在她身上，免得孩子往後倒。

接著她把兩隻手分別插到露西兩邊腋下，拉露西站起來。孩子的身體癱軟，沒有任何阻力。露西的體重雖然還不到正常十五歲女孩的重量，但這個動作扯動金受傷的下背，讓她痛得差點大叫。

「這樣吧，這支舞由我來帶。」金說。她將露西轉個方向，輕輕放她坐在椅子上。

金挪動小腳凳，方便她坐在孩子面前。她拉起孩子的右手握住。

「妳還好嗎？妳有沒有受傷？」

沒眨眼。金很快就發現自己一次問了兩個問題。

「對不起。妳還好嗎？」

眨兩次。

「妳是想去找妳爸爸嗎？」

眨兩次。

金將孩子的手握得更緊了。天哪，這女孩真是有心。

「他會沒事的。他頭上挨了一拳，得去醫院檢查，但他很好。」

接著露西把頭稍微往前靠向金。

「露西，很抱歉，我不懂。」

金看到她惱怒的表情。露西重複同樣的動作，但更用力了。

「嗚。」她成功發出聲音。

這個可憐的孩子飽受折磨，金能感受到她的挫折。她的腦部完全正常，但她把想法傳達出來的能力，比金所能想像的更受限。

露西重複動作並且同時發出聲音，熱切的眼神終於讓金找到答案。

湧上的情緒讓她喉嚨哽咽。「妳想知道我好不好？」

眨兩次。

金低頭看握在手中的脆弱小手，瞬間視線模糊，但她立刻咳嗽讓淚水退下。

「我很好，露西，這要感謝妳爸爸。」金想起威廉抓住維多腳踝時為她爭取到的幾秒鐘。「我這條命可以說是他救下來的。」

露西善於表達的雙眼閃爍著驕傲。

「我得走了。我可不可以請哪個人來照顧妳？」

前門打開時，露西開始眨眼睛。門廊傳來女性的聲音。

「怎麼，我不知道這地方到底在吵什麼，可是……」一個五十多歲的矮胖婦人在門口停下腳步，交抱起雙臂。「妳又是哪一位？」

「史東督察。」

「嗯……很好。」

她站到金面前，在這個位置可以仔細看露西。「妳還好嗎，露西？」

露西一定打了「是」的信號，因為女人站到一邊，但雙眼仍然盯著金。

「威廉呢？」

「他得到醫院去。」金很快地回答。

「妳該死地對他做了什麼事？」她嚴厲地問：「他還好嗎？」

「他還好，可是今晚大部分時間可能都會留在醫院裡。」

「嗯，那我繞過來看可真是來對了，不是嗎？好，我去煮熱水，然後我們叫個好吃的外帶過來。我來訂妳最喜歡的披薩。」

婦人走進廚房，看不見人影卻聽得見聲音。

「我不曉得你們這些人以為你們來做什麼，警察、救護車、機器、帳棚。我以為一切都結束了，可是沒有，你們今晚又重新來過……」

在看向露西之前，金一直忍著笑意，而露西則是翻了個白眼。笑聲從金的口中流洩出來。

「我得走了，露西，好嗎？」

眨兩次。

金評估這裡的情形，廚房裡持續傳出隆隆的說話聲。

金看懂了，把一隻手放在右耳上。

眨兩次。

金站起來拿放在窗台上的iPod，把耳機放入露西耳裡，把椅子扶手上的遙控器拿到她的右手邊。

「可以嗎？」

眨兩次，加上一個無禮的眼神。金忍不住輕聲笑了出來。

她指著門。「我得……」

眨兩次。

金輕碰她的手臂，朝門口走去。

第二輛巡邏車停下時，救護車正要離開。

金穿越馬路來到從前的兒童之家。圍籬上有個像是缺牙的大洞，那是剛才醫護人員破壞進入的位置。

「各位，走廊盡頭的辦公室門口有個書架，背板貼著一副假牙。把那東西裝袋記錄，然後送到實驗室。」

他們點點頭，走進那棟建築物。

這地方瞬間又安靜下來，沒有任何跡象顯示出剛才發生了什麼事。在這個她差點失去性命的地方，沒有標記要放。

她沒送命的原因是一個緊急按鈕，幫助露西度過每一天的簡單工具是她的救星。

金突然停下腳步，她意識到自己疏漏了什麼。最後一塊拼圖的就位讓她反胃作嘔。

「噢，老天爺……」她在黑暗中低語。

「拿到假牙了，女士。」一名警員在他們繞過建築物側面時向她報告。

她知道還有更多事要做，而能幫上忙的人只有一個。

「警員，可以請你好心把電話交給我嗎？」

74

重機發出低沉的聲音，停在碎石地上，金感覺她更像自己了些。她沖了澡，換過衣服，把凱旋重機擦得雪亮。這輛重機就停在她的車庫裡，像博物館藏品一樣閃閃發光。

試圖閉上雙眼沒有意義。她身上的每一個細胞都竭盡全力祈求黑暗離開天空，好讓她回到現場，解決這件案子。

她瞥見凱芮絲站在坡地下方，就在幾個小時前醫護人員砸毀可以進入屋裡的大缺口前面。

太陽還沒升起，但快了。

「這麼說，妳昨晚打電話給我的時候沒有說謊。真的只有我們兩個嗎？」凱芮絲問道。

「對。」金回答。她準備採取行動，這個作法很可能會讓她付出極大的代價。伍瓦德的訓誡在她耳邊迴響。她不會連累自己的團隊。

「離開旅館時我看到丹尼爾。他送了一份報告給妳，但他確認了妳找到的那副假牙絕對是路易絲．丹斯頓的。」

金點頭表示瞭解。

凱芮絲按下機器的按鈕，用筆電記錄數字。

「好，準備好了。妳究竟有多確定我們會找到東西？」

金吸口氣，閉上眼睛，分析自己的直覺。「超過我所願。」

「妳知道我們找到的任何東西在法庭上都不成立？」

金點頭。如果她沒錯，這件事永遠不會上法庭。

金往前走一步，伸出雙手。「交給我，告訴我該怎麼做。這星期我給妳找的麻煩已經夠多了。」

「我已經長大，可以自己照顧自己。」凱芮絲怒氣沖沖地說。「我無意冒犯，但這設備非常昂貴，我不會把它交給妳。」

金沮喪地嘆氣。「凱芮絲，妳能不能——」

「閉嘴，金。先把背包遞給我。」

金拿起地上的背包，拿好讓凱芮絲把雙手套進肩帶。

凱芮絲把讀取器綁在腰上，金拉住肩帶，把金屬桿拉到凱芮絲的肩膀上。

她往後退。「妳比較像穿普拉達的人。」

凱芮絲搖頭。「好，我之前看過這片地方，地上有很多垃圾東西全需要清走。」

「我猜想那是我的工作？」

「這裡還有別人嗎？」

「好吧，哪裡？」

「我先檢測建築物後面。房子正面對著馬路和房子，如果我們在找妳想找的東西，建築物前面太容易被看到。」

「我可以幫忙嗎，督察？」

金轉頭，看到威廉．沛恩從圍籬旁邊繞出來。他顯得蒼白又疲憊。金朝他走過去。

「你覺得怎麼樣？」

他微笑了。「痠痛，但是沒有永久傷害。他們幾小時前讓我出院回家。」

「露西呢？」

「妳自己看。」

金走到圍籬的盡頭。窗簾拉了起來，露西從窗戶往這邊看。

金向她揮手，把注意力轉回到威廉．沛恩身上。「我覺得你的狀況不適合——」

「督察，我不知道妳今天來這裡做什麼，但我知道露西和我不知怎麼著也成了這件事的一部分。我真心想幫忙。」

金很為難。

「她們只是孩子，督察，被磨練得冷酷、被拋棄忽略的孩子。她們對露西做的事是錯的，我知道，她們也知道。她們三個隔天就主動回來為自己的行為道歉。」

「你接受她們的道歉？」

他聳聳肩。「不重要，露西原諒了她們。」

她訝異地搖頭。「你知道你女兒真的很鼓舞人心嗎？」

「喔，我知道。」他驕傲地微笑。「她是我每天早上起床的動力。」

金歪著頭。「你自己也不差。昨天晚上如果你沒有弄鬆繩子或抓住維多——」

「我一點也不勇敢，督察。我看到妳走進這房子，只是過來看看妳需不需要幫忙。接著我看到維多．威克斯在挖坑……」

他話還沒說完就臉紅了。金明白他是個時勢造出來的英雄，但無論如何，他都救了她一命。

「就算這樣——」

「夠了。」威廉舉起雙手。「現在請說說我能幫什麼忙。」

金在心裡微笑。這個男人不求感謝、讚美或憐憫。

「好吧，看到窗口的垃圾桶了嗎？我們要把地上所有可能妨礙機器判讀的東西裝進去。」

威廉從左邊，金從右邊開始，從圍籬往中間靠，撿拾任何可能造成阻礙的東西。

「兩位，如果沒有草，機器會更準一點。」凱芮絲在圍籬邊喊道。

金環顧四周。有些地方的雜草高度及膝。

她彎腰開始除草，這時機器突然發出聲音。

金站直身子，看著凱芮絲。

她往後退了十呎，然後慢慢往前移動。又一次地，機器發出聲音。

凱芮絲看向金。「看來妳的直覺沒錯。」

75

凱芮絲先看向金再看向威廉，接著目光又回到金的身上。

金走到他身邊，拿走他手上的野草。「威廉，我必須請你現在就離開。」

他的目光停留在吸引凱芮絲注意的位置，露出痛苦的表情。他點點頭。

她拉起他的右手。「威廉，你要知道，這裡沒有任何一件事是你的錯。沒有人因你而死。是那個沒有善惡觀念的邪惡男人讓整件事看起來如此。」

他的目光和她的交會。要威廉這麼相信，勢必得花一段時間。

「交給妳了，督察。」

她捏捏他的手。「我的名字是金，我要感謝你做的每一件事。」

威廉尷尬地紅了臉。她放開他的手。「現在，回去找你那個令人讚嘆的女兒。」

他咧嘴笑。「謝謝妳，督──金。我會的。」

金等到他離開，才走到凱芮絲放下機器的地方。

凱芮絲轉身面對她。「無論下面是什麼，埋得都不深。」

金點頭，吞了吞口水。

凱芮絲把廂型車的鑰匙交給她。「車子後面有鏟子，趁我標記位置時去拿過來。」

金跑向廂型車，抓起兩把鏟子就跑回坡地下方。她稍早吃的止痛藥漸漸失去效用，她的下背傳來陣陣疼痛。

凱芮絲標記出一塊區域，金立刻看出這裡比其他幾處來得小。

凱芮絲又看了磁力儀上後退又高指的數據。「妳從那邊開始，但不要挖太深。」

金把鏟子丟到地上。背上的疼痛蔓延開來，但是她沒理會，把注意力放在她必須做的事情上。

接下來的半小時，她們兩人在挖地時完全沒有交談。

「好，金，停手然後出去。」凱芮絲突然說。

這個土坑大約五呎長三呎寬，深度不超過一呎。

凱芮絲在土坑周圍繞了兩圈才走進去。她用手持工具挖開一小堆土，放到土坑的一邊。

家裡的寵物埋得更深。

金沒有說話，專注地看著凱芮絲。

凱芮絲繼續挖，挖起來的土越來越少。接著，她用小毛巾的邊角沿著土坑中央的一小段開始清理。

清理到第三次，白色的物體逐漸顯露出來。

凱芮絲用軟刷沿著物體表面輕撢，更多白色物體浮現出來。

金的胃部翻攪，雖然有一絲懷疑，她仍然知道自己在尋找人骨。

「這個，金，絕對是手臂。」

凱芮絲繼續挖，繼續撢，最後露出看起來像是肩關節的骨頭。越來越多骨頭出現，金緊盯著看。

凱芮絲又撢了一次，金看出是布料。

金的心臟重重搥著胸口。

「凱芮絲，再撢一次。」

凱芮絲照做，金罵出髒話。凱芮絲轉過頭，兩人四目相接。

「這是妳要找的嗎？」

金點點頭，雙腳已經慢慢移向她的重機。

「凱芮絲……我得……」

「去吧。」凱芮絲掏出手機。「我來回報。」

金以最快的速度移動雙腿，跑上坡地。

76

金敲了門，深深呼吸。

門打開來。

「督察，早安。請進。」

「早安，妮可拉。」金打招呼，走進公寓。

妮可拉關上門，站在門前。「妳今天一個人來？」

金點頭。「我必須給我的團隊一點時間休假。」

「妳自己沒關係嗎？」

「快了，妮可拉，非常快。」

「請坐。」

金坐了下來。她落坐時，目光落在沙發邊緣，她上次來訪瞥見一個東西，現在她腦子裡全是那件物品的重要性。

「我能幫什麼忙？」妮可拉問道。

金很快地分析妮可拉的表情。她的表情坦白誠摯，看不出任何欺瞞。該死的。

「我們又挖出了另一具屍體。」

妮可拉的手飛快遮住嘴。「喔，天哪，不。」

她是真的受到驚嚇。

「妮可拉，妳知不知道第四個受害者是誰？妳有什麼想法？」

妮可拉站起來，在沙發後面來回踱步。「我甚至沒辦法想像有誰——」

「妮可拉，那個小團體有沒有第四個人？」

妮可拉皺起眉頭。她轉動眼睛，顯然是在記憶中搜尋。

「沒有，督察。我很確定她們只有三個人。」

金嘆口氣，站了起來，彷彿要離開。「啊，也許小貝可能會想起另一個女孩是誰？」金抱著希望說。

妮可拉搖頭。「小貝現在出去買東西，可是等她回來後……」

「妳確定嗎？」金問道。

「我當然確定。」金微笑著說。

金朝沙發邊緣點個頭。「那她為什麼沒帶枴杖？」

妮可拉的視線停留在掛在沙發椅背上的枴杖，露出由衷不解的表情。

金拿起枴杖，大步穿過起居空間朝第一扇門走過去，希望這是正確的門。

「說不定她還沒出去。說不定她會——」

「督察，別進去。小貝不喜歡……」

她的聲音漸弱，因為金推開了門。

妮可拉來到她旁邊，兩人一起審視這個房間。單人床是放著床墊的彈簧床架，上面沒有床單也沒有被子。全新的床邊放著一座兩個抽屜的櫃子。

金走到角落上的衣櫃前面拉開櫃門，裡頭七個沒掛衣服的衣架回看著她。

金回頭看著站在門口、整個人嚇呆的妮可拉。

金等著她回應，但妮可拉繼續瞪著空無一物的房間。

一顆眼淚流了下來。「她又走了，她從來沒說再見。」

金帶著妮可拉走到門外，隨手關上門。她帶妮可拉走到沙發邊，坐在她旁邊。

「小貝以前做過這種事嗎？」她問話的口氣溫和。

妮可拉點頭。「離開克里斯伍德以後她就這樣了。」新一波的淚水滑落她的臉頰。她用針織衫擦掉眼淚。「她一直在生我的氣，可是又不告訴我原因。她就是這樣，回來然後又離開我。太不公平了。她知道我沒有別人。」

金走到廚房，撕下幾張廚房紙巾。她坐下來，把紙巾遞給還在哭的妮可拉。

「妳記得她上次回來是什麼時候嗎？」

妮可拉停止哭泣，認真地想。她吸吸鼻子，點個頭。「兩年前。我一醒來就看到她坐在我的床邊。」

「再前一次呢？」

「我出了小車禍，車子只是打個轉而已。我的傷勢不重，但當時我被那起車禍嚇到了。我才剛學會開車沒多久。」

「所以，自從離開克里斯伍德之後，她一直在妳的生命中來來去去。妳知不知道她為什麼生妳的氣？」

妮可拉拚命搖頭。「她不告訴我。」

金聽得出妮可拉語氣中的不滿，意識到這會比她想像中的更難。

金伸手拉起妮可拉的手。「我要請妳回想火災的那天。我覺得妳忘了一些事。如果我陪妳，妳覺得妳能想起來嗎？」

「什麼也沒忘啊。」她困惑了。

金捏捏她的手。「沒事的，妮可拉。我就在這裡。一步一步來，把那天妳記得的事告訴我，我們看看能拼湊出什麼。」

妮可拉盯著前方，目光焦點落在對面的牆上。「我知道那天很冷，小貝和我不知為什麼在爭執。她在和我冷戰，所以我回公用休息室去。」

「當時有誰在休息室裡？」金柔聲問道。

妮可拉搖頭，接著皺起眉頭。「沒有人。她們全在外面堆雪人。」

「那麼妳發現了什麼？」

妮可拉歪著頭。「我聽到叫喊聲。聲音來自克洛夫特先生的辦公室。」

「妳聽到什麼，妮可拉？」

金握著妮可拉的手，但把拇指按在她的手腕上。妮可拉的心跳加速了。

「他們在談威廉，在說要掩飾什麼事。他們說他會惹上麻煩，會去坐牢。他們在談露西會怎麼樣。」

「妳記得妳聽到誰的聲音嗎？」

「克洛夫特先生和懷厄特小姐起了爭執，威克斯牧師安靜地說話，我還聽到湯姆‧柯帝斯和亞瑟‧康諾普的聲音。」

五個人，金想著。「瑪麗‧安德魯斯呢？」

妮可拉搖頭。「那天她感冒請假。」

「接下來出了什麼事，妮可拉？」

「威克斯牧師開門看到我。他看起來很生氣，我連忙跑開。」

金感覺到妮可拉的手掌開始出汗。

「妳跑去哪裡？」

「我去找小貝。她在我們的房間裡。我好討厭別人生我的氣。」

金的聲音沒比低語大多少。「那麼妳做了什麼？」

「我告訴她……我告訴她……」

金握緊妮可拉的手，但她的頭已經開始左右搖。她的雙眼四處看，尋找自己的記憶，希望能重新整理過去。

「不。不。不。不。不。」

金想握住她的手，但妮可拉一下就甩開。

她在起居室走來走去，像是尋找躲藏地點的籠中野獸。

她的心越來越慌亂，她的動作既快又狂暴。

「不，不可能……我不可能把……」

妮可拉的雙手用力拍向早餐吧檯。她轉身用拳頭用力搥牆壁，接著開始打自己的頭。

金跑過去，從背後一把抱住妮可拉，強把她的雙臂拉到身側，免得她繼續傷害自己的身體。

「妳告訴小貝什麼？」

妮可拉拚命想掙脫金的懷抱，但金交扣住指頭，而且不打算放手。

「拜託停下來，我不能……」

金大聲說：「妮可拉，妳必須想起來。妳告訴小貝什麼？」

妮可拉的頭左右搖個不停。金拉長自己的脖子免得被撞到。

金在妮可拉的耳邊喊：「告訴我，妮可拉。妳對妳妹妹說了什麼？」

兩人都安靜下來。妮可拉突然喪失鬥志，她跌到地上，連帶把金也拉倒。

金仍然拒絕放手。她坐在地上抱緊妮可拉，知道十年前的事件終於出現在妮可拉的腦海中。

「她拿走了，對不對？」

妮可拉點頭，金能感覺到淚水滴在她的雙手上。

「所以因為那件開襟衫，他們把她當作妳，是不是？」

妮可拉再次點頭。「前一分鐘我還看到她在外面和大家玩，接著我就找不到她了。我一直問，她們都說她在別的地方。最後我回房間等她，但她一直沒有回來。

「後來，在火災發生前，我看到他們從廚房窗戶爬出去。他們圍著一個土坑站成一圈，於是我知道了。我不曉得該怎麼辦。我怕他們會回頭找我，所以起火讓我鬆了一口氣，他們再也抓不到我了。」

金知道小貝不可能逃跑。因為膝蓋受傷的關係，她不可能在那種冷天跑掉。

「小貝什麼時候回來的，妮可拉？」

「大概兩星期前。」她沙啞地回答。

當時正是宣布空地要開挖的時間，妮可拉又開始恐懼。

「妳現在知道是妳把她帶回來的，對不對，妮可拉？」

「不……」

這聲音彷彿出自慟哭的野獸。一條受創的可憐靈魂處於極度的痛苦當中。妮可拉試圖逃避她腦海中的事件，但金非常堅持。

她化身為小貝時的作為現在不會傳出去。這是個妮可拉在優秀精神科醫師的照顧下終究會領悟的事實。

她坐在地上，抱著這個在罪惡感控制下的年輕、破碎的女孩輕搖，她懷疑妮可拉是否有能力為了謀殺泰瑞莎．懷厄特、湯姆．柯帝斯和亞瑟．康諾普出庭受審。

幾分鐘後，金輕輕往後靠。

該是打那通電話的時間了。

77

威廉加了一滴冷牛奶到燕麥粥裡。他彎起小指，用關節碰觸食物。完美。

他露出微笑，這是露西的最愛。

他已經為女兒洗過澡、換好衣服，現在她等著吃早餐。之後，他會打掃浴室、換床單。午餐後，他要好好清理烤箱。

他又笑了。他知道其他人為他和他的人生難過，但是，他認為那些人不認識露西。每一天，他女兒的精神都激勵著他。在他認識的所有人當中，她最勇敢也最體貼。

他知道最讓她感到挫折的，是她無法清楚說話，有些日子，一整天靠眼睛動作來傳達她腦海中所有的事，實在很累人。

他們父女間有個約定。在心情比較不好的日子裡，他會問她是否受夠了。威廉幾年前就告訴過她，表示自己會尊重她的意願，不會因為自己自私的需要而延長她的生命。

碰到那樣的日子，他會問她這個問題，屏息等待回答。猶豫的時間越來越長，他胸腔的一口氣越繃越緊，但到目前為止，他得到的答案一直是：眨一次眼。

他擔心的，是在一切對她來說太沉重的那天，他會得到眨兩次眼睛的答案。他只希望自己有力量維持承諾。為了她好。

威廉推開這些念頭。昨天過得很好，露西有一位訪客。

一開始威廉沒認出她來。年輕女孩介紹自己是寶拉．安德魯斯，仔細看了幾秒後，他才想起她是瑪麗．安德魯斯的孫女，當年常和祖母過來找露西玩。瑪麗最近過世時，他是真心難過。在克里斯伍德的那些年間，她是他的好朋友。她的葬禮在幾天前舉行，他雖然沒有參加，但他從臥室窗口看見了送葬隊伍。

而露西則是一眼就認出寶拉，看到她來訪十分開心。她們在幾分鐘內就建立了她們自己一套溝通方式，威廉完全是局外人。他從來沒這麼快樂。

寶拉值得讚揚的是，她對老朋友外觀的改變沒有顯露任何反應。

他偷偷到廚房待了一會兒，為女兒的心情擔心。他絕對不會阻止任何人來看他的孩子，但他們是否會再訪就不是他能控制的了。生命中有很多令人失望的事，他沒辦法保護她不受任何打擊，但他能接受這個事實。

兩個女孩不知怎麼地想出了辦法玩桌遊。他聽到寶拉大喊：「露西．沛恩，妳一點都沒變。妳一直是個小騙子。」

威廉聽到露西發出咯咯聲，他知道那是笑聲，他的心因此劇烈跳動。

他大膽在外面停留半小時，拔掉石板間的雜草，因為知道女兒不會有事而感到安心。在早上的冷空氣中待了幾分鐘讓他恢復了生氣，足以度過一整天。

兩小時後，寶拉問他，想知道她是否能再來。

他欣然同意。

他端著燕麥粥穿過起居室，坐在腳凳上。露西的氣色紅潤，雙眼有神，眼神清楚。今天是個好日子。寶拉來訪對父女兩人都是好事。

「妳老是吃燕麥粥不膩嗎？」

他翻個白眼，她有樣學樣。他大聲笑了出來。

他舀起一匙燕麥粥送進露西嘴裡。她吃下去後，皺起臉表示欣賞。第二匙還沒碰到她的嘴巴，門鈴就響了。

他把盤子放在窗台上。

他一開門，驚慌的感覺便立刻湧上。

他面前站著一男一女，兩人都穿著黑色褲裝。他帶著手提箱，她則是揹著肩背包。

他馬上想到社福人員，但他們來訪的時間還沒到，而且他們通常會先讓他知道。早年，在他妻子離開後，為了留住女兒，威廉不得不向主管機構宣戰。他克服了種種障礙，像馬戲團動物跳火圈一樣，只為了證明自己有能力。社福單位感覺到他的決心後開始幫忙他，讓他們父女在一起，而克里斯伍德的工作也順利談妥。儘管如此，恐懼仍然存在他心中，他深怕哪天會失去女兒。

「沛恩先生，威廉．沛恩先生嗎？」

他點頭。

女人對他露出大大的笑容，從口袋裡拿出一張名片。「我是漢娜．伊凡斯，在恩特普萊特公司服務。我們是來看露西的。」

「可是……我沒有……什麼？」

她揉搓雙手，對著兩手掌心呼了一口氣。「沛恩先生，我們可以進來嗎？」

威廉讓到一旁。

漢娜．伊凡斯走進起居室，站在他女兒面前。男人一坐下就打開手提箱。

「早安，露西。我叫做漢娜，很高興認識妳。」

她的笑容開朗又溫暖，語氣友善沉著，和大多數成人以恩賜態度和她講話的語氣不同。

「妳今天好嗎？」

露西眨眼。

「這表示好。」威廉說。

漢娜站在原地，朝威廉所在的位置微笑。「我知道，沛恩先生。溝通能力有限的人經常用眨眼來表達。」

漢娜．伊凡斯朝他女兒翻個白眼，後者發出咯咯的聲音。

「呃……抱歉。」威廉糊塗了。「我不知道你們是誰，來這裡做什麼。」

「真的很簡單，沛恩先生。我們專精於最先進的科技系統，只需要最基本的肢體動作就可以操作。我們公司的存在，就是要讓有肢體障礙的人活得更精采更豐富。」

威廉的心思開始轉動。「可是我不懂。我沒和任何人談過……我沒錢來——」

「據我瞭解，這筆費用已經處理好了。」她舉起雙手。「那不是我的業務範圍，我只是聽令行事。」

威廉覺得自己好像被送到了另一個宇宙。他的腦袋急急尋找答案，但沒有收穫。

漢娜把注意力放回他女兒身上。

「露西，我只有一個問題。妳能控制至少一根指頭嗎？」

眨兩下。

漢娜咧嘴對威廉笑開來。「那麼我想我們有很多事可以做。」

78

金看著面前的迎客蛋糕，她決定了：貝西阿姨[14]是個該死的騙子。

她把包裝盒放在自己剛從烤箱拿出來的成品比較。不，不管用多少淋醬或閃亮的裝飾都救不了這些東西。

金把包裝盒丟進垃圾桶，覺得自己遭到背叛。

她抬眼對著天花板說：「愛瑞卡，我試過了。我保證我會再試。」

她聽到有人在敲前門。

「門是開的。」她大聲說。

布萊恩走進來。他穿著牛仔褲和厚恤衫，捧著一個披薩盒。

「今天上班的時候很想念妳。」他說，把盒子放在流理台上。

她翻個白眼。「伍瓦德的命令，我不敢再不理會了，因為九命怪貓只剩下最後一條命了。」

「他是這麼說的嗎？」

她點個頭，伸出指頭數。「我顯然創下因態度不佳而被投訴的紀錄，漠視上級指示累計三次，不遵守正確程序……」她數完剩下的其他幾根指頭。「……呃，至少有那麼多次。」

布萊恩雙手掩面。「喔，天哪，他很嚴苛嗎？」

金想了一下才點頭。「是啊，相當嚴苛。他有不少話要說。」

「那妳怎麼說？」

「我說，他模型車的後車軸缺了懸臂彈簧。」

布萊恩大笑出來，她也跟著笑。現在回頭想想，還真的有點好笑。

但那是她道謝的方式。她對於自己可能會丟了工作這件事沒有抱持幻想。伍瓦德也說得很清楚，救了她的是這件案子的結果。

如果她有哪個直覺出錯，「大碗盆」裡現在坐的就是別人了。

這件案子讓她差點失去生命中最重要的事，然而一切都值得。

「另一件事他給妳多少時間？」

金從櫥櫃裡拿出兩個馬克杯，忿忿不平地說：「一個月。」

「天哪，那妳要怎麼脫身？」

金聳聳肩。她有四個星期的時間和心理師好好談心，要不然就要面對停職的處分。

「妳不會以為他真的會堅持到底吧？」

金回想伍瓦德臉上堅定的表情。「哦，是的，他真的會出手。」

「好吧，李查．克洛夫特稍早看起來已經好多了，妳聽到這個消息一定很高興吧。」

---

⑭ Aunt Bessie，冷凍食品廠商。

「是嗎？」

「嗯，至少在我讀他的權利給他聽之前是的。」

金很想當場目睹這一幕。「拜託告訴我克洛夫特太太也在場。」

「當然在。剛開始的幾秒鐘，她看起來就像便秘的駱駝，但她很快就恢復正常，收拾筆電和文件，表示她的律師會出面聯絡。」

「和我們聯絡？」

「和李查。我覺得他在未來的某個時候會閃電離婚。」

「他怎麼說？」

「他確認殺害小貝的是維多。他們其他人指示幫忙埋屍。他說放火是泰瑞莎．懷厄特的點子，為的是混淆紀錄，讓人分不清哪些女孩跑掉，哪些已經被重新安置。」

「你相信他嗎？」

「不知道，其實也沒關係。他會找個厲害律師，但他一定會入監服刑。更重要的是，他所知道的生活結束了。他的妻子、房子可能連孩子都保不住。」

金沒說話。她無話可說。除了嫌惡，她對李查．克洛夫特沒別的感覺。他逃過一死。

布萊恩認真思考。「妳覺得維多．威克斯是個徹底的壞人嗎？我是說，我知道他做了什麼事，但是他在社會住宅那些地方工作，說不定他也有些優點。」

有時候，布萊恩似乎比實際年齡年輕。她遺憾的是，她不是告訴他聖誕老人不存在的人。

她搖頭。「不，布萊恩。吸引他的，是那些沒有希望、充滿絕望的地方。在那些地方，他可以把自己當成悲慘生命中那盞希望的明燈。那才是他真正的喜悅，他的權力之旅。和受到驚嚇、脆弱的年輕女孩發生性關係可以滿足他內在的需要。他把自己放進一個環境，在那裡，強暴更難以證明，任何造成麻煩的人都可以拋棄。

「他殺人，而且樂在其中。凡是阻礙他的人，他就可以結束對方的生命，因為他可以、也因為他覺得他這麼做有正當理由。威克斯的受害者中一定有來自冬青樹住宅區的人，而無論這有多難接受，但我們可能永遠沒辦法找出所有的人。」

自從維多在兩年前回來之後，這個如野草般蔓生的住宅區就發生了十八起逃家事件。再加上家人因為沒注意或不在乎而沒有通報的失蹤女孩，這個數字可能要加倍。

「混蛋東西」。布萊恩低聲嘀咕。

金同意這個說法，但她以維多．威克斯永遠不會重獲自由這件事來安慰自己。

「你們找到那輛車了嗎？」她問道。

他點點頭。「在登記在妮可拉名下公寓後面的車庫裡找到。白色奧迪汽車，前方葉子板凹陷。」

金搖頭。她就算再怎麼努力，也沒辦法同情泰瑞莎．懷厄特、湯姆．柯帝斯、李查．克洛夫特或亞瑟．康諾普。他們和維多．威克斯一起，隱匿了三個年輕女孩的死，剝奪她們的正義有十年之久，而這一切只是為了掩蓋她們自己醜陋的秘密。他們每個人都找到不同的方法更進一步地傷害她們。

更糟的是，在另一個無辜女孩死亡後——她唯一的錯只是想要穿姊姊的開襟毛衣，他們成了工具。

「我很好奇，金，妳一開始怎麼會想到兇手有兩個？」

「手法不同。」她回答。「我們找出骨骸後，發現殺害那些女孩的人顯然有強壯的體力，然而現在的謀殺案則不是。推泰瑞莎．懷厄特到水下不需出力。湯姆從背後被人劃開喉嚨，亞瑟遭到車撞，李查則是背後被捅了一刀。這些方法需要狡計、耐心和暗中行動，而不是體力。」

「在泰瑞莎的房子縱火呢？那麼做有什麼意義？」

「當時地上有一層薄薄的雪，布萊恩。我們本來可以找到很多鑑識證據，比方腳印和枴杖的印子，但八個消防隊員、兩輛消防車和水線很快就能毀滅這些證據。」

「聰明。」

「沒錯，所以一定是個女人。」

「是啊，但她還是被逮到了。」

「是啊，被女人逮到。」

布萊恩同時又翻白眼又嘀嘀咕咕的抱怨。

他冷靜下來，嚴肅地問：「妳覺得妮可拉知道真相後會有什麼反應？」

金聳個肩。「動手的不是妮可拉，是小貝。」

布萊恩似乎很懷疑。「妳真的相信？」

願上帝保佑他，他是個只吃肉和馬鈴薯的男人。

「喔，是的，布萊恩，我相信。」

「對我來說有點像《X檔案》。」

金嘆口氣。「小貝只有在妮可拉有需要或生病、害怕的時候才會回來。妮可拉的潛意識用小貝當避風港。妮可拉一直沒有完全接受妹妹已經去世的事實。她的潛意識擋下那段記憶，所以她才能活下來。潛意識保護她不被罪惡感傷害。

「現在你想像一下，對小貝來說，妮可拉的記憶唾手可得。她可以進入那段從辦公室聽來的對話，可以知道發生了什麼事，所以，妮可拉雖然沒辦法進入這段記憶，但她的另一個人格可以。」

金完全相信妮可拉清明的心智沒發現自己的潛意識把小貝帶了回來。在金和「小貝」見過面之後，金確定那不是演戲。

她轉頭看布萊恩。「試著想像一個人的精神分裂成兩半。妮可拉控制一般日常生活中的活動，表現得恰如其分，但另一個人控制了她的潛意識。」

他搖頭。「才不，我還是不相信——而且我認為陪審團也不會相信。」

金猜想布萊恩說得可能沒錯，但她懷疑妮可拉會有被宣告有能力出庭的一天。對金而言，妮可拉和小貝之間的內心掙扎，在泰瑞莎和湯姆的犯罪現場都很明顯。那兩次，警察都能早早到達。分裂精神的某個部分希望有人出面阻止。

妮可拉不壞也不邪惡，她的恢復記憶時，也是懲罰來到的時候。

金有切身經驗，知道劫後餘生者的罪惡感會影響心靈；她之所以會祈禱自己的盒子永遠不會打開，也是這個原因。

「妳覺得威克斯是怎麼活下來的？」

「幸運的成分多過判斷。」金說：「他會是下一個，而且她會逮到他。」

布萊恩搖頭。「有件事我不懂，怎麼會沒有人注意到雙胞胎只剩一個？」

「紀錄一團糟，布萊恩。要記得，那地方正要關閉。逃跑女孩的紀錄沒有更新，而火災那晚，幾乎每個人都在列名單。救護車把女孩們送到醫院檢查。現場一團混亂，而這是那場火的目的。那天晚上的名單沒有兩張是相同的。」

「可是妮可拉沒有說出來嗎？」

「那孩子嚇壞了。她相信他們會發現開襟毛衣的錯誤，然後回頭來找她。」

「瑪麗・安德魯斯呢？妳覺得那是妮可拉或小貝或不管是誰下的手嗎？」

她搖頭。「沒有證據顯示她死於疾病以外的原因。瑪麗是當晚唯一缺席並且沒被提到的人，所以妮可拉沒理由拿她當目標。」金重重嘆氣。「我覺得瑪麗・安德魯斯是那些人當中唯一能信賴的人。除了值夜班的威廉，他們每一個人都用某種方式進一步地剝削、利用這些女孩。難怪她們不是女童軍。」

「這麼講還真厚道。」布萊恩說。

她開口準備爭辯，但又閉上嘴巴。布萊恩認為，道德準則出生時就根深蒂固地存在於善惡觀念中，他相信這和眼睛顏色或身高一樣，都是遺傳。金知道不是如此；善惡觀念，以及如何使用這個觀念，是後天學習而來的，來自正確的範例和出色的榜樣。對與錯的固有差別要用一輩子時間來修正，並非預先印在腦子裡。

崔西、梅蘭妮和路易絲的社會背景注定這些道德準則會永遠扭曲，就像受虐兒往往繼續施虐一樣。

布萊恩永遠不會信服，但金知道——因為她曾經處於相同的處境，那段為期三年的間隔救的不只是她的生命。

布萊恩啜了口咖啡。「說說看，妳和那個博士進行得怎麼樣？你們的心靈一定有交集。」

「布萊恩。」她出聲警告。

「喔，少來了，金。給點時間，你們一定會擦出火花。」

「然後火花會引起什麼？」

「火災。」他睜大眼睛說。

「你有沒有聽說過哪場火災沒造成傷害的？」

布萊恩張開嘴，想了想又閉上嘴巴。「這實在沒有答案。」

「正是如此。」

「也許這樣也好。」經過深思，布萊恩說。「博士太像妳。」他嘻嘻笑。「天哪，想想你們的孩子——」

「布萊恩，我覺得你應該管好自己的事就好。」她打斷他。有時候，他太瞭解她。

但，是的，如果她再次遇到丹尼爾，天曉得會怎麼樣？

「是啊，我也許應該，但我不太可能那麼做。」

金露出微笑。「巴特西貓狗之家⑮的生活好嗎？」

「幾隻小狗很好，都有人收養了。我姪女領養佩寶，邦邦要去我鄰居家。我女兒的閨密保留了尤奇，史黛西的妹妹要帶布布走。」

「你不會讓那些可憐的小傢伙一輩子用這些名字吧？」

布萊恩搖頭。「不會啦，那只是我們現在用來辨別而已。」

「狗媽媽呢？」

「牠會留在我家。牠才四歲，獸醫判斷她已經生過三胎了。牠的工作已經完成了。」

在那瞬間，就短短一瞬間而已，金有一股衝動，想去擁抱這個像熊一樣的暖心男人。

他是她的同事，也是她真正的朋友。

但她放走那個瞬間。

他滑下吧檯高腳凳。「好，接下來是我來找妳的真正原因。妳完工了，對不對？」

「沒錯，布萊恩，好了。」

他摩拳擦掌。「我可以嗎？可以嗎？」

看到他幼稚的興奮表現，金笑了出來。

她端起蛋糕，把蛋糕倒進垃圾桶，把烤盤浸到熱肥皂水中。

布萊恩回到門口。「呃……金，車不在了。」

「喔，真的嗎，那太好了。」

他雙手交抱，倚著門框。「妳把它賣了，是不是？」

金沒說話。

布萊恩洩氣又困惑。「可是妳像個孩子一樣愛那部重機。妳幾個月來的努力就是為了騎那部車。我不懂。那部車是妳的一切。」

「你知道嗎，布萊恩，有些事更重要。」

她擦乾烤盤，放到一邊去。布萊恩仍然是一副茫然的樣子。他不懂。

但金懂——這才最重要。

⓯ Battersea Dogs & Cats Home，英國的貓、狗救援機構。

給讀者的信

首先，我要為了大家選擇閱讀《無聲吶喊》深深感謝各位。希望你們能享受金之旅程的首部曲，希望你們能和我有相同的感覺。她雖然不永遠完美，但你們會想要她與你們並肩而戰。

如果你們喜歡這本書，我會永遠感激你們寫書評。我會想聽大家的想法，同時書評也能幫助其他讀者第一次嘗試閱讀我的書。又或者你們也可以把這本書推薦給親朋好友……

一個故事源於一個念頭的種子，而這個念頭成長自你們對身邊每個人的觀察和聆聽。所有個體都是獨一無二的，我們都有故事。我想盡可能捕捉這些故事，歡迎你們加入金．史東和我的旅程——無論這些旅程會帶你們到什麼地方。

我很想聽聽你們的心聲，請透過我的臉書、Goodreads頁面、推特或我的網站與我聯絡。

對於大家的支持，我不勝感激。

安琪拉．瑪森斯

www.angelamarsons-books.com

www.facebook.com/angelamarsonsauthor

www.twitter.com/writeAngie

謝辭

我在《無聲吶喊》創作過程中，層層堆疊了好幾本書。金．史東這個角色找上我，而且拒絕離開。在我心裡、在書上，金日漸成長為堅強聰慧的女性，她不是個完美無瑕的人，但她熱情、堅韌，是所有人的理想隊友。

我要感謝Bookouture出版社團隊分享我對金．史東的熱情以及她的故事。他們的鼓勵、熱情和信念鼓舞、振奮了我。我對Oliver、Claire和Kim有無限感激，能成為Bookouture旗下作者，我既驕傲又深感榮幸。

我特別感謝我傑出的編輯和神仙教母Keshini Naidoo。打從我們首次交談起，她便以鼓勵、信任和建議陪伴著我走過漫長的道路，並和Bookouture團隊攜手，將我的夢想轉變成事實。

感謝Bookouture所有作者熱情歡迎我進入這個大家庭。這股支持的力量強大得驚人。我和Caroline Mitchell搭檔的#bookouturecrimesquad（暫譯：Bookouture犯罪掃蕩組）如今正式成形。

最後是我的親友，我要感謝他們對我的寫作和夢想付出的信任和信心。特別感謝Amanda Nicol和Andrew Hyde沒有止境的支持。

我要誠心感謝你們所有人。

Storytella 161

無聲吶喊

Silent Scream

無聲吶喊 / 安琪拉.瑪森斯作 ; 蘇瑩文譯. -- 初版. -- 臺北市 : 春天出版國際文化有限公司, 2023.08
面； 公分. -- (Storyella ; 161)
譯自 : Silent Scream
ISBN 978-957-741-708-4(平裝)

873.57 112009338

版權所有・翻印必究
本書如有缺頁破損，敬請寄回更換，謝謝。
ISBN 978-957-741-708-4
Printed in Taiwan

SILENT SCREAM by ANGELA MARSONS
Copyright © ANGELA MARSONS, 2015
First published in Great Britain in 2015 by Storyfire Ltd trading as Bookouture This edition arranged with Storyfire Ltd trading as Bookouture through BIG APPLE AGENCY, INC., LABUAN, MALAYSIA.
Traditional Chinese edition copyright: 2023 Spring International Publishers Co., Ltd. All rights reserved.

作　者　安琪拉・瑪森斯
譯　者　蘇瑩文
總編輯　莊宜勳
主　編　鍾靈

出版者　春天出版國際文化有限公司
地　址　台北市大安區忠孝東路四段303號4樓之1
電　話　02-7733-4070
傳　真　02-7733-4069
E－mail　bookspring@bookspring.com.tw
網　址　http://www.bookspring.com.tw
部落格　http://blog.pixnet.net/bookspring
郵政帳號　19705538
戶　名　春天出版國際文化有限公司
法律顧問　蕭顯忠律師事務所
出版日期　二〇二三年八月初版

定　價　480元

總經銷　楨德圖書事業有限公司
地　址　新北市新店區中興路二段196號8樓
電　話　02-8919-3186
傳　真　02-8914-5524
香港總代理　一代匯集
地　址　九龍旺角塘尾道64號 龍駒企業大廈10 B&D室
電　話　852-2783-8102
傳　真　852-2396-0050